精霊の王

中沢新一

講談社学術文庫

プロローグ

ものごころついた頃から、私は全身にその精霊の風を受けていた。黒みがかったざらざらとした触感の石棒や石皿や丸い石で表現されたその精霊は、子供には少し刺激の強すぎるエロチックな形をした木の人形や、竹を上手に曲げて稲の穂のような形につくった小正月のお供え物などといっしょに、薄暗い父親の書斎のすみに、いつも無造作にころがっていた。民俗学に関心のあった父親は、自転車を転がして石神や石仏の調査にしょっちゅう出かけていった人だが、列島の乱開発の進む中、新しい道路がつくられるたびに道端の草むらや水路のわきなどに無惨にうち捨てられてしまった、そうした石の神をいくつも拾い上げては、自分の書斎に持ち帰って、大切に保管していたのだった。

それらの石が「シャグジ」と呼ばれる不思議な神さまをあらわしたもので、しかも四千年も五千年も前の縄文時代の人々が使っていた、信仰や生活の道具だと聞かされたときの、私の驚きといったらなかった。突然目の前に、まったく異質な時間感覚を生きている、太古の動物が出現して、こちらにむかって微笑みかけてくるような、まことに奇妙な印象だった。私が知っていたどんな時間感覚の範疇にもおさまらない、まったく理解不能な存在が、部屋の中になにげなく転がっていたのである。いまや完全に失われてしまった遠い過去の文明を生きている精神のかけらが、二十世紀の生活の中に、何食わぬ顔をしてまぎれこんでいるという印象だった。そして、その石の神の周辺からは、現代の私たちには正しく理解することはおろか想像することさえ困難な、異質な構造をした人間の精神の活動からたちのぼる、不思議なノイズがざわめいていた。精霊の風が吹いていたのだ。

それからしばらくして、私は柳田国男の『石神問答』という本を読むことによって、この石の神の来歴について、多くのことを知るようになった。この石の神は、日本列島にまだ国家もなく神社もなく神々の体系すら存在しなかった時代の精神の息吹を伝える、「古層の神」の活動のいまに残されるわずかな痕跡を示すものだということを、その熱気にみちた本は伝えようとしていた。

それは神というよりはむしろ精霊と呼んだほうがよいような、とてつもない古さを秘めている。かつてその精霊はこの列島上のいたるところに生息し、場所ごとに少しずつちがった呼び名で呼ばれていた。シャグジ、ミシャグジ、シャクジン、シュクジン、シュクノカミ、シクジノカミなどというのが、この精霊の名称の一部であるが、柳田国男はそうした呼称すべてに、「サ行音＋カ行音」の結合をみいだすことができることを発見していた。この形をした音の結合は、きわめて古い日本語でものごとや世界の「境界」を意味するものだった。この精霊は、古代の人々が空間の構造や事物の存在を認識するうえで、とても大きな働きをしていたことが、これによってあきらかにされた。

シャグジは国家の管理する神々の体系に組み込まれたことがない。しかも古い神名帳に載せられているどんな神々よりも古くから、この列島で活躍をしていた精霊なのである。素性をたどると縄文文化にまでさかのぼる古さを持ち、人間が超越的なものについて思考するようになってまだまもない頃から、すでにその活動ははじまっていた。その頃はまだ神社というものはなく、宗教の組織などもない世界で、この精霊は地球的規模の普遍性をそなえながら、人々の具体的な暮らしに深く浸透した活動をおこなっていた。

しかし、国家というものがこの列島に出現し、人々の思考がそれによって大きな変化をとげてしまうと、かつては列島上にみちあふれていたシャグジの精霊＝神たちの、巨大な規模での没落がはじまった。この精霊の祀られていた場所に神社が建つようになると、居場所を失ったこの「古層の神」たちは、神社の脇のささやかな祠や道ばたの粗末な祭場に放置されるようになってしまった。いや、それならばまだましなほうで、多くの場合そんな精霊の存在さえ記憶の大地に埋葬されてしまい、社会の表面からは消え去ってしまったように思われたのである。

ところが、社会の表舞台からは姿を消したかのように思われた、この縄文的な精霊であるシャグジという「古層の神」が、たくましく生き残っていた世界があった。芸能と技術を専門とする職人たちの世界では、この精霊はその名も「宿神（シュクジン）」と呼ばれて、芸能に生命を吹き込み、技術に物質を変成させる魔力をあたえる守護神として、大切に守り続けられていたのである。つまり、今日「日本文化」の特質を示すものとして世界から賞賛されている芸能と技術の領域を守り、そこに創造力を吹き込んでいたのは、この列島上からすでに消え失せてしまったかと思われた、あのシャグジ＝宿神というとてつもなく古い来歴を持つ精霊だったのだ。

観阿弥・世阿弥や金春禅竹《こんぱるぜんちく》も、この宿神の活動からインスピレーションを受けて、幽玄このうえもない能作品を生み出した。庭園を建築以上のものたらしめているのは、まったく宿神の注ぐ霊力によっているのだし、宿神によらなければ、蹴鞠でさえ空中に美しい飛跡を描いたりはしなかった。シャグジという「古層の神」は、この列島上の多くの場所ですでに全面的な没落をとげていたので、宿神も芸能や技術の領域の外では、まともな居場所を得ることはできなかった。そのかわりに、芸能と技術を生きる職人たちの世界においては、比類なき独創性をそなえた「創造の空間」を擁護し、その様式と内容を不断に発達させつづける守護精霊として、深い愛着と尊敬をもって信仰されてきたのであった。まったくこの宿神なくしては、今日言われているような「日本文化」などというものさえ、存在することはできなかったかも知れない。それほどに重大な意味を秘めた、これはあまりにも知られることの少ない神＝精霊なのである。

シャグジは「創造の空間」に棲むことによって、制度や体系を維持する働きの側につくことがなかった。この精霊のおこなう霊妙な働きは、現代の哲学が「構成的権力」と呼ぶものによく似ている。制度や体系を支える権力は、「創造の空間」の内部から沸き立つ力を自らの生命力にしているけれども、自分自身では生命をもつことのできない幽霊である。ところが自分の力量によって、ひとつの世界を立ちあがらせていくことのできる「構成的権力」

は、制度や体系の背後に潜んで、背後から秩序の世界を揺り動かし、励起し、停滞と安住に向かおうとするものを変化と創造へと、駆り立てていくことができるのだ。

秩序の神、体系の神の背後に潜んでいて、自分自身を激しく振動させ、励起させることによって、世界を力動的なものにつくりかえていこうとする神＝精霊の存在を、中世日本の人々は「後戸《うしろど》の神」と呼んだ。「後戸の神」はただの観念ではなく、よく動く物質的な身体をもっている。その身体を激しく揺り動かすことによって、思考の体系にはみなぎる力が注がれていくのだ。シャグジや宿神のような精霊的な存在が、それをおこなう。芸能と技術の領域ではその活動めざましいこの「後戸」の空間に潜む精霊を、哲学的思考の中によみがえらせることによって、私たちの今日抱える深刻な精神的危機に、ひとつの突破口が開かれるかも知れない。その精霊は国家の外、世界史の外の「アフリカ的段階」からやってくると知れば、そのユーモアに思わず心も弾んでくる。

私はこの本で、思考する行為に「後戸」の空間にみなぎる霊力を注ぎ込むことによって、私たちの生きる世界からすっかり見えなくなってしまった「創造の空間」への通路を、あらためて開削しようとする試みにとりくんだ。この世界のいたるところに「後戸」をつくり出すこと。私たちの心の内部に凍結され眠らされている潜在能力の耳元で、目覚まし時計のように激しい励起の鈴を鳴り響かせ、そこにもういちど生き生きとした「創造の空間」を立ち上がらせてみたいというのが、この本を書いた私の願いなのだ。

この本を読み終えた方は、これまで語られてきた「日本人の精神史」というものが、根底からくつがえされていく光景をまのあたりにすることだろう。石の神、シャグジの発する不思議な波動にはじめて接して以来何十年もの歳月をへて、ようやく私の学問はその波動の発する宇宙的メッセージに接近し、それを解読していく方法に近づくことができたような気がする。

目次

精霊の王

第一章　謎の宿神

侍従成通卿《じじゅうなりみちきょう》（藤原成通、一〇九七年生）と言えば、比類のない蹴鞠の名人と讃えられ、のちに難波《なにわ》家と飛鳥井《あすかい》家に分れた二つの蹴鞠道の家元からは、「鞠聖」とも呼ばれて尊ばれた人物である。優美にして明朗、誰からも好かれる人柄で、白河上皇の取り巻きの中でも、ずば抜けた才能の持ち主であった。笛の名手で今様もみごとに歌った。乗馬にも早業にも巧みで、その方面でも早くから才能をあらわした人であるが、その人がもっとも情熱を注いだのが、蹴鞠の道であった。

『成通卿口伝日記《なりみちきょうくでんにっき》』（『群書類従《ぐんしょるいじゅう》』巻三五四）の記述にしたがえば、蹴鞠の庭に立つことじつに七千日を超え、そのうち二千日は一日も欠けることなく、連日鞠を蹴り続けたという。病気のときには、病床に鞠を持ち込んで、ふとんの端をまくりあげて、寝たまま鞠を蹴った。よほどの雨降りでないかぎりは、庭に出て鞠を蹴ったが、ひどい土砂降りの日には、大極殿へ出かけて仲間といっしょに練習を続けた。このような人物であったから、明朗な人柄の奥に、なにやら神秘的な雰囲気を感じ取る人たちも多かったらしく、生前から彼のまわりにはさまざまな不思議な出来事の噂が語られていた。

なかでも人々に深い感銘を与えたのは、成通卿がある夜「鞠の精」に対面したという出来事であった。この出来事は当時の人々に深く記憶され、のちに後鳥羽上皇は成通卿と鞠精の出会いの光景を描かせて、その絵をおごそかに奉納までした。『口伝日記』によると、その様子はつぎのようであった。

千日の間休むことなく蹴鞠を続けた「千日行」満願の日に、成通は当時の蹴鞠の名手とうたわれていた人々を招いて、盛大に鞠蹴りの祭式を催した。蹴り上げた鞠の数は三百、どの鞠も地上に落下することがないというほどの、名人技が繰り広げられた。そのとき庭には二つの棚が設けられ、一つの棚には鞠が置かれ、もう一つの棚には神棚を設け、御幣などが飾られた。蹴鞠のことが果てると、この御幣を取って鞠に捧げ、これを礼拝する儀式をおこない、ようやくめいめい座について、祝宴が始まった。乾杯ののちには各人とっておきの芸が披露され、さんざめく雰囲気の中で、今日の蹴鞠に参加した全員にご褒美の品物が手渡されたのである。

その夜、ようやくくつろぎをとりもどした成通が、灯火を近づけて文机《ふづくえ》に向かって日記をつけようと、墨を摺っていたやさきのことだ。棚に置いてあった鞠が、ころころと転び落ちて、成通の前でふっと止まった。ゾクッとするものを感じた成通は鞠に目をこらした。するとそこには、いずれも顔は人間であるが、手足と身体は猿という、三、四歳ばかりの童子が三人、鞠の括り目のところを抱いて立っているではないか。あまりのことに驚いた成通は、声を荒らげてこの童子たちに、「お前たちは何者だ」と問うた。するとその猿のからだに人間の顔をつけた童子たちは、「私たちは御鞠の精です」と応えるのであった。

鞠の精たちは、成通をみつめながら、こう話しかけてきた。

「昔からあなたほど鞠を好んだ人は見たことがありません。ましてこのたびは、念願の千日の蹴鞠も果たされ、私たちにもさまざまなお供え物がありました。まことに悦ばしく存じます。あなたさまのこと、また鞠のことを、いろいろ語りたいと思い、こうして出てきたしだいでございます」

成通はそこで各人の名前を問うた。三人は「これをご覧なさい」と言って、眉にかかった髪をかき上げてみせた。すると一人の額には春楊花《しゅんようか》とあり、もう一人には夏安林《げあんりん》、さらにもう一人の額には秋園《しゅうえん》という文字が、いずれも金色で描かれていた。これを見た卿はますます不思議なこともあったものだと驚きながらも、落ち着いた風情を装って、彼らにこうたずねた。

「鞠は人が蹴鞠をするときには生きてあると言うこともできるが、人がそれをやめてしまえば、もうそれは生きてあるとは言えないだろう。お前たちはそうなったときには、どこに住んでいるのかね」

鞠精の一人が楽しそうに応える。「蹴鞠がおこなわれているときには、もちろん鞠に憑いています。でも人が蹴鞠をやめてしまえば、ぼくたちは柳の木の生い茂る、気持ちのよい林の中の木に戻って住むことにしているのですよ。人々が蹴鞠を愛好している時代には、国も栄え、よい人が政治を司り、幸福がもたらされ、寿命も長く、また病気もしないと言われております。また蹴鞠は、後世にもよい影響を与えると申されます」

「蹴鞠が現世によい影響をもたらすとは、そのとおりであろう。しかしどうして死後のことにまで影響を与えることができるのかね」と成通卿。

するると別の鞠の精がまじめな顔をして応える。「そのようにお考えになるのももっともです。人の心はたえず思い乱れ、一日のうちに心に浮かぶ思いのほとんどが、罪の種子となっています。しかし、鞠を好む人は、いったん庭に立ちますと、それからあとはただ鞠のことの他には何も余計なことを思わなくなります。そうなれば自然と心の罪はなくなっていき、輪廻転生にもよい影響をもたらす縁が生まれることとなるのです。蹴鞠をすれば功徳を積むことになるのですから、ますますこの道にお励みなされますよう。蹴鞠をなされるときには、私たちの名前を呼んでください。そうすれば、木を伝ってすぐに参上します。かならずご奉仕申し上げましょう。ただしまわりに懸木《かかりぎ》のない場所でおこなわれる庭鞠は、ご遠慮のほどを。木から離れてしまいますと、私たちはご奉仕することができません。さて、これから後は、ご自分にはこういうものが見守っているのだと、いつも私たちのことを心に懸けていてください。そうすれば私たちはたえずあなたを守護し、ますます蹴鞠の道に上達することを約束いたしましょう」

こう言い果てるやいなや、鞠の精たちの姿はかき消すようにいなくなった。

成通はこの夜の体験に深い衝撃を受け、特別に場所を定めて「まりの明神」の社を建てて、お祀りするようになった。のちの記録にはこう書かれている。

侍従大納言成通ときこえし人。この道の奥義をきはめて、神変不思議のことなどもありき。……まりの明神をあがめ申されて、紀行景といふものを神主にさだめられて、種々の神事など行はれける。其みやしろ今にありとかや。（『享徳二年晴之《きようとくにねんはれの》御《お》鞠記《まりのき》』）

＊　＊

蹴鞠らしきものは、四千年近く前の華北に展開した殷の時代の記録に、すでにあらわれている。もっともその頃は雨乞いの儀式と結びついておこなわれていたらしく、その点では古代文化において蹴鞠は、ブランコの場合とよく似た、象徴的な意味をもたされていたように思われる。

勢いよくこぎ出したブランコは空中高く舞い上がり、そのまま美しい円弧を描きながら地上に向かって落下していく。しかし、最下点で再び上昇に移り、そこでもうひとこぎすると、ブランコはグーンと勢いを増して、前にも増して空中に放り上げられていく。つまりブランコはそれに乗った人を、いつまでも空中に留めておくための装置として、考案されているのだ。

ブランコをこぎ続けている人は、天と地との中間状態に留まり続けることによって、天と地を媒介する存在となることができる。こういう媒介が存在するとき、天界と地上は離れすぎもせず、またくっつきすぎもしない、適正な距離を保つことができる。そこで古代の人は、昼と夜が同じ長さになる春分や秋分の日に、日がな一日、広場や野原に組み立てたブランコに乗って遊ぶことを好んだ。ブランコをこぐだけで、その人は宇宙のバランスを制御する偉大な技に取り組んでいるという、ひとときの幻想を楽しんだのである。

蹴鞠の場合は、人は地上にいて、鞠が空中に留まり続ける。上手に蹴ることができると、鞠はいつまでたっても地上に落ちてこない。かといって高くに蹴り上げすぎて、地上から離れすぎてしまうこともない。ちょうどよい中間の状態で、鞠は天と地の媒介を表現することになる。いつまでも雨が降らないのは、天と地の距離が離れすぎてしまって、宇宙のバランスが崩れてしまっているからだと考えた人々は、鞠を空中に蹴り上げる儀礼をおこなうことによって、天と地の間に媒介を挿入して、バランスを取り戻そうとしたのだった。

人や物が地上に落下することなく、いつまでも空中に留まり続ける状態をつくりだす技芸は、古代の中国で「散楽《さんがく》」とか「雑戯《ぞうぎ》」とか呼ばれた。今日に残されている散楽のレパートリーを見ると、玉や鼓や刀を空中に投げ上げたり、高く張り渡された綱の上でバランスをとり続けることによって、天と地の間につくりだされた特殊な空間の感覚を持続させようとする意図をはっきり認めることができる。

これらの技芸は国家というものが生まれる以前の、新石器文化の中ですでに発達をとげていたものである。人の身体をアクロバット的に空中にとどめたり、空中に放り投げた色々な物を落下させない技術によって、新石器文化にさかんだった神話的思考は、現実の世界に所属しない「中間的な空間」というものを感じとろうとしたものだった。この空間には精霊が棲む。散楽の技芸のおこなわれている間、遊びの庭には、変幻自在に変容し、動いていく精霊が出現していることを、人々ははっきりと感じとることができたのである。

このように考えてみると、蹴鞠は身体技術的な面においても、象徴的な意味づけにおいても、もともとは散楽的な技芸の一員であったのだろうということが推測できる。藤原成通卿の時代、蹴鞠はもっぱら貴族の好む上品なスポーツとしての扱いを受け、これに対して散楽のほうは、律令制の下級官人や法師の姿をした賤民的な芸能者によっておこなわれた、よく言えば野生的、ありていに言えばやや野卑なところのある芸能と受け止められていた。しかし、これはそれぞれの技芸が日本に移入されたときの事情の違いにすぎないもので、本質においては、どちらも同じ散楽的な芸能なのである。

そこで蹴鞠の名人成通卿の前に出現したという三人の「鞠精」の話を聞いたとき、昔から多くの人たちが、それは中世の芸能・技芸にたずさわるものたちの守護神と言われた、「守《しゅ》宮神《ぐうしん》」のひとつの顕現の姿に違いないと考えたのも、まことにもっともなことであった。この「守宮神」は猿楽や田楽の芸人ばかりではなく、造園の技術者である作庭家や大工にはじまって、もろもろの細工師、金属の技術者、染織家などの技を見守る重要な神または精霊《スピリット》であったのだ。


昔ハ諸道ニカク守宮神タチソヒケレバ（『続古事談』）

守宮神——シュグジともシュクジンともシャグジとも呼ばれる。中世に発達したもろもろの芸道で、この神に関係を持たなかったもののほうがめずらしい。守宮神は芸能と密接な関係をもった、これほどに中世的な神もいないと思えるほどに、中世の神なのである。

この神は、しかしいまだに多くの謎に包まれている。守宮神はまた「宿神」とも書かれる。このように書かれて、猿楽の能ではその神はきわめて重要な地位を占めてきた。能の演目中で最重要と考えられてきた「翁《おきな》」とは、この宿神の顕現の姿であると、猿楽の徒に代々伝承されてきたからである。ところが、翁の本体であるこの宿神について、ほとんどすべての能の指南書には「別に口伝あらん」と言って、口を閉ざしている。民衆的な芸能者の中でもっともソフィスティケートされた知性を持っていた猿楽者にしてからが、そうなのであるから、あとは推して知るべしである。それほど重要な神または精霊であるのに、守宮神（宿神）はいまだに解き明かされることのない、多くの謎をひめている。そもそもそれがどんな姿をしているのかさえ、定かではないのだ。

その守宮神が人の眼前に出現した希有な記録が、この成通卿の『口伝日記』なのである。もちろんそこには鞠の名人の想像界に働くイメージ（幻視）が、決定的な影響を与えていることはたしかだろう（おまけに、この『口伝日記』を実際に書いたのが、成通本人でない可能性も大いにある）。しかしそのイメージ造型の源泉が、芸能の徒に伝えられた守宮神をめぐる諸伝承の中に潜んでいることは、まずまちがいがない。鞠の精の姿形について成通の伝えた詳細な描写には、ほかの中世芸能の口伝書に語られた、守宮神や宿神の持つとされる特徴との、多くの点での共通点を見つけだすことができる。これは、たんなる個人的な幻視ではない。そして、個人的な体験の記録をとおして、その時代の精神の共通構造にたどり着いていくことも可能なのである。私たちはしばらくの間懐疑の心を捨てて、鞠の精の語るに、身を任せてみようではないか。

＊　＊

鞠の精たちは、自分たちはふだん柳の木の繁茂する気持ちのよい林を住処としている、と述べている。鞠の精は、ふだんは樹木の精なのだ。そして、人が蹴鞠をはじめた気配を感じ取るや、樹木を出てするすると猿のように、鞠の中に入り込むのである。すると鞠を蹴る人の体内にははずむようなリズム感がそなわって、身ごなしも軽快になり、空中に浮かんだ鞠を自由自在に扱うことができるようになる。そうなると、鞠はなかなか地上に落下することがない。鞠は重力が定める運命を逃れて、いつまでも空中を飛び跳ね続ける。蹴鞠のおこなわれている庭の、小さな空間に限っては、重力からの自由が実現された特別な空間ができあがる。そういうことを可能にしているのは、樹木の精でもあり守宮神でもある、これら鞠の精たちの働きなのだ。

蹴鞠にとって、植物が重要な働きをしていることは、成通以前からも明確に理解されていたようで、鞠庭には楓や桜を「懸の木」として植えるのが習わしであった。それがのちになると桜、柳、楓、松の四種類の木を、等間隔に植えて鞠庭とするのが、正式の作法として定められるようになった。現代のスポーツ人類学の研究者は、この四本の懸木を、スキー・アルペン競技の旗門や、ゴルフコースの樹木、ウォーターハザード、バンカーなどに対応させて考えようとしている（渡辺融他『蹴鞠の研究――公家鞠の成立』）。たしかに、蹴鞠をスポーツとしてとらえれば、そのような見解も成り立つであろう。しかし、つぎのような成通卿の文章を読んでしまうと、懸木をゴルフの障害物に喩えたりするのが、なんとなく恥ずかしくなってくる。

木は鞠を思ふ。まりは木を思ふ。切立はまたく鞠を思はず。木の性なきが故也。此事我ならではしる人あらじ。覚束なく思はゞ。暗からん夜みざらん切立本木のあらん所へ我ら具してゆくべし。鞠をあげてみむに。是を本木。これを切立といはん。大方たがふべからず。これをもちて鞠の至りたる事愈信ずべし。（『成通卿口伝日記』）

本木《ほんぎ》は根のある木で、もともとその庭に植えてあったか、よそから根こぎにして移植した木のこと、切立《きりたて》は、木の根をのぞいて、幹から上の部分だけを切り取って鞠場に植えたもの。成通によれば、根をはやしている木ならば、鞠との間に強烈な親和力が働くが、根のない切立ではまったくその親和力が働かない。これは木のそばに行って鞠を蹴り上げてみれば、すぐに分かることだと言うのである。このことからも、成通卿がたんに蹴鞠名人というだけの人物ではなく、一種の天才的な直感力をそなえた思想家でもあったことがわかる。彼は蹴鞠の技を、一つの全体性をそなえた力の流動循環としてとらえている。

成通卿の抱いていた蹴鞠の技の全体イメージとは、こうである。人が空中に蹴り上げる鞠の運動に活力を与える鞠の精たちは、鞠庭に植えられた懸木をたどって、まるで猿のように、するすると鞠の中に宿りにやってくる。それというのも、守宮神でもあるこれらの精が、懸木のある庭場の背後にある深い林の中の樹木に住む精霊であり、その樹木は大地に根を下ろしていることによって、精霊たちに心地よい住処を提供しているからである。鞠精が宿ると、その鞠は軽快な運動を開始する。それは鞠精自身が、数ある守宮神の中でもとりわけ愚鈍な落下運動を嫌って、軽快な跳躍やしなやかな曲線運動を好む性質を持つからであり、こうした性質は植物の根をとおしてその運動力が大地に貫流していくときにだけ、とどこおりなく働くのである。

しかもこの運動には、心地よいリズムが伴っていなければならない。「アリ」「ヤカ」「オウ」の三つの掛け声を、状況に応じて使い分けていく。この三つの掛け声が、三人の鞠精童子たちの名前、夏安林《アリ》、春楊花《ヤカ》、秋園《オウ》に対応していることはあきらかで、この掛け声によって精霊の発動を促そうとするものであることがわかる。童子たちは鼓を打つように、リズムを打ち出すのだ。それが大地から鞠へと貫流してくる流動力に、小気味のよい分節を刻んでいく。一度も地上に落下することのない不思議な「空間」が、こうしてリズミカルに膨らんだり縮んだり飛び跳ねたりしながら、足と鞠とでつくりだされるのだ。声を掛けることを「鞠を乞う」と言ったという。精霊に呼びかけているのである。

成通卿には、大地から懸木へ、そして鞠精を介して鞠の中へと、一つの軽快な力が流動していく様子が、はっきりとイメージされていたのである。その流動と循環に、自分のからだの動きを添わせていくことができるとき、鞠はいつまでも地上に落下せずに、空中に華やかに留まり続ける。不思議なイメージである。鞠の精は小暗い樹木の中へと姿を消していく。その樹木は暗く深く大地に根を下ろして、闇の中へと溶け込んでいく。蹴鞠の名人たるものは、鞠精をとおして、自らこの暗い闇の中につながっていることができなければならない、というのである。光満ちる鞠庭に立って、技をつくすだけでは、並の鞠足《キッカー》を超えるものとなることはできない。もろもろの道を極めたる者には、それぞれの道の守宮神が憑いていなければならないが、その神をとおして、鞠足はリズムがわきたち、流動力みなぎる深い闇の空間に、自分をつなげていることができなければならない。

要するに、鞠の名手たるものは、懸木を伝って降りてくる鞠の精を「へその緒」として、この深淵の空間にいつもつながっていることのできる人のことを言う、と成通卿は語りたいのである。しかもこの「へその緒」は、懸木の植えられた庭に鞠が勢いよく蹴り上げられたとたんにあらわれ、用事がすむとするすると自分でもとの住処に戻っていく、いたって便利な存在だ。私はここで思わず「へその緒」などという胎生学的な用語を使ってしまった。しかし、この連想にはたしかな根拠がある。それは、守宮神をめぐる伝承の全体が、どことなく胎生学的な雰囲気を醸し出しているからである。

鞠精としてあらわれた守宮神は、顔は人間だが、手足と身体は猿のものであり、その動きも猿のように敏捷でしかも小さい。「諸道の神」である守宮神はどの場合にも比較的に小さく、どことなく「胎児」のイメージを彷彿とさせるところがある。胎児はへその緒で母体につながっている。それと同じように、守宮神は小猿のような、あるいは胎児のようなその姿で、ときにはおそろしく敏捷に、ときにはよちよちと歩きながら、自分を守護神と祀る芸能の人の心と身体を、芸能の源泉である深い闇の空間につなげおいてくれる。「アリ」「ヤカ」「オウ」の掛け声は、この深淵を震わせながら立ち現れるリズム音として、鞠庭に響き渡り、鞠足の身体をじかにこの深淵につなぐのである。

そしてさらに考えれば、成通卿自身がおそらくはそう推察していたであろうように、守宮神の概念で包摂されるのは、ただ人面猿体であらわれる妖しい鞠の精の存在だけではなく、この鞠の精の活動を先端部とする、もっと大きな全体運動をおこなっている空間そのもののことまでが、含まれているのではないだろうか。鞠精はこのように考えられた全体運動する「シャグジ空間」の突端、岬、突出部として、あのような姿をして人の世界に姿をあらわす。その背後にはもっと大きな胎動する空間がある。鞠の聖人は人生の大半の時間を注いで蹴鞠の修練を積んだ結果、その空間の実在を確信できるようになった。まさに真実の信仰を得たのである。そのご褒美として、「シャグジ空間」はあのような風体の鞠の精を遣わして、その勲《いさおし》を讃えたのではないだろうか。芸能としての蹴鞠は、このような空間の感覚に触れていることによって、スポーツを越えるのである。

＊　＊

成通卿のような信仰心の厚い芸能の天才の前には、ときおりこのように守宮神（宿神）のあらわれることがあった。しかしそれがはっきりと目で見える姿をとって出現するなどというのは、希有の出来事であった。もっと普通には、芸能の達人たちはこの神＝精霊の実在を、超感覚的ないしは直観的にとらえていたように思える。つまり、自分の身体や感覚を、三次元の物質で構成された空間を抜け出して、そこに守宮神が住むという柔らかく律動する特殊な空間の中につないでいき、その音楽的な空間の動きを自分の身体の動きや声の振動をとおして、観客の見ている普通の世界の中に現出させていこうとしたのである。

蹴鞠は鞠精の形をした守宮神（宿神）の助けを借りて、驚異の技を演じてみせようとした。ほかの芸能についても事情はほぼ同じで、「昔ハ諸道ニカク守宮神タチソヒケレバ」こそ、常の人の能力を超えた技芸の達成を実現することもできたのである。石を立てて庭を造るのにも、花を生ける（石の場合と同じように「花を立てる」、といったようだ）のにも、「諸道」の者たちはただ自分の美的感覚や造型の技術を頼みにすればよいというのではなく、それぞれの道にふさわしい守宮神の護りを得る必要があった。それはたんなる神頼みというものではなく、その神をとおして、それぞれの芸がどこかで「へその緒」のようなものをとおして、揺れ動く「シャグジ空間」につながっている必要を感じていたからである。そういう空間から立ち上がってきた石や花でなければ、霊性にひたされた芸能とは呼ぶことのできない、ただ美しいだけのただの物質的現象にすぎない、と見なされた。

日本の中世の芸能者・職人の世界では、このように守宮神（宿神）は、ことのほか大きな

「年中行事絵巻」住吉家模本（田中家所蔵）

意味をもっていた。表だっては伊勢や春日の大神を崇敬する様子を見せながら、ひとたび家の芸のことに心が向かえば、最高の神は誰あろう守宮神をおいてほかにはなかった。守宮神には大きな神社もなければ、国家による認定もない。家の中の小さな祠に祀られて、その由来も神話も定かではない、世間からは得体の知れない精霊の扱いを受けていた守宮神であるが、この神こそが芸能者・職人にとっては、宇宙の王にも等しい存在だったのだ。

このことが、猿楽の徒の間では、とくに大きな意味をもった。観阿弥・世阿弥の時代に「能」としての大成をとげることによって、賤民芸能の世界から抜け出して、芸術的な発達をとげることになったこの芸能は、もともとが呪師《しゅし》（呪術師）の芸から発達したと言われるだけあって、宗教的源泉とのつながりを、いつも深く意識していたように思われる。猿楽者たちは、ほかの芸能者や職人たちとおなじように、自分たちの芸能の守護神として「宿神」を祀っていた。しかし彼らはそれ以上のことをした。猿楽者は宿神の住む空間の構造そのものを探求して、その構造を身体の芸能として表現しようとしたのである。

今日の能でも、「式三番」として演じられる演目の最初に登場してくる「翁」には、特別に儀式めいた雰囲気がつきまとっているが、猿楽の伝承では、この「翁」のことをこれから猿楽芸の演じられる空間全体の本質を体現している、もっとも重要な存在として特別視したのである。そして、この「翁」こそ宿神にほかならないという秘密の伝授が、師から弟子へとひそかに伝えられていた。幸いにして今日まで、「翁」こそが宿神の立ち居振る舞いそのものを表現しようとしたものであるという伝承の記録が、わずかながらも残されてきた。

たとえば、十六世紀の後半に書かれたと推定される観世座《かんぜざ》の口伝書『八帖花伝書《はっちょうかでんしょ》』は、猿楽自体が低迷期に入り始めた時期に、危機感にかられた観世座の誰かが、やむにやまれぬ思いで秘密をうち明けたという性格の書物であるが、そこには「翁」に関しての、いくつもの興味深い内容が素直に書きつけてある。

一　大和四座は、中楽と書ひたり。近江さるがくをば、猿といふ字を書いたり。日吉の使者、猿なる故に、此を知らすとなり。

大和中楽の次第を申に、

一　第二　天照大神　　翁舞　　連ぬし殿
一　第一　八幡大菩薩　千歳　　鈴大夫殿
一　第三　春日大明神　三番　　神楽大夫殿

されば、春日殿に、三千人の宮人の社家の頭たり。頭の連主殿は守久神。本地、釈迦如来なり。(中略)春日の四所明神に、一人づゝの御守なり。一番、大菩薩。二番、天照大神。三番に春日大明神。又、若宮の守久神の御事也。守久神は、三人の父母の御神也。若宮を守る御神と言へり。これは、天照大神宮・八幡大菩薩・春日大明神のおかせ給ふ、父母の祝言の面を顔に当て、天長地久の祈禱たり。式三番はいかにも〳〵、謹んで有べき大事なり。

まことに難解な文章だが、服部幸雄氏の画期的な論文「宿神論」の助けを借りながら読んでみると、ここには当時の春日大社における翁猿楽奉納の構成と内容がしるされているのがわかる。春日大社は、連主《むらじぬし》と呪師《すし》（この文章で「鈴」と書かれている人物）と神楽男《かぐらお》によって構成され、きわめて重要な翁猿楽を奉納するにあたって、大和猿楽座は神主・神人と呪師猿楽とから、それぞれの人数を動員して、これを舞ったのである。

重要なのは、守宮神（守久神）の登場である。この神が、大菩薩から天照大神から春日明神まで、いずれの神々をも「御守」するというのである。「守久神は、三人の父母の御神也。若宮を守る御神と言へり」。さらにこの守宮神は春日四所明神の、とりわけ若宮を守る神であり、その姿は一座中最長老ともいうべき「頭の連主殿《むらじぬしどの》」によって演ぜられる「翁」として、表現・影向《ようごう》されることになっていた。

いずれにしても、「翁」として影向する守宮神なくしては、春日大社につどう神々のおもだった面々でさえも、自身にそなわった強力な霊威を発動させることができない、と考えられていたところが重要である。守宮神は神々の父母であり、とりわけ荒々しい霊威を発散させるがまだまだひ弱なところのある若宮にとって、守宮神の守りは絶対に必要なものだった。守宮神は、天照大神や春日大明神や八幡大菩薩よりも、さらに根源に近い神なのだ、とここにははっきりと語られている。また人間で言えば胎児や新生児の状態をあらわす若宮を外界の力から守る働きをおこなうとも言われている。

あきらかに、守宮神が住処とする特別な空間の様式というものが、猿楽の徒には明瞭に直観されていたのがわかる。それは、神々以前からあって、神々を自分の中から生み出す空間である。しかも生まれたばかりの神々を優しく包んで、破壊されないように守る役目をしているのも、この空間だ。この空間には荒々しい霊威が充満している。それが神々の背後にあって発動をおこなうとき、前面に立つ神々も奮い立って、それぞれの神威をふるうことができるのだという。宇宙以前・空間以前からすでにあったコーラ Chola（場所）とでも言おうか、物質的諸力の影響を受け付けないシールド空間とでも言おうか、これはきわめて難解な構造をした力動的空間であって、猿楽者たちはそれを直観によってつかみとろうとした。とにかく猿楽者たちがその芸能をとおして発達させた「翁」の概念は、いまだに汲み尽くされない深い井戸のような印象を、私たちにあたえるのである。

守宮神（宿神）という神または精霊と結びつけられるときあらわになってくる「翁」の性質には、ひとつの大きな特徴がある。猿楽者たちは、仏教哲学でさえたやすくは表現のできなかった絶妙な成り立ちをした空間に、じつに大胆な身体表現を与えていこうとしていたが、そのときに自分たちが直観でとらえているその空間の性質を、好んで「胎生学的」なイメージを駆使して、表現しようとしたのである。成通卿の眼前にあらわれた鞠の精のたたずまいに、私たちはすでにそのことを感じ取っていた。作庭にせよ立花にせよ手品やアクロバットの芸にせよ、芸能の思想には、いつもこのイメージがつきまとう。それどころか、同じ宿神を祀るさまざまな職人たちのおこなう技術の背後にさえ、その荒々しくもどこかに柔らかな変容性を含んだその空間の実在を、感じ取ることができる。それが猿楽における「翁」の思想になると、じつに宇宙的な規模にまで拡大をとげるのである。『八帖花伝書』のつぎのような記述を見てほしい。

一 楽屋入りをして、物の色めも見えざる所は、人の胎内に宿る形也。
一 幕を打上げ出づる風情、是、人間の生るゝ形なり。
一 翁といつぱ、釈尊出世の仏法を、弘め給ふ心也。翁の謡、陀羅尼《だらに》と神道をもつて、これを作り、大夫・笛・大小・太鼓をば、五躰・五輪に表し、地・水・火・風・空を象る。大夫をば空の字にたとへ、笛をば風の字に象る。小鼓を火の字にたとへ、大鼓を水の字にたとへ、太鼓を地の字にたとへ、大夫を空にたとふ事、空は、天地・陰陽・五躰・五輪・仏法の水上なり。此理、釈尊も述べがたきと、説き給ふ。御歌に、
　空の字はちゞみがしらにたとへたり　とくもとかれず言ふも言はれず

楽屋は暗黒の（物の色めも見えざる）空間であり、出番を待ってこの中にじっと身を潜めている芸人は、自分はいま母親の胎内にいるのだと観想しなければならない、とこの口伝は語っている。すべてが未発の状態にあって、力を湛えたまま静止と沈黙のうちにある。そして、幕を打って出る。これは出産の瞬間にほかならない。まさに新生児として出現するのが猿楽の芸であるのだが、なかでも「翁」は新生児のイメージのさらに根源にある宇宙的胎児

のイメージそのままに、幕の外に出現を果たすものだ、とここには書かれている。

このように胎児がなにかのベールに護られたまま、繊細微妙な条件を保たれた環境の中に、静かに立ち現れてくる様子を、そっくりそのままとらえようとしたのが「翁」である。これを仏教哲理で表現すれば、空（力の充溢した空間）の内部から、物質的世界を形成する諸元素がまだ「微分」の状態で、地とか水とか火とか風とかいう「ベクトル」となって出現して、目には見えない微分状の生命体を形作ろうとしている様子を、身体の動作だけで表現しようとした絶妙な芸能こそが、「翁」にほかならない、ということになるが、この表現の背後には、密教的な胎生学の知識がひそんでいる。

ここにいたって、成通卿の前に鞠の括り目をつかんであらわれた、あの三人の童子のことが思い出される。これらの童子は人間の顔をしているが、手足と体は猿であったという。つまり、小さな身体しか持っていないのだ。「シャグジ空間」そのものは、生物時間を超越した「翁」の姿をもって表現された。しかし、この「翁」としての空間が自ら生み出すものは、小猿のような身体をもった童子なのであり、この童子の守りによって、芸能者は「へその緒」を得て、源泉である空間に自分をつなげておくことができるのである。

守宮神＝宿神の住むという空間は、時間性と空間性において、私たちの知覚がとらえる時空間とは、ラジカルな違いをもっている。過去・現在・未来という時間の矢に貫かれながら進んでいく、私たちの知覚のとらえる時間の様式とは違って、「シャグジ空間」では時間は円環を描いている。そこには遠い過去のものと未来に出現してくるものとが、ひとつの現在の内部で同居しているのだ。また「シャグジ空間」は三次元の構成を越えた多様体としての構造をしている。そのおかげで、やすやすと鞠の表裏をひっくり返したりもできる。つまり、この世界にいながら、高次元の空間の内部に、するすると入り込んでいくこともできる。

老人なのか子供なのか、人間なのか猿なのかわからない宿神のイメージをとおして、芸能者たちは自分たちの守護神の本質を表現しようとしていたが、そういう試みの頂点に、猿楽の「翁」はいる。しかし、それについての口伝の類は、ほとんど残されてこなかった。そのために私たちは断片的な記述をとおして、その背後に隠れていると思われる豊饒な世界を手探りすることしかできなかった。ところが昭和三十九年、事態は劇的な変化をおこした。偶然に発見された金春禅竹の著した『明宿集《めいしゅくしゅう》』というテキストには、「翁」と宿神の関係、宿神のほんとうの意味、神々の世界の中での宿神の位置などについては、それまで想像もしなかった驚くべき記述の数々が、書き付けられてあったからである。

第二章　奇跡の書

まさかあの金春禅竹がこんな本を書いていたとは、誰も想像していなかった。金春禅竹は大和猿楽四座の中でも、もっとも古い歴史と豊かな伝承を持つ円満井《えんまい》座を率いる、優れた芸能者だった。二十代前半には、観世座の世阿弥の娘を妻とすることによって、禅竹は世阿弥と深い因縁で結ばれることとなった。禅竹は世阿弥から多くの教えを受け、また彼のほうでも世阿弥に円満井座に伝えられてきた、おそらくは猿楽最古の伝承のいくつかを与えたのであり、その痕跡は『風姿花伝《ふうしかでん》』のいくつもの箇所に見つけ出すことができる。

金春禅竹は同時代の芸能者から多くの点で抜きんでていた。そのことはいまに伝えられている『定家』や『小塩』のような、禅竹の手になる謡曲台本を読んでみれば、たちまちあきらかになることだが、それと同じくらいに重要なのは、彼がいくつもの優れた能の理論書を著したことにある。強靭な理論的思考の能力に恵まれていた禅竹は、天台教学、両部神道、伊勢神道、儒学、歌学などの知識を旺盛に吸収したうえで、『六輪一露之記』や『五音三曲集』といった堂々たる理論書を書いたのである。

それにしても、禅竹が『明宿集』という奇跡のような内容をもった書物をひそかに書き著していたとは、当の金春家の人々ばかりではなく、能楽史の専門家でさえ、想像もしなかったことだった。それが昭和三十九年に、偶然に発見された。そのときの様子を金春家の御当主、金春信高氏は次のように書いている。

その後、表（章）さんと、その友人で禅竹研究に大きな業績を立てておられた伊藤さんとが協力して、金春関係の伝書を公刊する話が具体化し、その調査などのため、東京へ転じた拙宅へしばしば表さんが訪ねてくる様になつたが、どんなに忙しい時でも、私は表さんを歓迎し、長々とおしやべりしては、家内に笑われた。ところで、表さんは自分の専門以外の事にはほとんど関心を示さない。自然、話題はすべて能楽の、しかも歴史的な事に限られていた。その面については打てば響く様に応対する表さんの態度は、いつも自信にみちみちていて、いかなる事態にも動ずる事がない様に見えた。ところが、ある日、そんな表さんを動揺させ、生つばを飲ませる様な事件が発生した。すなわち、新資料『明宿集』の発見である。

昭和三十九年の暮近く、私は、表さんに見せるべく蔵書の整理をしていた時、ヨレヨレになつた数枚の反古紙を見つけ、何だか見覚えのある字だなと思い、すぐにそれが禅竹自筆の『六輪一露秘注』（寛正本）の字に似ている事に気がついた。急いで『六輪一露秘注』と比較してみると、実によく似ている。これはヒヨツとすると禅竹自筆の伝書かも知れないぞとは思つたが、禅竹にしては内容があまりにも故事つけ過ぎるので、半信半疑な気持であつた。表さんが来た時、早速、私は例の反古紙を見せた。表さんは、ホーと言う様に落ちついた態度で反古紙を見て、「なるほど禅竹の字のようですね」と言う。勢いを得た私は具体的に似ている点をセカセカと説明した。それにとりあわず、静かに内容を見つめている。そのうち表さんの眼が次第に輝き、時々生つばを飲んでは、食い入る様に紙面を見つめている。その様子が唯事ではない。私も胸がドキドキして来た。そして、「どうです、禅竹でしょう」とか、「こんな内容のものを他で見た事がありますか」などと、遠慮しながら尋ねたりした。しかし、エ、とか、イ、エとか返事する表さんの様子は全く上の空と言った感じで、一向に目は紙面から離れない。やがて、顔を上げた表さんは、「まさしく禅竹です。惜しいことに途中が飛んでいて七枚しかありません、どこかに残りがありませんか」と言った。その時はもういつもの表さんに戻っていた。私が内容の不審な点を指摘すると、表さんはキッパリと否定して、世阿弥にも似た考えがあることや、禅竹の他の伝書との共通点を例を上げて説明し、内容から見ても禅竹著述に相違ないと断言し、奈良の宝山寺にある禅竹の文書もこれと同様の紙質である事をも言い添えた。それで私も、これが禅竹自筆伝書であることに確信を持つことができたのである。その後、残りの四枚も、奈良に残してあった文書の中から発見されたので、ここに、金春禅竹自筆の著述『明宿集』全十一枚の全貌が明らかになり、全くの新資料として、本書にも収録されているのである。(表章・伊藤正義校注『金春古伝書集成』)

多くの専門家たちを驚かせたのは、そこに「翁」が宿神であり、宿神とは天体の中心である北極星であり、宇宙の根源である「隠された王」であるという主張が、はっきりと書きつけられていたことである。私たちはこの書物をとおして、はじめて中世に宿神と呼ばれていた芸能の神＝精霊の活動について、なまなましくも正確な知識を得ることができるのである。この書物に書かれていることを出発点にして、私たちはとてつもない精神の冒険に旅立つことができる。『明宿集』は日本文化が発掘した、ある種の『ナグ・ハマディ文書』なのである。

＊ ＊

『明宿集』は金春禅竹が一座の後進のために、猿楽でもっとも重要な精神的価値を持つ「翁」の本質をあきらかにしようとして書いた、一種の内部文書である。そのために同じ精神的伝統を生きる者たちには理解できるだろうとして、相当に大胆な思考が書き連ねられている。この『明宿集』の詳しい内容に立ち入った分析は、第七章でおこなわれる予定であるから、ここでは当座の私たちの関心にとって重要な部分だけを、抜き出して見ることにしよう。私たちはここまで、中世芸能者の守護神である守宮神または宿神のイメージに包み込まれている「胎生学的イメージ」を追跡してきた。『明宿集』にはその問題が、つぎのように真っ正面から取り上げられている。円満井座の神話的始祖である秦河勝《はだのこうかつ》の事績について、禅竹はつぎのように書く。

一、秦河勝の事績は、聖徳太子の著した御目録の中に記されている。それによると、そもそもこの河勝のことは、その昔の推古天皇の時代に、泊瀬川《はつせ》に洪水がおこり、上流からひとつの壺が流れ下ってきたことが発端となった。人々はこの壺を不審に思い、磯城島《しきしま》のあたりで拾い上げてみると、壺の中にはたったいま生まれたばかりの子供が発見されたのである。急いでその子供を抱き取ってみると、そばにいた大人の口を借りて、こう語り出した。「ぼくは秦の始皇帝の生まれ変わりだよ。日本に生まれ出る機縁があって、こうして出現しました。急いで朝廷にぼくのことを報告してください」。しばらくしてこの報告は、天皇のお耳にも入った。天皇もこの子供の出現をいたく奇特なことと思し召して、自分のおそば近くにお召し寄せになり、親しくお育てくださることになった。その子供は成長するにつれて、抜群の才能と知恵をしめすようになり、賢臣よ忠臣よとたいへんな栄誉を受けるようになった。そののちは聖徳太子のおそばから離れることなく、忠実にお仕え申した。太子が反乱をおこした物部守屋を攻め滅ぼされたときのことである、神通力のこめられた太子の放った矢に当たった守屋は、櫓《やぐら》から転げ落ちた。そのとき守屋は「如我昔諸願、今者已満足（私がその昔に立てた願いが満たされ、今は満足である）」と唱えた。これに唱和して河勝は即座に「化一切衆生、皆令入仏道（一切の衆生をうながして、皆が仏道に入るようにいたしましょう）」と唱えたという。これはいずれも法華経の言葉であるが、その頃はまだこのお経は我が国にはもたらされていなかった。守屋も河勝もどちらも尋常でない人であって、そうした人たちの用いる方便は、意外なやり方で人々に福祉をもたらすものである。聖徳太子はこの河勝に命じて、猿楽の技をおこなわせた。橘寺《たちばなでら》の御殿の紫宸殿《ししんでん》において、「翁」は河勝によってはじめて舞われたのである。太子の御目録に記されているとおりである。したがって、こういう因縁や結縁のことを考えてみるに、この秦河勝は「翁」が人間に仮現なさった存在であることは、まったく疑いの余地がない。その理由をあげてみよう。秦の始皇帝は中国の皇帝である。つまり王であり、王とはすでに述べたごとく「翁」にほかならない。河勝はまた始皇帝の生まれ変わりと名乗っているので、ますます「翁」であることは疑いがない。そういうお方であったからこそ、猿楽の道を創始されることになったのであろう。そののち、猿楽の技を子孫に伝えたあと、現世に背を向けて、空舟に乗り込んで、西方の海上に漂流をなさったが、播磨の国の那波《なわ》にある尺師《さこし》の浦に打ち寄せられた。漁師たちが舟を陸にあげてみると、たちまち化して神となった。あたり一帯遠くの村々にまで憑いて祟りをおこなったので、大変に荒れる神と呼ばれた。すなわち大荒神となられたのである。この大荒神については、すでに書いたように、母の胎内の胎児を包む胞衣《えな》の象徴である、「翁」のまとう襅《ちはや》の袖と呼ばれるものに符合している。胞衣はすなわち荒神であるので、この対応は正しい。そののち、坂越《さこし》の浦に神社をつくってお祀りすることになった。そののちは播磨国赤穂郡上郡《はりまのくにあこうぐんかみごおり》（山の里）の諸処に勧請され、おびただしい数の神社が建てられて、西海道の守りの神とはなったのである。そのあたりの人たちはこの神社を、猿楽の宮とも宿神ともお呼び申し上げている。このことをもってしても、いよいよ秦河勝は「翁」であったことを知らなければならない。

したがって、「翁」のことは大荒神とも、本有の如来とも崇敬すべきなのである。ある秘文に言う。「その心が荒れ立つときは三宝荒神《さんぼうこうじん》、その心が寂静のときは本有如来《ほんうにょらい》」。この文の含意を深く理解すべきである。のち播磨の山の里から、大和国桜井の神社に示現なさったという伝承もある。

秦河勝には三人の子があったが、一人は武士となり、一人は楽人となり、もう一人は猿楽者となって、それぞれの伝統を伝えた。武芸を伝承した子孫は、いまの大和長谷川党の人々である。楽人の技芸を伝えた子孫は、我が国における仏法最初の寺である四天王寺に依って、百二十調の舞を舞いはじめた人々である。そして、猿楽を伝えた直系子孫が、我々円満井座の金春太夫《だゆう》である。秦氏安から数えて、いまにいたるまで四十数代に及ぶ。なお行く末は千秋万歳、家業繁盛して、限りがあってはなるまい。ただ深い信心をもって、この家の伝統にますますの利益をもたらすように努力すべきである。当家の子孫たちよ、謹んで敬い奉れ。

この部分だけ取り上げてみても、私たちにもたらされる知識にはおびただしいものがある。それは芸能史的な側面から神話学的な側面におよび、さらにそこから社会史的側面に、民俗学的な側面へと広がりを見せている。この記事でなによりも重要なのは、芸能者にとっての守護神である宿神が、播磨国の民俗誌にあらわれる宿神の観念につなげられていることである。芸能史と民俗学が、ここではひとつに結びあって、折口信夫の先を行っている。私たちは奇しくもここに、この列島に生きた人々の精神にとって、宿神という神＝精霊が果たしていた巨大な働きの一片を、垣間見ることができる。

＊　＊

この記事の背景には、つぎのような歴史的事実がある。
三輪山《みわやま》の背中には、この秀麗な山を抱きかかえるようにして、御室山《みむろやま》がどっしりと構えている。この御室山からは豊かな泊瀬（初瀬）川が流れ出していて、その水源のあたりは縄文時代からの祭祀の中心地になっていた。つまりそこには何か別の名前で呼ばれていた可能性もある「シャグジ」の神が祀られていた、と推定される（そのような推定のおこなわれる道筋については、第八章で詳しく説明される）。そこに百済《くだら》からやってきた職人によって彫り出された十一面観音の像が安置されるようになってからは、泊瀬川上流のこの地帯は、ようやく建設がはじまった初期のヤマト朝廷の人々の信仰までも吸収するような宗教的センターとして、しだいに重要性を増していったのである。

泊瀬川は麓に着くとすぐに西の方角に流れを変えて、三輪山の麓の磯城《しき》と呼ばれるあたりの土地を潤しながら、ゆったりと盆地に流れ出していく。この川は磯城のあたりで大きくカーブを描いていく。泊瀬川がカーブを描いていくそのあたりに、古くからさまざまな芸能者や呪術的宗教者や技術者たち、中世の言い方でひとくくりに「職人」と呼ばれる人々の、大きな集落が形成されていたのである。奈良時代の記録には、ここに天体の知識に詳しく、それをもって雨乞いの儀式などをおこなう「ヒジリ」たちの住んでいたことが記されているし、渡来系の技術者の家族もここには多数住んでいた。

　のちに「大和猿楽」と呼ばれることになる芸能集団が、いつ頃からこのあたりをひとつの拠点としはじめたのか、詳しいことはわかっていないが、少なくとも金春禅竹が少年時代を送ったのは、この職人集落の中心である秦楽寺《じんらくじ》のすぐそばにあった「金春屋敷」にほぼ間違いはなかろう、と今日の歴史学者たちは推定している。猿楽者の大きな集団が、このあたりを根拠地としており、その中でも円満井座（のちに金春座と改められた）は、もっとも古い出自と伝承を持つ集団として、猿楽集団の中でも格別な位置にあったのだった。

　円満井座の人々は、自分たちの先祖は朝鮮半島からの渡来人「秦氏」であると主張し、そのことに高い誇りを抱いていた。朝鮮語で「海原」を意味する「パタ」の名前を持った渡来人の集団が、はじめて日本列島にたどり着いたのは、五世紀の初頭ないし中頃のことと考えられる。はじめは北九州の香春《かはる》に定着し、得意の鉱山技術を生かしてその地方に大きな勢力をつくりだしたのち、さらに拡大を求めた人々は、瀬戸内海に向かっていくグループと、宇佐地方にひとつの勢力を確立したあと宇和海を渡って四国西南部に向かうグループとの二つに分かれて、列島上に散開していったのである。

　このグループには、多数の技術者や芸能者が含まれていたと考えられる。陰陽道の知識に詳しい人々、さまざまなタイプの語り物や歌謡にたくみな人々、散楽系の身体芸をもって農事の儀礼に参加する人々、土地の精霊を祀るための神事芸能の知識をもった人々、人形《くぐつ》を舞わせて不思議な感覚を醸し出す技術に熟達した人々……泊瀬川の流域に住み着いた職人や芸人の先祖は、おそらくはこういう人たちであったはずだ。

伝承している芸能の性格から判断しても(あきらかにそれは「散楽」に属する芸能である)、また長い間根拠地となった居住地から考えても(そのあたりは古くから「秦庄《はだしょう》」と呼ばれている)、円満井座に属する猿楽者たちが、渡来系「ハタ」氏の末裔であったという可能性は、とても高いと思われる。もっとも同じ「ハタ」と言っても、数波にも分かれて渡来した大集団の末端の人々であったはずであるから、それがあの有名な秦河勝という人物を直接の先祖としているという伝承は、そのまま信用するわけにはいかないかも知れない。しかし、斑鳩《いかるが》にあった「橘」という自分の土地を聖徳太子に寄贈したのが、この秦河勝であったことなどからも、地理的な関係だけ考えてみても、猿楽円満井座の先祖の「ハタ」の人々と、国家官僚秦河勝の属した「ハタ(ハダ)」とが、なんらかの関係をもっていたことだけは、認めてあげてよいと思う。

泊瀬川流域の集団に、平安の頃、秦氏安という傑物があらわれて、この集団をおおいに守《も》り立てる活躍をした。中世を迎えて活気づいたこの集団は、大きく三つに分かれて、それぞれの発展を図ることになった。中心にあった集団は猿楽の芸能を、自分たちの職業に選んだ。また猿楽の舞に付属していた楽人たちの一部は分かれて、聖徳太子とも縁の深い四天王寺の楽人として迎えられ、雅楽の専門集団を形成した。そしてもうひとつの集団は、このあたりを根拠地とする武士の集団「長谷川党」を名乗って、有力な中世武士団をかたちづくっていった。

猿楽といい、雅楽といい、武士といい、まぎれもない「職人」の技である。猿楽は空間の技芸である。「シャグジ空間」という特別な時空の構造を、身体の動きでもって表現する技芸を、円満井座＝金春座の人々は家業として受け継いだ。これに対して、雅楽は時間意識の流れを扱う技芸にほかならない。それは目には見えない領域に人々の意識を誘い込んで、時間の感覚を変容させる技術をあらわしている。そして、武士は「殺人」の技術をもって、力の空間を制覇していこうという人々である。この技芸は、一面では賤しめられながらも、権力の獲得にはなくてはならない技術として、そのうち政治空間の質まで変えていってしまうだろう。

こうして、泊瀬川流域に住んだ古代の渡来人秦氏の末裔の一流から、円満井座の猿楽集団、四天王寺の楽人集団、武士団長谷川党の集団の三つが、生まれ出たのである。禅竹の時代、彼らはそれぞれの「技芸」の領域で、卓越した活躍をしめしていた。

＊　＊

禅竹の『明宿集』に登場する秦河勝をめぐるこの伝承は、このような歴史を背景として、語り出された「神話」にほかならない。これと同じ伝承は世阿弥の『風姿花伝』にも採録されている。二人の語っている内容がほとんど同じであるのには、理由がある。世阿弥は娘婿となった禅竹の口から直接に、この円満井座伝承の話を聞いたと思われるからだ。伊賀の服部氏（これも秦氏の遠い流れである）の出であるとも噂されている観阿弥・世阿弥父子であるが、このころには「秦氏清《はたのうじきよ》」などの秦姓を名乗るようになっていた。秦河勝を猿楽の祖とする伝承は、円満井座の狭い範囲を越えて、猿楽者全体の共有物となろうとしていた。

そこで『風姿花伝』は、つぎのように語る。欽明《きんめい》天皇の時代に、大和の泊瀬川が洪水になった。そのとき川上から一つの壺が流れ下ってきたのを、三輪神社の鳥居のあたりで拾う者があった。壺の中には玉のように美しい幼児がいた。これは天から降ってきた人だというので、さっそく内裏にこのことを報告しておいたところ、その夜の天皇の夢に「わたしは秦の始皇帝の再誕である」というお告げがあった。そこでこの幼児を内裏に迎え、殿上人として育てることにした。成長するにつれて大変な才能を発揮するようになったために、十五歳になったとき、「秦」の姓を与えて、これを「はだ」と読ませ、秦河勝《はだのこうかつ》と呼び、重用することとなった。

聖徳太子の時代、物部守屋の反乱があり、政情が不安定であったとき、例の神世と釈迦時代の吉例を思い出されて、六十六番の物まねをして、天下に平安をもたらそうと考えられた。その役に秦河勝を抜擢したのである。太子は六十六番の猿楽のための面を手ずから彫られ、河勝に与えた。橘の内裏（橘寺の内裏の意味だが、ここがもと秦氏の所有地であった可能性があるとも言う）の紫宸殿でこれを上演した。すると政情も安定し、国は静かになった。このとき太子は、「神楽」を変形して「申楽」として、この音楽を以後そう呼ぶことにした。

秦河勝は猿楽芸を子孫に伝えたのち、「化生の人は痕跡を留めない」のことばどおりに、摂津難波の浦から「うつぼ船」に乗って、風まかせに西の海に漂流していった。播磨国の坂越《しゃくし》の浦に流れ着いた。漁師がこれを引き上げると、たちまち人間のかたちに変じたが、人に憑いてはすさまじい猛威をふるった。そこで人々がこれを神として祀ると、ようやく穏やかとなって、かえって国は豊かに栄えた。この神を「大いに荒れる」と書いて「大荒《おおさけ》大明神」と名づけた。

以上が世阿弥の書き記した秦河勝伝承である。禅竹の語るものと、ほぼ一致している。細部には興味深い点がたくさん埋め込まれているが、当面の私たちにとって重要なのは、河勝のおこなった二度にわたる異常な出現のかたちである。

子供の姿をして濁流の泊瀬川を流れ下ってくるときも、瀬戸内海に浮かんで播磨国の坂越の浦に漂着したときも、この人物はまわりを密封された「容器」に守られて、水界を渡りきってみせるのである。泊瀬川を流れ下るとき、秦河勝は壺に密封され、「ちいさ子」として人の世に出現する。これは、朝鮮半島から中国、さらには中国西南部をへてチベットにいたる広大な地帯で語られている「壺中童子《こちゆうどうじ》」のモチーフに共通である。驚異的な仕事をなす人物は、普通の誕生をしない。こうして壺の「容器」に守られながら、水界を渡って人の世に現れるという話であるが、興味深いことに、ユリウス・カエサルのようなローマ世界の英雄は、陶器製の壺ではなく、人間の母親の胞衣《えな》に包まれて、特別な誕生をおこなうと言われているのである。

このローマの伝承は、ただちに秦河勝伝承の後半部の主題に関係を持ってくる。さまざまな有意義な業を終えた河勝は、今度は壺ならぬ「うつぼ舟（空舟）」に込められて、風まかせに西の海を漂って、たどりついた坂越の浦で、恐ろしい荒神となってふたたびこの世に出現するのである。ここには、二重三重の意味で、宿神が大きな影を落としている。この伝承は、中空の容器に密封されていた霊的存在が、殻を破って出現するときには、人の世界にとって恐るべき力をはらんだ荒神となる、と語っている。民間伝承にも深い知識を持っていた金春禅竹は、そこに一貫した象徴的思考の働きを直観して、つぎのように書くのである。ここでは原文で示しておこう。

業ヲ子孫ニ譲リテ、世ヲ背キ、空舟ニ乗リ、西海ニ浮カビ給イシガ、播磨ノ国南波尺師ノ浦ニ寄ル。蜑《あま》人舟ヲ上ゲテ見ルニ、化シテ神トナリ給フ。当所近離ニ憑キ祟リ給シカバ、大キニ荒ル、神ト申ス。スナワチ大荒神ニテマシマス也。コレ、上ニ記ストコロノ、母ノ胎内ノ子ノ胞衣、褌《ちはや》ノ袖ト申セルニ符合セリ。［胞衣ワスナワチ荒神ニテマシマセバ、コノ義合エリ］。ソノ後、坂越ノ浦ニ崇メ、宮造リス。（……）所ノ人、猿楽ノ宮トモ、宿神トモ、コレヲ申タテマツルナリ。コ、ヲ以テモ、翁ニテマシマスト知ルベシ。サレバ翁ノ御事、大荒神トモ、本有ノ如来トモ、崇メタテマツルベキ也。

禅竹の思考では、つぎのようなアナロジーの連鎖がおこっている。秦河勝を密封した「うつぼ舟」が海上に浮かんでいる。その様子は、羊水の中の胎児を守る「胞衣」を連想させる。胞衣は羊水の中に浮かぶ子供にとっては、まさに壺であり、うつぼ舟の働きをしてくれている。胞衣の「舟」に乗って、子供は危険な胎生学的時期を、無事に渡り切ることもできるのだ。荒々しくも若々しい生命が、胞衣の舟に乗って、この世にむかって漂流してくるというイメージが、その背後にある。

しかし、出産のとき、母親のからだの外に排出されてきた胞衣は、そのとたんに「荒ぶる存在」へと変貌する。胎児は母親の胎内にあって、へその緒とこの胞衣をとおして、リズミカルに胎動する巨大な暗い空間に自分をつないでいることができた。その意味で、この段階の子供はまだ人間の世界のものではなく、神の領域のものだったのである。その子供は、へその緒を断ち切って母親のからだの外に出てくる。そして、それといっしょに、あの巨大な暗いリズム空間と子供との隔壁となっていた胞衣は、この世界ではもはやどこにも「置かれ場所」というものを持たない恐るべき存在として、人の世界にとり残される。

金春禅竹は、これこそが「翁」であり、宿神であり、大荒神であり、だからこそ秦河勝だと考えるのである。象徴思考こそは、禅竹の異能である。存在の異なる位相の間に、関係性の構造の同一性《ホモロジー》を発見することによって、物事の表面からは隠されている意味の連関を発見する技術に、彼は特異な才能を持っていた。このような才能は、偉大な世阿弥にさえ見出すことはむずかしい。

猿楽は、ある特殊な空間の感覚を主題にした芸能なのである。その空間はあの世（他界）

の余韻を保ったままにこの世（現実世界）に出現をとげている、高次元のなりたちをしている。その空間には若々しい、そして荒々しい生命力がみなぎっている。その生命力は胞衣や壺やうつぼ舟の皮膜に守られていることによって、傷つかない。そのために、永遠の生命（それは「翁」と「童子」で表現されるだろう）が、いつまでも現実世界の中に生きているという、美しいひとつのイデアの表現となるだろう。それが「翁」であり、宿神であり、猿楽はそのような存在によって創始された奇跡をはらんだ芸能なのである。禅竹の思考は、ここで火花を放っている。

＊　＊

それだけではない。ここに記されている内容に目を凝らしてみると、話は狭い猿楽の世界を越えて、日本列島の全域に広がっていくある普遍的な思考構造のほうに、ぐんぐんと拡大していこうとしているのがわかる。秦河勝を乗せたうつぼ舟が漂着した浦の地名を、思い起こしてほしい。それは坂越《さこし》であった。サコシはあきらかにシャグジの仲間である。

秦河勝の本性が宿神《シャグジ》であることを主張したいだけならば、その人が漂着して大荒神の御業をおこなった地名として、サコシの浦が選ばれたというのもわかる。しかし、同じ音韻の構成でできた地名が、列島上の広い範囲から、ほぼくまなく見出されるという事実はどう説明したらよいのだろうか。ちなみに、柳田国男の『石神問答』という本によって、明治四十年代に確認できたそのような地名の一部を列挙してみる。

若狭三方郡の三方湖の西岸より常神岬の方へ越ゆる峠に「塩坂越」とかきてサコシ
播州の海岸備前境に接して坂越　これは今日サカゴエなど申す者も之れ有り候へ共《ども》実は
サコシにて　以前はシャクシに近く唱へ候か
肥前《びぜん》北松浦郡《きたまつうらぐん》海上の小嶼《しょうしょ》にシャクシ
壱岐《いき》にも杓子松《しゃくししょう》といふ由緒ある古松二所まで之れ有り
美濃《みの》揖斐《いび》郡《ぐん》宮地《みやじ》村《むら》宮地《みやじ》字《あざ》杓子《しゃくし》
美作《みまさか》久米《くめ》郡《ぐん》倭文《しとり》東《ひがし》村《むら》福田《ふくだ》下《しも》字《あざ》杓子田《しゃくしだ》
越前《えちぜん》足羽《あすわ》郡《ぐん》麻生津《あそうづ》村《むら》徳尾《とくお》　杓子山
磐城《いわき》西白河《にししらかわ》郡《ぐん》信夫《しのぶ》村《むら》増見《ますみ》字《あざ》尺子内《しゃくしうち》
遠江《とおとうみ》榛原《はいばら》郡《ぐん》坂部《さかべ》村《むら》字《あざ》前玉《さいたま》　坂口山《さくちやま》

ここに石神井《シャクジイ》や精進《ショウジ》や象頭《ゾウズ》や佐久神《サクジン》や作神《サクジン》や十三《ジュウサン》（これについては諸説ある）など、音韻の通ずる地名をつけ加えていくと、じつはこのリストは膨大なものになっていく。それというのも、東日本では「シャグジ」の名前をもった小祠がおびただしい数で分布しており、それにちなんだ小字名にも事欠かないからである。

これらの地名がすべて芸能者や職人に関わりがあるとは言えないだろうから、考えられるのは、「シャグジ」の音で言い表される何か特別な意味内容についての思考が、かつては列島上の広い範囲でおこなわれていたのではないか、という仮説であろう。そしてこの仮説が正しいとすると、その思考は「翁は宿神なり」とする猿楽の思考とも内面的な関係を保ちながら、芸能者や職人以外の人々によっても、「シャグジ」の思考はおこなわれていたと考えることができる。蹴鞠の精が宿り、そこからは神秘的な「翁」が出現する不思議な空間についての思考は、ひとり芸能の徒の独占物ではないのかも知れない。しかもその思考は、とてつもなく古い精神の地層に属するものなのかも知れない。

私たちはいま、私たち自身の歴史によって隠されてきた、巨大な精神の地層の実在を示す、たしかな手応えを感じている。発掘作業の鍵は、宿神である。

第三章　堂々たる胎児

中央本線の茅野《ちの》駅で私を出迎えてくれた友人たちに、お久しぶりや初めましての挨拶もそこそこに、「さて、今日はまずどこへ向かいましょう」とたずねる私の性急さにあきれた顔もせず、「まず、サソコへ向かいましょう」と落ち着いた口ぶりで答えられたときには、心底私もびっくりした。その地名の発するなつかしくも不思議な音響に、私は思わず息をのんだのだ。

信州の塩尻にある小野《おの》神社とそのあたりのミシャグチ神を見学したいのですが、という私の願いに、信州に住む友人たちは、親切で綿密な計画を立ててくれたのだった。茅野から諏訪神社上社の脇を通り抜けて、諏訪湖に向かう。諏訪湖を右手に見ながら、ぐるっと半周ほどすると、有賀峠に向かう道に出る。そこから細い旧道に入って、辰野の方角をめざすのだが、途中でさらに細い山道に入り込み、うねうねと下って行くと、山間にひっそり沈んだようにして沢底の村があった。

「あれがサソコの村です。このコースはその昔、諏訪神社の現人神である大祝《おおほおり》の使いに立った神使《おこう》と呼ばれる少年を中心とする一行が、廻湛《まわりたたえ》の神事に、じっさいにたどった道のりです（地図）。よくご存知のように、諏訪神社の古い信仰の形を残している上社では、少年の現人神大祝と土着の神長官《じんちょうがん》守矢氏が中心になって、複雑な祭祀をとりおこなっていました。初春のその日に、神長官の館の前に集合した神使の一行を前にして、大祝と神長官はおごそかな聖別の儀式をとりおこなったと言います。神長官が長い祝詞を唱えたあと、大祝は『タマカズラ』でつくった環を神使の首にかけてやります。そうすると、神使は大祝の代理を務めることのできる、聖なる存在に変身したことになり、それがすむと一行はすみやかに廻湛の巡行に向かいます。諏訪から伊那にかけた各地には、ミシャグチと呼ばれる神をまつった『湛《たたえ》』という場所がたくさんありました。ミシャグチの神さまのそばには、きまって大きな木や岩があって、そういう場所を、神使たちは何日もかけて、巡廻して儀式をおこなっていくのです。このサソコ村のミシャグチは、諏訪からはずいぶん遠いところにあるので、一行がここにたどり着くのは、諏訪神社を出発してから半月以上もたってからのことです。サソコにあるミシャグチはすばらしいもので、ぜひお見せしたかった」

私は最良のガイドを得て、春霞立つサソコの村に降り立つ。「サソコ」という村の名を聞いて、私が興奮したのは、その音の響きがすぐに「サコシ」という地名を連想させたからだ。「サコシ」の地名は、金春禅竹の『明宿集』にすこぶる印象的な登場をおこなっている。猿楽の徒の先祖である秦河勝は、壺の中に閉じ籠もったまま川上から流れ下ってきた異常児として、この世に出現した。この異常児はのちに猿楽を創出し、のこりなくその芸を一族の者に伝えたあとは、中が空洞になった「うつぼ船」に封印されて海中を漂ったはてに、播州は坂越《サコシ》の浜に漂着したのだった。その地で、はじめ秦河勝の霊体は「胞衣荒神」となっ

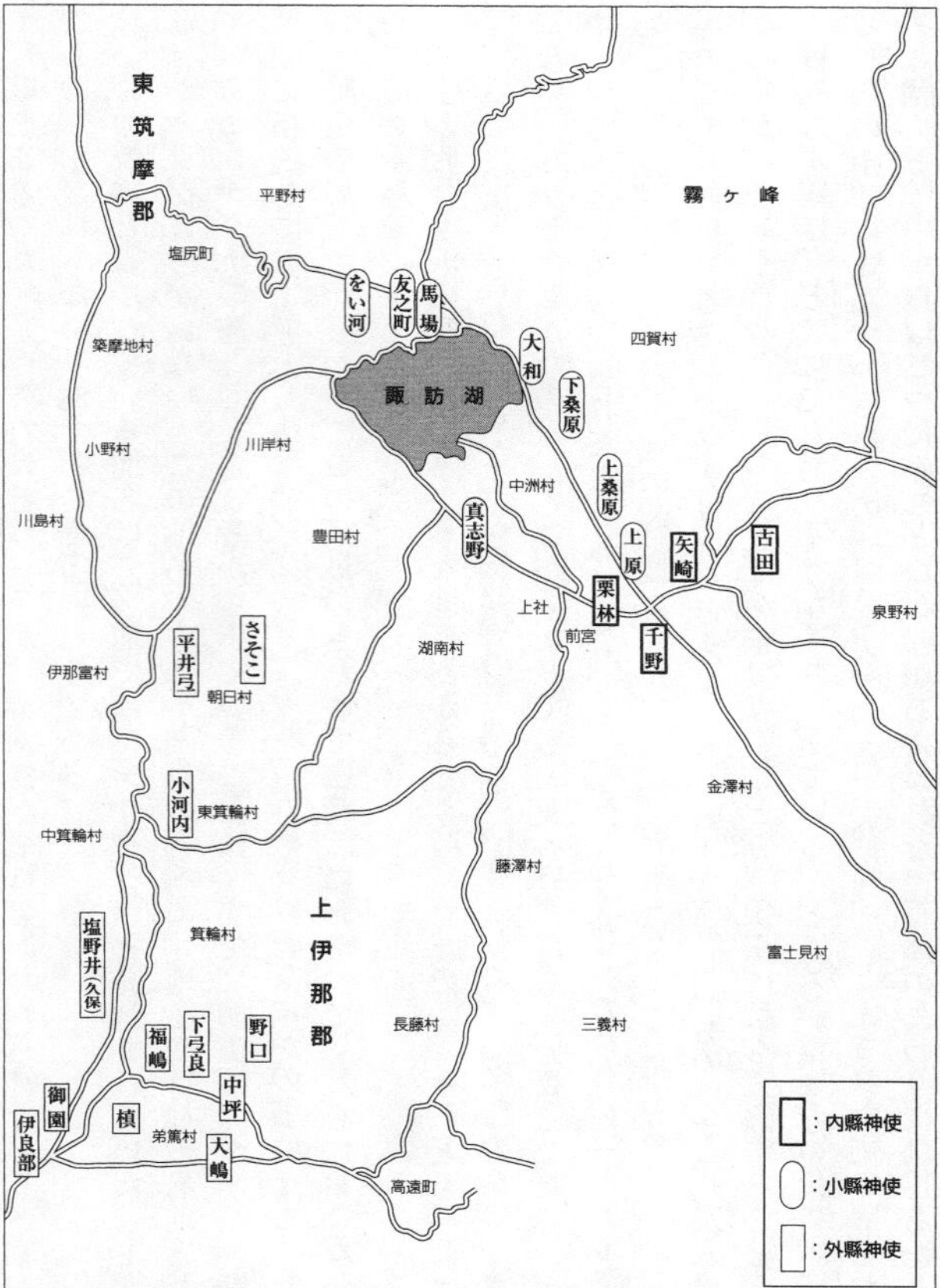
東筑摩郡
平野村
霧ヶ峰
塩尻町
をい河
友之町
馬場
築摩地村
大和
四賀村
諏訪湖
下桑原
小野村
川岸村
中洲村
上桑原
川島村
真志野
豊田村
上原
矢崎
古田
上社
栗林
泉野村
平井弖
さそこ
前宮
湖南村
千野
伊那富村
朝日村
小河内
東箕輪村
金澤村
中箕輪村
藤澤村
上伊那郡
塩野井(久保)
箕輪村
富士見村
福嶋
下弖良
野口
長藤村
三義村
御園
中坪
槙
伊良部
弟籠村
大嶋
高遠町
：内縣神使
：小縣神使
：外縣神使

神使巡行地図

て猛威をふるった。金春禅竹はそれこそが、秦河勝が宿神であり、荒神であり、胞衣であることの、まぎれもない証拠であると書いたのである。

ここで坂越と書かれている地名は、当地では「シャクシ」と発音されていた。もちろんこれはシャグジにちがいない。この地名が中部や関東の各地に、地名や神社の名前として残っているミシャグチの神と同じところから出ていることは、すでに柳田国男が『石神問答』の冒頭に指摘しているとおりで、「シャグジ」の音で表現されるなにかの霊威をもったものへの「野生の思考」が、かつてこの列島のきわめて広範囲にわたって、熱心におこなわれていたことの痕跡をしめしている。

文字どおり「沢の底」にあるような地形だからそう呼ばれたのか、それとも「サ」行音と「カ」行音の組み合わせからなるこの独特の霊威との関連をしめす地名なのかは、さだかではない。しかしたしかなのは、ここがあたりでもとりわけすばらしい姿をしたミシャグチ神によって、古くから知られたところであり、その点で遠く離れた播州の「サコシ（シャクシ）」と、同じ来歴をもつ霊威の因縁で結ばれた村であるということである。

「ここの神社にあるミシャグチは、たとえようもなくすばらしいものです」。友人は、誇りにみちた声でそう言った。そのことばが嘘でないことを、すぐに私も実感することとなる。

神社の本殿は、どこにでもありそうな造りをしている。ところが重要なのは、本殿に上がる石段の手前に並んでいる摂社のほうなのである。「社宮司《しゃぐじ》」と記された祠の扉をおそるおそる開くと、中からはじつにみごとな石棒があらわれた。石棒のまわりには、あたりを流れている時間とはまったく異なる、異様に古い時間の感覚がたちこめていた。そこだけが、数千年前の縄文時代の時間を呼吸しているのだ。石棒にはあまり細工はほどこされていない。ほとんど自然のままで男根の形状をした石が、木の祠の中におさめられている（写真）のを見ると、ミシャグチが時間感覚のハイブリッドな共存としてできあがっているのが、よくわかる。

ミシャグチ神が出現するのは、この地帯では水稲耕作のはじまった弥生時代の後半から古墳時代の初期にかけてのことだろうと、推測されている。そのミシャグチ神の神体は、石棒で表現されるのが、いちばん古い形で、それに石皿というこれもやはり縄文時代の生産用具が、いっしょに祀られることもある。またそこに小さな自然石の丸石が添えられることもある。水稲の栽培がはじまり、人々の意識に切断が生じた後になって、意識の断層の向こう側にある縄文時代の心のあり方を代表する石棒や石皿や丸石に霊威を認めて、新しいハイブリッドな信仰の創造としてミシャグチ神の祭祀がはじまった、と考えることができる。

ミシャグチ神は、ほんらい社殿も拝殿もない神なのである。石棒を祀った小さな祠があって、それを大切に抱きかかえるようにして、檀《まゆみ》や檜や松や桜などの立派な樹木が、石の神を背後から守っている。このような古い形態のミシャグチは、いまでもこのあたりを歩けばいくつか見かけることができるが（写真）、立派な建物をもった神社がその場所に建ってしまうと、本殿の脇のほうに摂社としてひっそりと祀られるようになってしまう。しかし、そうなっても、そこに住む人々の意識の中では、脇に寄せられてしまったミシャグチ様こそが、

祠の中にある男根の形状をしたご神体（沢底の鎮大神社の社宮司）

社宮司に祀られたご神体（左から、背面、正面、側面）

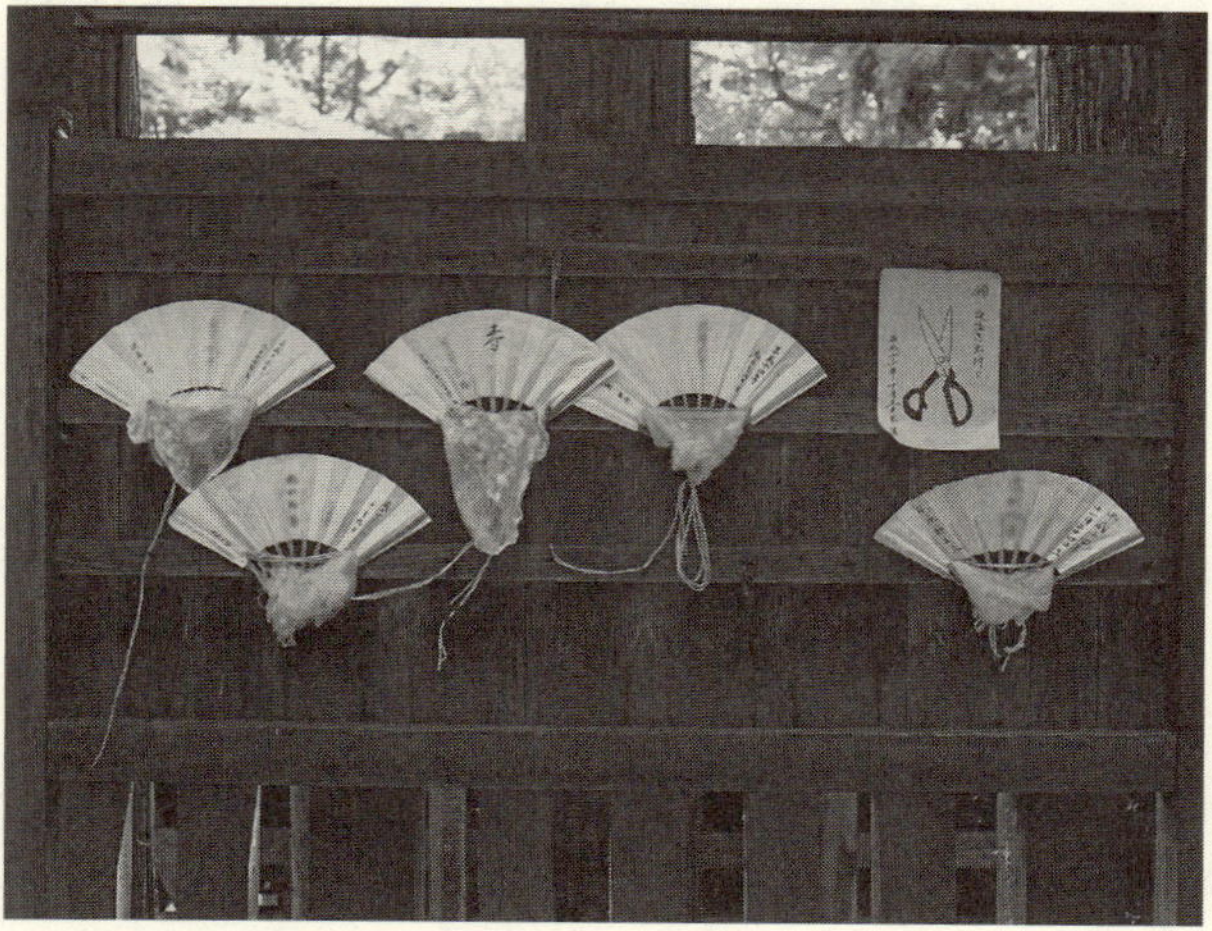

女性器と胞衣の象徴としての扇と真綿（鎮大神社）

古い形態のミシャグチ（長野県塩尻市北小野）〔上〕そのご神体〔下〕

古代的な霊威を湛えた真実の神なのである。

私はそのサソコのミシャグチ様に見とれていたあまり、自分のすぐ近くにとんでもないものがいたことに、長いこと気がつかなかった。石棒のご神体を納めた祠の扉を閉じて、石壇を登ったすぐのところに奉納物を掲げる板を見た私は、思わず「あっ」とのけぞった。なんとそこに「胞衣《えな》」が掛けられていたからだ。

その奉納板には、氏子の中で最近子供の生まれた家の人が、その報告とお礼のために、扇を奉納物として掛けていた。そしてその扇の柄の部分に、真綿を薄く伸ばして、袋のようなかたちに細工したものが、結びつけられている（写真）。そこにいた全員が、それを見て目を見張った。

「これは……胞衣ですよね」

「ええ、たぶん」

「扇と言えば女性器の象徴でしょう。それに結びつけられている真綿の袋と言えば、やっぱり胞衣でしょうなあ」

「ミシャグチと胞衣ですか。あんまりできすぎた話じゃありませんか」

「たしかに。本殿の神さまのほうへの奉納ということも考えられますが……でも子供の誕生を報告するこの板は、よりによってミシャグチさまの後ろに立てられていますからね。結びつけたいところです」

「サソコ」という地名といい、「胞衣」を思わせるこの象徴的な奉納物といい、まるで私は金春禅竹に操られているような、妙な気分だった。伊那谷《いなだに》のこのミシャグチ神と金春禅竹の宿神との間には、一見すると大きな隔たりが横たわっているようにも見える。だいいち芸能の徒の宿神には、ミシャグチ神には濃厚な縄文文化との直接のつながりなどを、みいだすことはできないようにも思える。しかし、この二つの神は、太いたしかな通底器でつながっているのだ。しかもその通底器は、「神」をめぐる日本人の思考の、もっとも古い地層に埋設されているために、そこをたどっていくと、私たちは「日本」という同一性も突き抜けていってしまう。

「さて、もう満喫でしょう。今日はもっとたくさんのミシャグチに会うつもりです。日が暮れるまで走り回りましょう」

いつまでも奉納板に掛けられた扇と「胞衣」に見とれていた私は、ようやくその声で、現実に引き戻された。信州の友人の運転する車は、狭い谷間を抜け出て、一路小野神社をめざして伊那谷を駆け抜けていった。

＊　＊

ミシャグチは日本の民俗学にとって、いまもなおその草創期と少しも変わることなく、謎にみちたロゼッタ・ストーンであり続けている。

藤森栄一氏や今井野菊女史の努力によって、諏訪のミシャグチについては、多くの解明がなされてきた。しかし、その諏訪のミシャグチと、多様な名称をもって列島上に数多く祀られている「シャグジ」とがどのような関係をもっているのか、またそれは猿楽をはじめとする芸能の徒たちがみずからの守護神として重要視してきたあの「宿神」と、いったいどういう糸で結ばれているのか、などということについての理解は、じつは柳田国男が『石神問答』を著した頃から、そんなに進んではいないのである。

役人生活のかたわら、暇を見つけては武蔵野を散歩することを好んだ柳田国男は、そこにあるたくさんの神社に共通する不思議な感覚に、深く惹かれるものを感じていた。こんもりとした森に囲まれてたたずむそれらの神社には、たしかに全国に共通する形をもった社殿が建ち並び、そこには神名帳に記載された名のある神話の神々が祀られている。しかし、柳田国男の鋭い直感は、そうした神道の神々の背後ないしは地下室の部分に、別種の霊威をたたえた神々がいまも生き続けていることを、はっきりととらえていた。

武蔵野の古い神社の境内からは、しばしば縄文時代の遺跡が発掘され、そこからは石棒や石皿や丸石などが、生活の道具とともに発見されていた。そして時々、神社の本殿の脇に置かれた摂社や小祠などに、石棒や石皿が神体として祀られ、シャクジンとかシャグジとかシヨウグンなどの名前で呼ばれているのである。武蔵野における精神の地層は大きく二つの層でできているのではないか。一つは表面にある神道の神々のつくる層。その下にはまだ名付けようのない「古層」の神々が、おそろしく古めかしい霊威の感覚を発散させながら、目に見えない別の地層を形成しているのだ。

その精神の古層をあきらかにしていく手始めとして、柳田国男は小さな祠の神々の名前に注目することからはじめた。すると驚いたことに、シャクジンとかシャグジとかシュクジンとかショウグンなどの名で呼ばれる神を祀った祠や摂社は、武蔵野ばかりではなく、関東一円、中部地方に広く分布していることが、しだいにはっきりと見えてきたのだった。それどころか、それは播州の坂越《シャクシ》から壱岐の杓子松や九州北松浦のシャクシ島にいたるまで、列島の全域からも見いだされた。

国家の制度とまったく関係をもたない神として、これほどまで広くこの列島上に分布している神はほかにはない。この神は列島上に国家というものが形成される以前の、古層に属する宗教的思考の痕跡をしめしているものではないか。いままさに民俗学というものを創造しようとしていた柳田国男は、シャグジという神のうちに、国家の思考によってつくりかえられた神道以前の神道の姿を、見通してみたいと考えたのである。

ではそのシャグジとはいかなる神なのか。そこで柳田国男は独特の音韻論的還元の手法を使って、ひとつの仮説にたどりつくのである。シャグジは漢字で書けば、社宮司、石護神、石神、石神井、尺神、赤口神、杓子、三口神、佐久神、左口神、作神、守公神、守宮神のように多様だ。しかし、そこに共通しているのは、どの呼び名にも「シャ」「サ」「ス」などの「サ」行音と「カ」行音の「ク」または「ガ」行音の組み合わせでできているという点だ。「サ」行音は岬、坂、境、崎などのように、地形やものごとの先端部や境界部をあらわす古いことばに頻出する。この「サ」行音が「カ」行音と結びつくと、ものごとを塞ぎ、遮る「ソコ」などのことばにあらわされるような「境界性」を表現することばとなる。ようするないか。

に、シャグジは空間やものごとの境界にかかわる霊威をあらわすことばであり、神なのではないか。

そこから、芸能の徒の守り神が「宿神」と呼ばれた理由を、柳田国男はつぎのように推論した。芸能者はもともと定住をおこなわなかった人々である。そのために、彼らが村や町に定住しようとしても、住むことができた場所といえば村や町のはずれだったり、坂や断層の近くだったりした。そうした場所はたいがい、境界性をあらわすサカやソコなど「サ行＋カ行」音の結合で呼ばれるところだった。そのために芸能者たちは「ソコ」や「スク」や「シュク」の人々と呼ばれるようになり、彼らの守護神自身も「シュク神」と呼び慣わされるようになったのではないか。

シャグジは境界性の意味をおびた神々である。境界というもののはらむ霊威が、そのような名前で表現されたのである。そして、この境界性を通じて、芸能の徒の神である「宿神」は、全国に広く分布するミシャグチやシャグジとつながっている。シャグジが道祖神などと重なり合った性格をおびているのもそのためで、境界の隙間からわきあがってくる災いや危険を、こちらの世界に入れまいとして境界を塞ぐ「ソコ」の神である道祖神も、もとはといえばシャグジと同じ境界神の一種だからなのである、と。

しかし、柳田国男自身このような仮説が、シャグジのすべてを説明できるとは思っていなかった。この仮説に大いなる不安の影を投げかけている一つの有力な実例のあることを、彼はよく知っていたからである。それはほかでもない、諏訪神社信仰圏におけるミシャグチの存在である。彼は日本民俗学の草創期を三十年後に回顧しながら、『石神問答』の再版に寄せた序文の中で、こんなことを書いている。

私は実はシャクジは石神の音読であろうという、故山中先生の解説に反対であったばかりに、このような長たらしい論難往復を重ねたのであったが、その点は先生も強く主張せられたわけでもなく、またあれから信州諏訪社の御左口神《おさくじん》のことが少しずつ判って来て、これは木の神であったことがまず明らかになり、もうこの部分だけは決定したと言い得る。しかもどういうわけで社宮司《しゃぐし》、社護神《しゃごじ》、遮軍神《しゃぐんじん》などというような変った神の名が、弘く中部地方とその隣接地とだけに行われているのか、諏訪が根源かという推測はかりに当っているにしても、その信仰だけが分離して各地に分布している理由に至っては、三十年後の今日もまだ少しも釈《と》くことができないのである。

ミシャグチは諏訪信仰の世界では、村はずれの境界に祀られているわけでなく、そこになんらかの差別の感情や思考がまつわりついているわけでもなく、むしろ堂々と人々の暮らしの中心に位置していた神なのである。石と樹木の組み合わせで表現されるミシャグチは、そこをとおって若々しい善なる力が人の世界に降りてくる通路として、たとえ空間的な境界に関係をもつにしても、それは中心にあるものから排除された領域としての境界を意味するのではなく、まさに世界と生命の根源にあるものに触れている境界の皮膜をあらわしている。

ミシャグチやシャグジや、もろもろの「サ行＋カ行」音の結合であらわされる霊威を、空間的な境界性で説明しつくすことはできない。空間における境界性は、ミシャグチにとっては、むしろ二次的な意味しか持っていない。

その意味で、ミシャグチはいまだに日本人の精神の深層に踏み込んでいこうとするものにとっての、ロゼッタ・ストーンの意味を失っていない。この神は謎なのだ。そして、この神の謎を解き明かしていくことの中から、私たちは神道というものの本質に近づいていくことができる。神道の神々の世界の地下には、象形文字で書き表された「古層の神々」の世界を伝えるロゼッタ・ストーンが埋められている。私たちが「神道」の名前で知っているのは、ミシャグチのような古層の神々が地下に埋められたり、目に付きにくい脇に取りのけられたりした後につくられた、霊威の表現の合理化された一形態にほかならない。

その不思議な石の解明にまっさきに乗り出したのが、柳田国男であったことを、私たちは忘れない。彼によってはじめて着手された「心の考古学」たるこの民俗学という学問は、いまだ象形文字解読の作業も半ばにして、深刻な危機に瀕している。柳田国男に帰れ。ミシャグチに帰れ。

＊　＊

ミシャグチと芸能の徒の神である宿神との間には、多くの共通点がある。いずれも「サ行＋カ行」音の神として、境界性や裂開の現実をあらわしているところもそっくりだが、それ以上に興味深いのは、どちらも植物と深い関わりをもっている点である。

諏訪信仰圏において、かつて盛大におこなわれていた神使（おこうさま、こうどの）のミシャグチ巡行の儀礼で、諏訪神社の現人神である大祝の使いとして、各地のミシャグチ神のもとに使わされたのは、特別に選ばれた少年だった。この少年は馬に乗り、たくさんのお供を連れて、初春の諏訪路をゆっくりと進んでいった。ミシャグチ神の祀られている場所は、「湛」と呼ばれていた。タタエやタタリやタツなどのことばは、霊威あるものが「示現」することを表現しているが、ここでは石棒を祀った小さな祠のそばには、たいがい檀や檜や松や桜の巨木が生えていたり、巨岩が覆い被さっていたり、深い淵があったりした。そういう場所が水と関わりのある「湛」と呼ばれたのには、なにかの意味があるのだろう。御柱《おんばしら》とは反対に、この湛の植物は大地深く根を下ろしているものとの観念があった。その湛の植物の根元で、今年の水稲の恵み豊かならんことを予祝して、ミシャグチの神を招き下ろす儀礼がとりおこなわれる。

すると、ミシャグチの神は、湛の樹木をとおして、するすると神使のもとに降りてきて、人々に霊威を分け与える、というのである。ミシャグチを祀るのに、男根状の石棒と背後の樹木が必要だ、と考えられているのはそのためだ。檀や檜や松や桜の幹や枝を通って、ミシャグチ神は人間のもとに降りてくる。これらの樹木の種類を見て、私たちは奇妙な符合に気がつかないだろうか。蹴鞠の名手であった侍従藤原成通の日記に語られていた「守宮神」出現の状況のことである。

湛の木（長野県茅野市）

成通卿はそこで、蹴鞠がおこなわれる庭には、根付きのまま植えられた松、桜、楓、柳などの樹木が必要である、そのわけは、守宮神《シュグジ》でもある蹴鞠の精は、いつもは林の中の樹木を住処としているが、人が鞠を蹴り始めたのがわかると、枝を伝ってするすると蹴鞠の庭にやってきて、鞠の蹴り上げられている空間にふうわりと降りてくる、鞠精が降りてくると、人々の身体は知らず知らずのうちに敏捷に軽々と動き出すようになり、鞠の蹴り上げられる空間にはとびはねるようなリズムが満ちあふれる、だからそのために樹木がどうしても必要だと言うのである。

この記事を読むと、中世の芸能者の間に、守宮神が樹木に住み着いている精霊であり、人に憑くときはその樹木から降りてくるのだという、古い考え方がほぼそのままの形で伝承されていたことがよくわかる。しかも守宮神が好む樹木の種類までが、諏訪のミシャグチの背後を守る湛の木とよく似ている。そればかりではない。湛の木は御柱と対照的な関係にあって、一方が大地に深く根を下ろした植物であるのに対して、他方は山中から切り出されてきた巨木の幹である。それと同じように、懸木《かかりぎ》と呼ばれる鞠庭の木は、根付きでなければ、憑依的な律動は降りてこないと言われている。

共通性はそれにとどまらない。成通卿のもとに出現したという守宮神は、手足は猿のようで顔は人間の、小さな身体をした男の子だった。その小さな体で、見えない空間に敏捷な運動性をつくりだしていたのだ。諏訪のミシャグチにも童男のイメージがつきまとっている。ミシャグチを呼び起こす能力をもっているのも童男なら、ミシャグチ神を体現する者として、御頭祭《おとうさい》という重要な神事のクライマックスに、馬上から引きずり下ろされて殺されるという伝承があるのも、選ばれた小さな男の子なのである（この神事は、ミシャグチという大地の神が、原初的王権の体現者である大祝によって服属させられるという政治的思考を、表現しているのだろう）。

しかも芸能の徒の守護神シャグジには、胎生学的なイメージが濃厚である。猿楽の祖秦河勝ははじめ胞衣状の容器に入ってこの世界に出現し、終わりには胞衣を思わせる「うつぼ船」に乗って西海に去り、漂着した坂越《しやくし》の浦では大荒神となって、猛威をふるった。その理由を金春禅竹は、このとき宿神は荒神としての胞衣の本質をあらわにしめして、猛威をなしたと説明している。

これとまったくおなじ性質をもつ胎生学的思考が、諏訪信仰圏のミシャグチ神にも濃厚なのである。諏訪神社上社前宮（ここが諏訪信仰の原初の中心地である）の神長《じんちよう》官《がん》守矢家に伝わる『諏訪《すわ》大明神深秘御本事大事《だいみようじんじんぴごほんじだいじ》』（『諏訪史料叢書』巻三〇）という古文書は、守矢満実《みつざね》という中世の神長官によって書かれたものであるが、そこにはじつに興味深い「御左口神《ミシヤグチ》」の中世的解釈が載せられている。

中世には諏訪神社の神官といえども、真言密教や天台仏教学で発達した本覚思想から発した、「本有思想」という新しい哲学思想の影響を受けざるをえなかった。この文書の興味深いところは、はじめから悟っている存在（本有）の直接表現として森羅万象の存在者をとらえようとする「本有思想」を上手に利用して、当時においてすら正体不明な部分の多かったミシャグチ神に、神学的な理解を与えようとしている点にある。

御精進家《ごしょうじん》は胎蔵界《たいぞうかい》の形なり。御左口神の長さは七寸五分、人も母の体内に有る時は長七寸五分あり。御左口神の後ろの葦は災の字なり。三災を降伏のため踏み静め豊葦原国の或主《あるじ》と成りたまいし体なり。天神七代の最初天祖　国常立尊《アメミヲヤくにのたちのみこと》は陽神陰神となりてこの国を生みたまいしか、生垣《いがき》は葦原国の体なり。

一　御左口神のたけ七寸五分（中略）

この文書では、神使が籠もる精進小屋に祀られたミシャグチ（御左口神）の本質を「胎児」として、解釈しているのである。「御精進家者胎蔵界形也」。神使の籠もる精進小屋は、女性の産む能力の形而上学化である胎蔵界をあらわしているが、この小屋の中に祀られているミシャグチは、二十数センチの大きさ（おそらくは石棒）である。これはちょうど母胎内の胎児のありさまを表現しているのである。

そのミシャグチの背後には、図のような葦でつくった模型が置かれている。文書ではこれは「災」という文字を表現し、この模型によって「三災」（仏教の言う瞋《しん》・貪《とん》・痴《ち》の三毒に対応するもの）を押さえ、調伏すると言うが、この言い方は仏教かぶれのこじつけにすぎない。それよりも大切なのは、この模型は人間の住む大地が形成される条件をあらわしているという記述のほうだ。神話の表現で言えば、葦の芽がするすると伸びるように、虚空に立ち上がる霊威（国常立尊《くにのとこたちのみこと》）によって、空間の原初がつくられて、そこから国土が形成されたという思考が、これに対応している。胎児はこうしてつくられた空間性の中に、包み込まれるのである。

　しかし、この模型の前にいるミシャグチが胎児だとすれば、それを背後から守って盤石の大地をなすものと言えば、それは胎盤にほかならないではないか。胞衣はその一部分である。母の胎内にあるとき、胎児はこの胞衣に守られているが、この世に生まれてくるときには、胞衣を脱ぎ捨てて、現実の荒波の中に出てこなければならない。それが私たちのようなふつうの人間の場合である。ところが、ミシャグチのような神は、たとえこの現実の世界に呼び出されてこようとも、それによっていささかも純粋な霊威が損なわれるということがおこらない。母の体内を出て、現実の世界に存在しながら、閉じられた壺のような子宮のうちにいるときとまったく同じ状態を、ミシャグチは維持することができるのだ。それは、この神が「胞衣をかぶって生まれてくる子供 l'enfant né coiffé」であることによる。

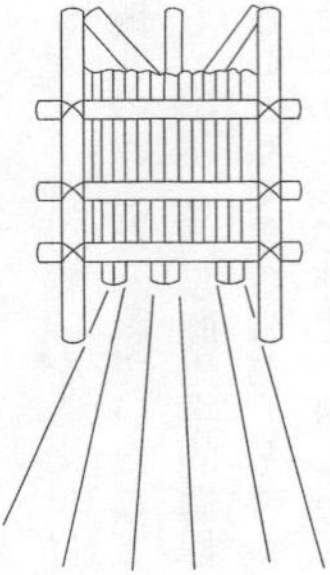

葦の模型（天人地）

　じっさい、さきの守矢家文書には続けてこう書かれている。

御左口神付け申す時、箕《み》を用いること、仏神

も生まれてこそ、我が身の内になれとそう云う儀なり。（同前）

ミシャグチ神の霊威を人に付ける（憑ける）ときに、霊威を受ける人は頭に箕をかぶるという儀礼のおこなわれていたことがわかる。その理由を、著者守矢満実はたとえ神仏であろうとも、出産と同じ胎生学的過程をへて生まれてきてこそ、人の生きた身体の内部に成長をとげることもできるのだ、と書く。あきらかに、このときミシャグチの霊威をみずからに付着させようとして神使が頭にかぶるのは、「胞衣」である。

神使は「胞衣」をあらわす箕をかぶって、ミシャグチを我が身に付着させる。神の霊威が人に憑くということを、諏訪信仰圏ではこのように胎生学の比喩で理解しようとしている。それどころか、ミシャグチ神自身が、「胞衣をかぶって生まれてくる子供」として、けっして「胞衣」を脱がない神なのである。ミシャグチは「胞衣」をとおして、存在の母胎とつねに直接に結びあっている童子（小さ子）の神として、石棒と石皿の結合（陰陽不二）から産まれる神、たえまなく生成される神なのだ。

＊　＊

ミシャグチを胎児として理解する思考は、ほかにもいろいろな表現をあたえられている。民俗学者の中山太郎が、「御左口神考」（『日本民俗学　神事篇』、昭和五年）という面白い文章の中で、そうした例をいくつかあげている。

武田信玄が荒廃していた当時の諏訪信仰を再興しようとして、古い儀式を再開するために、政治的・経済的な援助をおこなっていたことはよく知られている。「諏訪《すわ》上下宮《かみしものみや》祭祀《さいし》再《さい》興《こう》次《し》第《だい》」という文書には、じっさいに信玄の署名がなされていて、そこでも、まえにあげた文書と同じく、神使の籠もる精進屋に祀られたミシャグチ神のことが、話題にのぼっている。

永禄八年十二月十日　信玄（花押）

一、精進屋ニ於テ、神使三十日ノ精進、御左口神作立ル、王子胎内ノ表体ナリ。二月辰ノ日精進屋ニ入リ、清器始メアリ……初十日者毎日一度ノ行水、中十日者二度ノ行水、下ノ十日者三度ノ行水、姪婦ニフレズ、火モ日々二三度ヅツ改候。

右精進始之時、神長出仕、御左口神勧請……

ここで書かれている御左口神を、中山太郎は酒の神であると考えている。古い時代は酒は女性が嚙んでつくるものだった。いまでは、酒造りを技とする職人を「杜氏《とうじ》」と言っているが、これは成熟した女性をあらわす「刀自」という古代以来のことばに由来するもので、ほんらい神聖な液体である酒をつくるのは、もっぱら女性の仕事だったのである。この女性によって嚙んで醸される酒のことを、「みさく」とか「さくち」と呼んでいたことなどから推量して（じっさいに、古く酒が「さくち」と呼ばれていた証拠として、この民俗学者は伊勢神宮外宮《げくう》に祀られる豊受大神《とゆけのおおかみ》に捧げるお供物の酒が、「左口知」と書かれている『豊受皇太《とゆけこうたい》神宮年中行事今式《じんぐうねんじゅうぎょうじこんしき》』の記事を引用している)、精進屋の御左口神とは酒殿の御祭神であると考えたわけである。

さらに、同じ精進屋に祀るミシャグチ神に関して、別の中世の古記録にある、「御左口神作立る、王子胎内の表体なり……最花一貫文、鹿皮一枚、鹿の足を俎板に置き、神長官に出す」という記述をも考慮しながら、つぎのようなきわめてユニークな解釈を提出するのである。

一、王子胎内とあるより推して、御左口神が女性であること。
二、しかもこの御左口神の正体は、古くは雌鹿であったこと。
三、醸酒の精進屋に、鹿皮や鹿足を供えるのは、雌鹿を御左口神として、祭った古義が失われ、その形式だけが残ったものである。

ここで中山太郎がおこなっている推論は、事実としてはほとんど的を外している。しかし、それを象徴的思考の論理としてとらえることにすれば、不思議なことに、言われていることの多くはすべて真実に触れている。

まずミシャグチはそのまま酒の神ではないし、精進屋は酒殿ではない。しかし、酒はミシャグチと深い関係がある。つぎに雌鹿がミシャグチであることはない。しかし、諏訪神社のミシャグチは雌鹿と密接なつながりがある。中山太郎という民俗学者はとてもユニークな精神をもった人であったために、象徴的思考のつくりなす星雲に確実に触れたのである。このことはほかの人たちがめったになしえなかったことであるが、残念なことに、それぞれの星の位置関係については、間違った推論をしたのである。しかし、そのような推論がおこなわれた背景には、きわめて興味深い歴史的事実が控えている。

まず諏訪神社は鹿と深い関係をもっていた。この点では奈良の春日大社と微妙な関係にある。春日大社では、鹿を殺さないで大切にする。そのかわりに若宮の大祭では、鳥や兎などおびただしい数の動物を殺して、神に捧げる儀式をおこなっている。ところが、この諏訪神社では、鹿は重要な意味をもった神聖な動物として、おびただしい数を殺して、兎や猪とともに神に捧げるのである。ここには諏訪神社が、縄文時代以来の狩猟の伝統を保ち続けた、大神社としてはめずらしい存在であることが、よくしめされている。

問題はこの鹿の胎児が「さご」と呼ばれていたという民俗的事実である。「さご」。またしても「サ行＋カ行」音結合である。酒をあらわすことばも、「サ行＋カ行」音の結合でできている。しかも古代語には、「鹿酒」ということばさえ存在している。この酒がじっさいどんなふうにしてつくられたのかは、まったく不明である。しかし、鹿と酒を結びつける「野生の思考」がかつては存在して、その共通性を例の音結合であらわそうとしていたことは、大いに考えていいことだと思う。

雌鹿は自分の胎内にいる「さご」を守る。つまり、雌鹿は象徴思考にとっては、「胞衣」

に対応していることになる。同じようにミシャグチも胎児の背後にあってこれを守る、「胞衣」の存在と一体になってこそミシャグチであり、その意味では雌鹿こそがミシャグチ神であるとする中山太郎の思考は、「胞衣」を媒介にすると、正しい結びつきをしめしていることになる。

胎児も酒も、閉じられた空間の中に密封されて成長する、という共通点をもっている。狩猟民の世界にあってどこでも、雌鹿は生命力の象徴のような扱いを受けていた。その雌鹿の胎内に宿る「さご」は、いまだ形態も定まらない生命力の結集体にほかならない。つまり、神秘的な自然の力を雌鹿の胎内に密封した「さご」は、長いこと壺に密封されて発酵をとげ、それを飲むと生命の昂揚感をもたらしてくれる酒と、とてもよく似ていると思考する人々がいて、その人々はさらにそれはミシャグチそのものではないかと考えて、そうした思考を一つの体系にまとめようと試みたのではあるまいか。

興味深いことに、同じような思考の痕跡を、播州坂越の浦にまつわる猿楽の徒の伝承にも、見ることができる。翁にして宿神、またの本質を「胞衣」でもあると言われる、猿楽の徒の祖秦河勝は、この浦に漂着して大荒神となって猛威をふるった。それを祀り上げることによって荒ぶる霊威を鎮めたあと、そこには大避《おおさけ》神社が建てられたのである。しかし神社の伝承によれば、もともとここは大荒《おおさけ》とも大酒とも呼ばれていたと言う。ものごとが荒れるのを、「サケル」と言っていたことがよくわかる表現であるが（「サ行＋カ行」音の裂開性が回避性に意味を変化させると、大荒は大避に変わる）、同時にそこには本質が荒神であるとされる「胞衣」のイメージが隠されている。ここでも、「胞衣」と「酒」は、思考の中で一つに結びつけられていたのである。

こうして、私たちの前に、ミシャグチ（シャグジ）神の本質をつくりなす、一つの全体的イメージが浮かびあがってくる。この神は「サ行＋カ行」音の結合で表現される、一連の境界性や裂開性をしめす概念と結びついている。そこにはなにごとか去勢されざる過剰した力がみなぎっているのである。

このような力が無防備に人の世界に触れると、いっとき猛威をふるったあとに平常化され、社会にとって有益なふつうの力になってしまう。ところが、ミシャグチ神が体現している力（霊威）は、胎児を守っている「胞衣」のような存在に、いつまでも守られているために、たとえこの世にあっても凡庸化することがない。ミシャグチは人類的な分布をする「胞衣をかぶった子供」の一員として、特別の力を帯びているのだ。ミシャグチは胎児そのものであり、またその胎児を外界から守護している「胞衣」と一体になって、強力な働きをおこなっている。

このような存在が、樹木を伝って人に降りてくるのだ。すると壺の中に密封された酒は、人の心を陽気に発動させる薬効をもった液体に変容をとげ、蹴鞠の庭には尋常の技とは思われないような霊妙なリズムが沸き立ち、猿楽の徒には翁の出現を促す。存在の胎児たるミシャグチは、永遠の王子として、この世界に若々しい力にみちた流動的生命力をもたらすことができるのだ。

諏訪神社の現人神であった大祝は、そのためにミシャグチの霊威を必要としたのである。ミシャグチの発動する霊威の働きがなければ、現人神もみずからの威力を有効に働かすことなどはできないからだ。大地や森の中に住み、樹木を伝って人に付着して働きをおこなう、このミシャグチによる霊力の発動は、水稲を豊かに実らせるばかりではなく、もろもろの超越者たちをも生きさせることができる。神仏の背後の空間に潜んで、歌い踊る身体の芸を持つて霊力の発動を促そうとした「後戸の神」の原型が、ここにある。中世の宗教者や芸能者はさかんにこの「後戸の神」のことを話題にしたが、それは彼らの思考のうちに呼び戻された荒々しくも美しい「古層の神」の立ち姿にほかならなかった。

第四章　ユーラシア的精霊

『デイヴィッド・コパフィールド』は、ディケンズの自伝的要素の強い小説だと言われているが、その冒頭のところで、主人公が「胞衣《えな》をかぶって生まれた子供」だったことが告白されている。

生まれてくるときに、頭に胞衣をつけたまま出てきた子供は、人生で望みをかなえることも自在な、特別な子供だとヨーロッパの民間では考えられていた。そのとき子供がかぶって出てきた胞衣は、「幸福のずきん」とも呼ばれて、珍重された。とくにそれは水難除けの魔力をもつと言って、船乗りたちに喜ばれたのである。しかし、ディケンズの頃になると、そういう信心も衰えていたのか、主人公のかぶっていた胞衣は、あまりさえない運命をたどることになった。

私は生れるとき、胞衣をかぶって出てきたという。そこでそれは、さっそく十五ギニーという安値で、新聞広告の売物に出された。ところが、当時あいにく船乗りたちは金につまってでもいたせいか、それとももう信心は衰えて、むしろそれよりは救命ジャケットの方を選んだせいか、それはわからないが、とにかくわかったことは、名乗って出た希望者はたった一人、それも証券仲買業に関係のある代言人だということだった。しかも二ポンドは現金で出すが、あとはシェリー酒で払う、そしてそれより高いのなら、水難よけの保障などいらない、というのだった。そんなわけで、広告の方は丸損で取消す始末——というのは、シェリー酒なら、私のお母《ふくろ》の持っているシェリー酒が、逆に売物に出してあるくらいだったからだ——そして胞衣の方は、その後十年もたってから、私たちの地方で行われていた頼母子講《たのもしこう》に出すことになり、五十人の講仲間がめいめい半クラウンずつ出し、当り籤《くじ》のものは、五シリング出して取ることになった。私自身その場に居合せたので、私の身体の一部分が、こんなふうにして処分されるのを見るのは、まことに不愉快というか、間が悪いというか、妙な気持のしたのを憶えている。胞衣を手に入れたのは、たしか手籠を提げたお婆さんだった。（中野好夫訳、新潮文庫版）

ディケンズがここに書いていることは、当時のイギリスの都市では世間一般におこなわれていたようである。胞衣をかぶったままの子供が生まれると、人々はこぞってつぎのような新聞広告を出したものである。そしてそれに対する反応も、ディケンズの小説のケースよりも、ずっとにぎやかなものであったらしい。

　海軍の紳士の皆様方、海洋へ長旅にお出かけの皆様方。すばらしい子供の胞衣 caul を入手いたしました。ホルボーン街バートレット・コーヒー・ハウスにお問い合わせ下さい。

無用のトラブルを避けるために、代金は二〇ギニー定価とさせていただきます。(『ロンドン・モーニング・ポスト』一七九九年八月二十一日の広告欄)

子供の胞衣、入手いたしました。このすばらしい自然の産物が、それを所持して陸海を旅する人々をいっさいの災難事故から守ってくれる驚くべき効果については、すでに多くの人々が体験ずみで、世界中から絶賛されております。今回入手できました胞衣は、立派な貿易商夫婦のもとに三月四日に誕生した女児のもの。胞衣は女児の頭部のみならず全身と四肢を覆っておりました。お問い合わせはギー通り四九番に、そのさい女児の出産に立ち会いました高名なる医師が、詳しいご説明を申し上げます。(『タイムズ』一八二〇年三月九日。広告はいずれもニコル・ベルモン『誕生の記号』から引用)

ここには、民衆文化お得意の「野生の思考」がその能力をいかんなく発揮している。誕生前の子供は、母親の胎内の羊水の「海」の中を漂っていた。そのとき子供が水におぼれてしまわなかったのは、胞衣が子供を包み込んで守ってくれたからである。胞衣のおかげで、子供は数ヵ月にもおよぶ水中生活を、無事に過ごすことができたのだ。この胞衣は、ふつうは出産のさいに破れてしまう。ところが希に、胞衣を頭や全身にかぶったまま生まれてくるというケースがある。そういう胞衣は、海上を旅する人々を水難事故から守ってくれる力をもつにちがいない。この胞衣を所持していれば、水に浮かんだ船も、胞衣に守られた子供のように、無事な長旅を約束されるにちがいない、というわけだ。

いつ頃から、こんなことが言われだしたのかは不明だが、この「迷信」は第一次大戦の頃まで、ヨーロッパで根強い生命力を保ち続けていた、たしかな形跡がある。二十世紀になると潜水艦が発達したが、文字どおり海中を行くこの「うつぼ」状の乗り物に乗り組むことになった海軍兵士の間では、ひそかに胞衣を身につけることが流行していたからだ。海中を伝わってくるわずかな振動やエンジン音にも、神経を張りつめさせて聞き耳を立てている潜水艦の乗組員は、このとき胎児の体験を再現しているとも言える。鉄の壁が、いまでは彼らの胞衣なのだ。ドイツやイギリスの軍港では、こうして胞衣が高値で取引されていたのである。

ディケンズが書いているように、その子供当人にしてみれば、自分の体の一部が売り買いされて、他人の所有物になっていくというのは、奇妙な感じを与えるものだったろうが、こんな形でたとえ胞衣を手放してしまっても、「胞衣をかぶって生まれた子供 l'enfant né coiffé」としての聖痕は消えるものではなかった。この子供には特別な運命が約束されていたからである。一般に、胞衣をかぶって生まれた子供は幸福な人生を送ることができる、と考えられていた。そういう子供を産んだ母親も同じように、幸運がもたらされると言われた。民衆だけがそんなことを考えていたわけではなく、十六・十七世紀の立派な医師たちも、胞衣の効能を信じて疑わなかった様子なのだ。たとえば、十六世紀のある医者は、「迷信」には与《くみ》しなかったが、それでも衛生学的に見て、胞衣をつけた子供は幸運な生まれ方をしたと言って、つぎのように断言している。

ときおり、頭に羊膜をのせたまま生まれてくる子供がある。こうした子供は幸福な人生を送ることになる、と人々は言っている。これはたんなる迷信ではない。羊膜が十分に強い場合、羊水の圧力や苦しんだ母親のもがきによってそれが破られてしまわなかった場合、産道がたっぷり余裕を持っていた場合、子供が小さかった場合、そういう場合に限って、出産は楽で、苦しみも少ない。こんな風だと、母子ともに幸福である……難しい出産では、生まれてくる子供の頭に胞衣が残される可能性は少ない。（医師フランソワ・モーリソー『妊娠出産論』）

高名な医師たちまでも巻き込んだ、胞衣に対するこのような熱い関心の背後には、ケルト文化以来ヨーロッパの地で栄えてきた、「野生の思考」の厚い伝統がひかえている。この思考は、「子供はどこからやってくるのか」という、実存の根元的な問いに答えようとする試みの中から、胞衣をめぐる独特の関心を発達させてきたのである。子供は「無」を渡って、この「有」の世界にあらわれる。イメージとしての胞衣は、この「無」と「有」を隔てる境界の膜にかかわっているものとして、関心を集めていたのだ。

そこでは、こう考えられていた。胞衣をつけたまま生まれてきた子供は、幸福で豊かな人生を送るだろう。それは、この子供が目に見えない霊界とのつながりを失うことがないからである。霊界をつくっている力は、現実の世界に触れると、たちまちにして消え去ってしまう。ところが、胞衣をかぶって生まれた子供は、現実世界の諸力の影響からデリケートな霊界の力を守るための、防護膜が与えられているのだ。そのために、こういう子供はたとえ現実の世界で大人になっていったとしても、幼い頃にいだいた大きな望みをくじけさせることなく、すくすくと成長させていくことができるのだ。善いものを悪しき力から守ってくれる膜をつけたまま、人生を送ることができるのだから、こういう子供の未来は明るいものとなるはずだ。人生の嵐にあっても、この子供はなにかの力によって、強く守られることになる。

それればかりではない。胞衣をかぶって生まれた子供には、ほかにも多くの超能力があると考えられていた。まずその子は、未来におこることを予知できる能力をさずかっている。この世界の中にいても、この子供の頭にはいつも薄いベールがかぶさって、霊界との通路がふさがれていない。そのおかげで、過去と現在と未来のことがひとつに共存している霊界のデータを読みとっては、これから起こることを正確に言い当てることができるというのだ。

こういう子供は、動物と自由に話をすることができるとも考えられている。この能力は大人になっても消えない。現実の世界と霊界をつなぐ通路がつながっていることによって、胞衣をかぶって生まれた子供はいまでは人間に理解できなくなってしまった、動物のことばがわかるのだ。すると、いろいろな幸運が舞い込んでくることになる。「お城のお姫さまが重い病気に苦しんでいるよ。でもあの病気を治すのは簡単さ。こうすればいいのさ」とネズミたちが話しあっているのを聞いた主人公は、お城へ出かけていってなんなくお姫様の病気を治して、お姫様と結婚することもできました、めでたし、めでたし。

動物のことばを理解できる主人公は、民話の中では、しばしばすばらしい「聴耳ずきん」を手に入れることによって、この能力を手に入れたと語られることも多い。しかし、そこで言われている「ずきん」とは、じつは子供が生まれるときに頭にかぶって出てきた胞衣の言い換えにほかならない。じっさい民間のことばで胞衣をあらわすcoiffeもcaulも、ずきんの意味を持っている。このずきんを着けると、動物の領域への通路が開かれる。それは、胞衣をかぶって生まれた子供が、動物の領域への変身自在の能力をもつと言われたこととつながっている。東ヨーロッパの伝承で、胞衣を着けて生まれた子供は、大きくなると、人食いの人狼になると怖れられていたのも、一連の思考だろう。

胞衣をつけた子供は、ものごとを隔てる境界が溶解して、別の存在への変身が可能になる、流動的な空間を本来の住まいとしているのだ。彼らはいつも、自分の精神にずきんを着けて生きている。それによって、外界からの影響が、自分の内面に入り込んでこないようにしている。胞衣をつけて生まれた子供は、まるで妖精のような存在だから、水にも溺れなければ、ものごとを固定に向かわせようとする現実原則からも、自由でいることができると考えられた。じっさい多くの民話に登場する精霊やこびとたちは、しばしば頭にずきんをかぶっている。このようにヨーロッパの「古層の神々」は、胞衣をめぐる象徴的思考から、たくさんの養分を吸い上げていたのである。

ケルト文化の聖職者（ドルイド）たちが、全身を覆う長い法衣のてっぺんに、深々としたフード（ずきん）をつけているのはそのためであろう、とヨーロッパの胞衣をめぐる習俗を深く研究したニコル・ベルモンは推測している（前掲書）。ドルイド僧たちは、厳格な出家者であり、いつも霊的な世界と結ばれて生きていたいと願っていたような人々である。そのために、彼らは聖職者となるために、一度象徴的に「死んで」、ほんものの霊性の人となるために「二度目の誕生」をおこなおうとした。そのときモデルとなったのが、胞衣をかぶって生まれてきた子供たちの存在であった。ドルイド僧たちは、そのことをあらわすために、象徴化された胞衣を、頭に深々とかぶったのである。僧のずきんをかぶることで、彼らは社会からは見えない存在になった。そのかわりドルイド僧たちには、霊性の世界への目が、開かれたのである。

ずきんは、軽々しく扱うことのできない道具なのだ。そういう目で見れば、『赤ずきんちゃん』のお話だって、意味深長に思えてくる。いつも赤いずきんをかぶっているこの少女は、狼に食べられてしまったあと、切り開かれた狼のお腹の中から、まるで「二度目の誕生」を果たしたかのようにして出てくるではないか。ここに、聖職者が深いずきんをまとっていた宗教世界の思考が反映していないとは、考えにくい。胞衣の存在は、ヨーロッパの民衆世界の思考に、深い影を落としている。

＊　＊

ずきんと胞衣の深いつながりがあきらかになってみると、私たちはいよいよ、胞衣に包まれた子供そのものの意味について、考えてみなければならない。ずきんも胞衣も、明白な「保護機能」を持っている。この「保護機能」のおかげで、ずきんを深々とかぶった僧たちは、現実世界の煩悩の影響を受けることなく、純粋自由な力の領域（霊界と呼ばれているもの）にいつも触れていることができるのであったし、胞衣をかぶった子供たちは、母親の胎内にあったときのように、外界の悪しき影響の手をまぬかれて、すくすくとその望みを成長させることもできるのである。ようするに、胞衣はずきんと同じように、「母性的保護機能」を、象徴的にあらわしている器官なのである。

では、その胞衣に包まれている子供自体は、象徴的にいって何者なのか。ここで、近代性科学のパイオニアであるハヴロック・エリスの意見を聴いてみるのも悪くはない。彼はこういう問題に関して、ときどき思いも掛けない視点を提供してくれるからである。『性心理学研究』（一九三五年）の中で、エリスはかつてコンドームが羊の羊膜でつくられていた事実に、注目している。つまり、かつては羊の「胞衣＝ずきん coiffe」そのものがコンドームだったのである。この胞衣をかぶせられたのがペニスである。しかし、生きていたとき雌羊の羊膜に守られていたのは、羊の胎児なのである。それだけでも十分暗示的なのに、ペニスのことを「小さな男の子」に喩える俗語は、世界中で愛好されている。しかもコンドームをペニスに着装することを、「帽子《ずきん》をかぶせる」という言い方は、いまでもじっさいに使われている（この言い方は、羊の胞衣から例の発明品がつくられた直後から、言われていたようである)。こうして私たちの前に、ちっちゃな男の子が帽子を目深にかぶっている、かわいらしいイメージが浮かんでくる。

ハヴロック・エリスはすでに、民衆的思考の中につぎのような等式が働いていたことを理解していたようなのだ。

子供＝ペニス

胞衣＝コンドーム

すると、胞衣に包まれている状態の子供には、なにか「男根的 phallique」機能のようなものが備わっているのではないか、と考えることができる。ニコル・ベルモンによれば、これにはたしかな証拠がある。ブルターニュからドナウ河にかけての広大な地域から、「ずきんをつけた精霊 genus cucullatus」の像というのが発見されている。とくに温泉の涌いている場所に建てられた古いお社の跡などからは、石や青銅や焼いた粘土などでつくられたこの精霊の像が、いまでも多数発掘されているのである(写真)。

この像は、ケルト世界の「古層の神々」をあらわしている。人々に幸運をもたらす(とくに兵士にとっては僥倖《ぎようこう》の神様だった)というこの「小さな神様」は、どれも子供のような顔つきをしていて、全身にすっぽりと衣をまとい、頭には深々とずきんをかぶっている。そして、なかにはこのずきんの部分がそっくりはずせるようにつくってあるものもあり、ずきんを脱がせてみると、子供の頭がペニスの形につくってあるという作品も、たくさん見つかっている。これについて、ニコル・ベルモンはこう書いている。

こういう像のずきんの部分は、しばしば脱着ができるようにつくってあり、それを脱が

ケルトのずきん人形

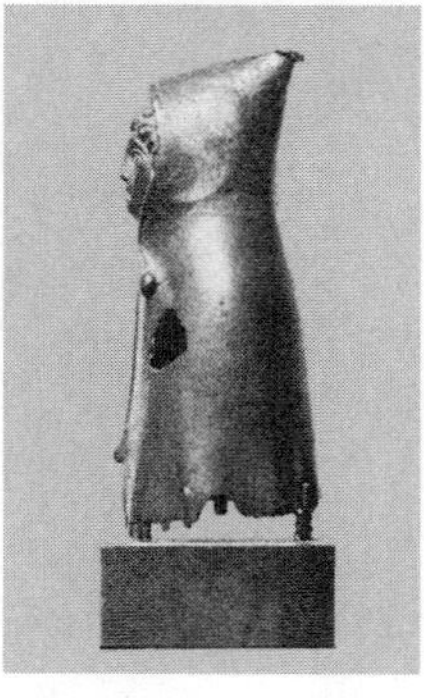

ケルトのずきんをかぶった精霊（正面、側面）

せてみると、そこにはペニスのさきっぽの形があらわれる。頭を覆っていたずきんは、したがってペニスを覆う包皮に相当することがわかる。じっさい包皮は外套のように、脱着可能な皮膚でできた衣であり、亀頭の部分を覆ったり、外に露出させたりする。ずきんが頭を覆う要領である。多様な表現をされるこの精霊の像を見ると、ペニスと子供ないし精霊そのものが同一視され、亀頭部は頭に、包皮は胞衣ないしずきんと同一視されているのが、明白なのである。じっさい語源的に調べてみても、この精霊の名前をあらわすcucullusは、ずきんという意味と包皮という意味を、同時にあらわしている。(『誕生の記号』)

こうして私たちの前に、「胞衣をかぶって生まれた子供」というイメージの全体像が、浮かび上がってくることになる。このイメージには、男根とそれを包み込む母体の保護機能とが、合体しているのだ。子供や小さな精霊の姿で描かれる「男根的機能」を、胞衣やずきんや包皮のあらわす保護機能によって包み込み、外界の影響から守っている。

ここでは、外界にむきだしになった男根的機能も否定されているし、内容物がからっぽの母性的機能も否定されている。ふたつの機能が、皮膚と皮膚を合わせるようにして一体であるとき、ヨーロッパ精神の「古層」において、人間は神々の世界への通路をはじめてみいだすことができたのである。その通路では、動物が人間のことばをしゃべり、過去の夢は未来の現実となる。このイメージはいずれ、古い神々を抑圧したあとに形成されたキリスト教のヨーロッパにおいて、「幼子を抱くマリア」の像としてよみがえりを果たすだろう。「幸福」という概念の、人類最古の表現形態――それが私たちの「胞衣をかぶって生まれた子供」にほかならない。

ああ、おまえ、夢みがちなペニスよ。おまえは胞衣のごとき包皮に包まれて、太古の夢をまどろむ。むきだしになった亀頭がすでに忘れ去った神話の夢を、おまえはまだ見失っていない。一神教のしるし、包皮切開手術よ、呪われてあれ。深々とかぶったずきんの中に、子供と老人の知性が守られ、息づく。母はなにを守ろうとしているのか。胞衣に包まれてあるときにだけ、ファルスは知恵となることもできようものを。

＊　＊

ヨーロッパ世界における「古層の神」genus cucullatus と、私たちの列島における「古層の神」ミシャグチとは、驚くほど多くの共通点を持っている。ずきんをつけた精霊 genus cucullatus は、温泉のわき出ているところなど、水源に近い場所に祀られていることが多い。そのそばには、たいてい樫の古木が立っている。これはミシャグチの配置を連想させる。この古い神もまた、水源や淵の近くなどを選んで祀られているが、そばには必ず檀《まゆみ》や松や檜などの植物が生えている。

ミシャグチは子供のイメージと密接なつながりがある。「宿神」と呼ばれた芸能の守護神は、しばしば童子の姿をして、人間の前に出現するが、なかには猿のような動物と童子の合体した姿をしているものもある。ケルト世界のずきんをつけた精霊も、子供である。しかもこの精霊は、動物の世界と自由に往来できる能力をそなえている。動物のことばを語り、動物のようにしなやかに動きまわれる身体を持っているのだ。

ずきんをつけた精霊の持つそのような能力は、「胞衣をかぶって生まれた子供」のイメージに深くつながれている。胞衣によって外界の現実の影響から守られているそのような子供は、神話の時間、夢の時間《ドリームタイム》を生きることができる。神話の時間の中では、人間と動物は兄弟のように語り合い、おたがいの変身も自由だ。ずきんをつけた精霊 genus cucullatus は、象徴化された胞衣をかぶることによって、変身自在な能力を得ているのである。

この点は、ミシャグチも同じだ。この「古層の神」には、つねに胎生学的イメージがつきまとっていることを、すでに私たちは確認してきた。中世の記録には、ミシャグチとは胎児の姿をした神であり、胞衣に包まれて守られている、と語られている。芸能の守護神宿神には、このことがとても印象的なかたちで表現されている。猿楽は変身を心髄とする芸能であり、その中でもっとも重要な演目とされた「翁」では、存在世界の変容そのものの表現が、芸能となっている。その「翁」は宿神と呼ばれるミシャグチそのものだと言われているが、この芸をはじめた神話上の開祖秦河勝は「うつぼ」状の壺に入って、人間の世界にあらわれ、去っていくときにも「うつぼ」になった船に封じ込められて、海上に消えたとある。いずれも胞衣のイメージを彷彿とさせる。ここでも、変身の芸能と胞衣は一体である、と考えられているようだ。

胞衣に守られた内部空間で、自在に変身し、流動していく若々しい力が、しなやかな躍動をくりひろげているのである。ケルト世界の genus cucullatus は、この躍動する力を、男根の形をした子供として表現している。この点では、ミシャグチとて負けてはいない。ミシャグチの神体こそ、まぎれもない男根状の石（石棒）であるからだ。この石棒を背後から檀や松などの植物が抱き、包み込むようにして、各地のミシャグチは祀られている。いまでは、立派な社殿の脇にとりのけられるようにして、ひっそりと正体不明の石棒として祀られているのがこのミシャグチだが、そのユーラシア的普遍性において、神道の神などはとうていミシャグチの相手ではないのである。

男根状の石棒と胞衣が彷彿させる胎生学的イメージ。このふたつの結合が、ミシャグチという概念の基本構造をかたちづくっている。諏訪地方のミシャグチの総元締めとも言うべき、諏訪神社上社前宮の祭儀いっさいを司る神長《じんちょう》官《がん》守矢家に伝わる「洩矢《もれや》神祈《じんき》禱殿《とうでん》のご神体」は、若々しいペニスを連想させる石棒と、エロチックな溝をまんなかに穿った石皿の対でなりたっている（写真）。石棒といっしょに石皿や丸い石を祀ってある光景を、諏訪でも甲州でもよく見かけることができる。石皿はあきらかに女性をあらわしている。それに対して丸石は、幼児や胎児を象徴している、と言われる。

ここにも、表現の形を変えた「胞衣をかぶって生まれた子供」のイメージを発見することができるのである。胞衣やずきんをかぶった子供は、母性の保護機能に守られたまま、現実の中で活動をおこそうとしている男根機能をあらわそうとしていた。そのために、ずきんをつけた精霊 genus cucullatus は、包皮や胞衣を連想させるずきんの中に隠されたペニスとして、表現されたのである。ミシャグチも男根状をした石の棒であらわされるが、それはいっぽうでは羊膜に包まれた胎児だとも言われる。

ようするに、それはなにか女性的なものに包まれている男根をあらわしている。石棒と石皿のカップルが、その二重性をうまく表現している。おまけにそこにいっしょに丸石でも置かれれば、イメージの全体構造の表現は完璧だ。それは、この現実世界と異界との境界面(「サ行+カ行」音で表現されるもの)をあらわしている。胞衣に包まれた男根が、その境界面でピチピチした活動《オコナイ》をおこすとき、人間の世界には活気と幸運と富がもたらされるのである。私たちはケルト世界と縄文的なミシャグチの世界とがしめす深いレベルでの共通性に、驚かざるをえない。新石器文化の共通土台をつくっていた一部分が、ユーラシア大陸の東と西の端に取り残されたことによって、このような現象が起きているのだろうか。その理由を私たちはまだ知らないが、いずれにしても、ミシャグチは人類的な普遍から直接に発生した思考の形を、いまにとどめているのにちがいない。

このように見てくると、「ミシャグチ」ということばで表現された「古層の神」のあらわれの様態を、いままで考えられたこともないほどに広範囲に拡大してとらえてみたほうがいいのではないか、と思えてくる。たとえ同じ系統の名前で呼ばれていなくても、そこに深層の構造における同一性が見いだされるときには、「野生の思考」としての共通の思考土台から発生したものとして理解するのである。

たとえば、柳田国男が『遠野物語』に描いた「オクナイサマ」や「ザシキワラシ」のような、小さな神様たちの存在である。

一五　オクナイサマを祭れば幸多し。土淵村《つちぶちむら》大字《おおあざ》柏崎《かしわざき》の長者阿倍氏、村にては田圃の家という。この家にてある年田植の人手足らず、明日は空も怪しきに、わずかばかりの田を植え残すことかなどつぶやきてありしに、ふと何方よりともなく丈低き小僧一人来たりて、

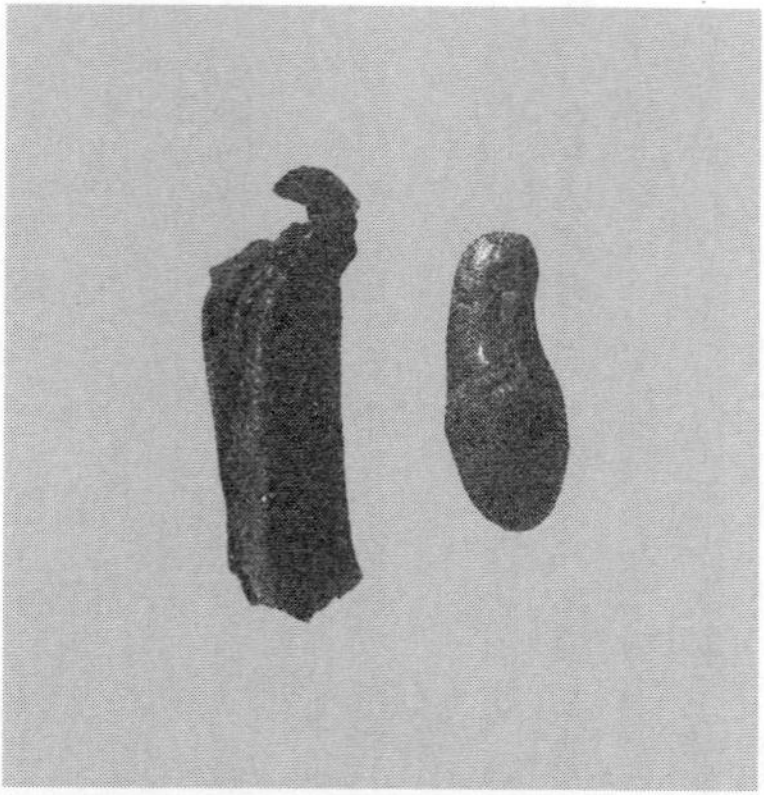

洩矢神祈禱殿のご神体（石棒）〔上〕
洩矢神祈禱殿のご神体（石皿）〔下〕

おのれも手伝い申さんと言うに任せて働かせておきしに、午飯時に飯を食わせんとて尋ねたれど見えず。やがて再び帰り来て終日、代を掻きよく働きてくれしかば、その日に植えはてたり。どこの人かは知らぬが、晩には来て物を食いたまえと誘いしが、日暮れてまたその影見えず。家に帰りて見れば、縁側に小さき泥の足跡あまたありて、だんだんに座敷に入り、オクナイサマの神棚の所に止りてありしかば、さてはと思いてその扉を開き見れば、神像の腰より下は田の泥にまみれていませし由。

一七　旧家にはザシキワラシという神の住みたもう家少なからず。この神は多くは十二三ばかりの童児なり。折々人に姿を見することあり。土淵村大字飯豊《いいで》の今淵勘十郎という人の家にては、近き頃高等女学校にいる娘の休暇にて帰りてありしが、ある日廊下にてはたとザシキワラシに行き逢い大いに驚きしことあり。これはまさしく男の児なりき。同じ村山口なる佐々木氏にては、母人ひとり縫物しておりしに、次の間にて紙のがさがさという音あり。この室は家の主人の部屋にて、その時は東京に行き不在の折なれば、怪しと思いて板戸を開き見るに何の影もなし。暫時《しばらく》の間坐りておればやがてまたしきりに鼻を鳴らす音あり。さては座敷ワラシなりけりと思えり。この家にも座敷ワラシ住めりということ、久しき以前よりの沙汰なりき。この神の宿りたもう家は富貴自在なりということなり。

遠野地方のこれらの小さな神さまたちは、たいていが背の低い童子だ。この童子たちは、奥座敷を住まいとしているらしく、たまたま奥座敷に夜具を敷いてもらった来客などは、一晩中枕返しをされたり、いきなり抱き起こされたり、部屋の外に突き出されたりで、静かに眠ることもできないという。いつもはその存在を目で見ることはできないが、なにかの拍子に童子と出くわすことがある。そのときには、人間にたいして独特の無関心をしめす。こちらの世界にいるのか、それともどこか別の領域から出てきたのかわからない感じがするというのだ。この童子たちは、よくお祀りすれば、家業を手伝ってめざましい働き（オコナイ、オクナイ）をしてくれるし、奥座敷に童子が住み着いていてくれる限りは、豊かな財産にも恵まれるのである。

たしかに、ある面では、オクナイサマもザシキワラシも、ケルト世界の genus cucullatus や芸能の徒の守護神である宿神や諏訪のミシャグチ神などと、よく似た働きをしてみせている。しかし一見すると、東北の小さな神々には、胞衣やずきんのような「覆うもの」のイメージがあらわれていないようにも見える。東北の童子神たちは、ではいったいどんな「胞衣」や「ずきん」に覆われ、守られているのだろうか。

この童子たちが住み着いていると言われる「奥座敷」そのものが、この場合の胞衣でありずきんなのである。奥座敷には、めったに人が入らない。そのためにそこは、家屋空間全体の中でいちばん奥まった、暗い部屋になっていることが多い。しかも奥座敷は北側の隅につくられることが多いから、縁側を裏手に出て行けば、そこには屋敷神の祠などがあり、ミシャグチと同じような構造をもった、小さな祠とその背後の植物という組み合わせを見かけることもできる。ようするに、奥座敷は家の裏手の世界にもっとも近いところにつくってある特別な部屋で、そこが社交の場につかわれることはめったにない。明るい光に面している表の部屋とは別種の、暗い植物的な気配の満ちているのが、奥座敷という場所なのである。

こういう部屋がいつもは襖《ふすま》を閉ざして、ひっそりとしているのだ。それはまさしく、家屋の内部に穿たれた「うろ」であり「うつぼ」ではないか。そこに身の丈の低い、童子の姿をしたなにかが住んでいる。そうなれば、奥座敷という部屋そのものが、巨大な胞衣のようにも見えてくるではないか。

ここは家屋にとっての「後戸」の空間である。そこに象徴的な胞衣に包まれて童子が住んでいる。童子の神体には、若々しい活力が満ちあふれている。このような「後戸の神」が、奥座敷にいてたえずその家の活力を励起していると、その家はよく栄える。しかしなにかの拍子で、童子のご機嫌を損ねたりすれば、ぷいとどこかへ行ってしまう。するとその家はどんな旧家や名家であったとしても、背後から活力を励起してくれる原理を失って、衰退していくことになるだろう。家はまさしく生き物なのだ。そうだとしたら、そこに胞衣があり、その胞衣に包まれた子供がいたとしても、少しも不思議なことではないだろう。

＊　＊

変身や変容を芸態とする猿楽の先祖たちは、神仏の鎮座する空間の背後にしつらえられた「後戸」の空間で、その芸をおこなったと記録されている。薄暗いその空間の一角を、芸能の徒たちはものごとが変容をおこし、滞っていたものが流動をとりもどし、超越性のうちにこわばってしまっているものに身体の運動性を注ぎ込むための、ダイナミックな場所につくりかえていこうとしたのである。

そうしなければ、前面に立つ神仏たちの「霊性」が発動することはできない、と考えられていたからだ。「後戸の神」は神仏たちの背後にあって、場所を振動させ、活力を励起させ、霊性に活発な発動を促す力を持っている。それゆえ、日本人の宗教的思考の本質を理解するためには、折口信夫が考えたように、芸能史の理解が不可欠なのである。ここでは神仏は芸能的な原理と一体になって、はじめてその霊性を発揮する。

ヨーロッパ的な「たましいの構造」において、舞踏的・霊性励起的・動態的な原理が、「ディオニソス」の名前と結びつけられて、神性の構造の内部深くに埋め込まれていることは、よく知られている。ところが、私たちの「たましいの構造」にあっては、同じ舞踏的・励起的な原理は、神仏の内部にではなく、その背後の空間で活動をおこなうのである。ヨーロッパ精神が「入れ子」の構造をもつとしたら、私たちのそれは異質な二原理の「並列」でできている。そして、このことが、日本人の宗教や哲学の思考の展開に、決定的な影響をおよぼしてきたのである。

そのために、私たちは芸能から目が離せないのだ。日本人は「フィロソフィー（ハイデッガーによれば、このことばは「一《いっ》」なるものと具合のよい調和のとれたつながりをつくりだす、という意味をもっていたそうである）」という意味で理解された「哲学」などによっては、自分の抱く思想を表現してこなかったかも知れないが、まちがいなく芸能の中にはその思想の、めざましい表現の諸形態を見つけることができる。折口信夫の着想は正しかった。このことの理解を欠いたすべての「日本思想史」の試みは、ザシキワラシの去った旧家のごとくにひからびている。それでは、「思想」が知的に語られることはあっても、霊性はいっこうに励起されない。思想にとっての「後戸の神」を、私たちは呼び戻さなければならない。しかし、いまとなってはいったいどこからそれを呼び戻せばいいのか？ 心配は無用、手懸かりはいたるところに放置されている。

それはたとえば、つぎの詩だ。

幾時代かがありまして
　茶色い戦争ありました

幾時代かがありまして
　冬は疾風吹きました

幾時代かがありまして
　今夜此処での一《ひ》と殷《さか》盛り
　　今夜此処での一と殷盛り

サーカス小屋は高い梁
　そこに一つのブランコだ
見えるともないブランコだ

頭倒《さか》さに手を垂れて
　汚れ木綿の屋蓋《やね》のもと
ゆあーん　ゆよーん　ゆやゆよん

それの近くの白い灯が
　安値《やす》いリボンと息を吐き

観客様はみな鰯
　咽喉《のんど》が鳴ります牡蠣殻と
ゆあーん　ゆよーん　ゆやゆよん

屋外《やがい》は真ッ闇《くら》　闇《くら》の闇《くら》
夜は劫々と更けまする

落下傘奴《らくかがさめ》のノスタルヂアと

ゆあーん　ゆよーん　ゆやゆよん（中原中也「サーカス」『山羊の歌』より）

詩人はここで、サーカスという芸能を、一人の「胞衣をかぶって生まれた子供」として理解し、描き出そうとしている。いくつもの戦争が通り過ぎ、歴史の疾風が吹き荒れていった現実社会のどこかの広場に、サーカスの小屋が建ったのである。サーカスというヨーロッパ渡りの形式をもった芸能は、日本に移植されるとたんに、宿神に守られた「後戸の芸能」としての性格をあらわにするようになるのだ。ほかの伝統芸とは違って、サーカスはテントを張ることによって、広場に芸能のおこなわれる臨時の空間をつくりあげる。このテントはヨーロッパ人の発明になるものだが、それが日本の空き地に立ち上がるやいなや、この列島で展開した芸能にとって、象徴的な意味を持つ胎生学的オブジェに変容をおこすのだ。サーカスのテントこそ、地上に出現した巨大な母の胞衣なのだ。

薄汚れた木綿でできた「屋蓋《やね》」が、外界と内部空間を隔てる境界の膜となる。膜は薄い素材でできている。しかし、その膜があるおかげで、外界の現実の影響は遮断されて、内部には入り込んでこないようになっている。テントが胞衣となって、その内部でおこなわれることを守護している。テントの外には、現実社会を牛耳っているもろもろの「ファルス」たちのがなり立てる騒音がやかましい。でも、いったんテントを中にくぐってしまえば、そこはすでに別のロゴスによって動く異世界だ。

テントの内部空間に活動するのは、外の社会の「ファルス」たちをあざ笑うかのように、自在に動き、自由に回転する、若々しい子供の包皮をかぶったままの「男根」だ。頭でっかちの「ファルス」は、地上に足で立つことしかできないが、テントの中の小精霊たちは、空中にするすると下ろされた「見えるともないブランコ」に、足をひっかけて、頭を下に手を垂れて、ゆらりゆらりとブランコを揺するのである。すると、梁がいっしょに揺れはじめ、振動はテント全体に及んで、いつしかこの象徴的な胞衣に守られた空間全体が、「ゆあーんゆよーん　ゆやゆよん」と振動をはじめる。これに見とれるお客様は、みんな鰯の群れと変身し、牡蠣殻よろしく咽喉をかりりと鳴らすのだ。

テントの外は真っ暗で、テントの中の空間だけが、安い電灯の光に照らされながら、振動し、息を吐き、世界が驚異であった頃の若々しい感覚を取り戻している——中原中也の描くサーカスは、全世界にとっての「後戸」の場所で演じられる、「胞衣をかぶって生まれた子供」としての芸能そのものではないか。ヨーロッパ輸入のテント構造が、日本化したサーカス（日本のサーカス芸はその歴史を見れば、原型である散楽を介して、猿楽の芸能とはもともと密接な関係がある）をとおして、「後戸の芸能」の本質を大きく外に引き出している。芸能でも歌舞伎でも、胞衣の機能は盲腸のように縮んでしまっている。その胞衣が、思いもかけず、近代日本の茶色い空に、もっこりと立ち上がってみせたのだ。

サーカスのテントとは、芸能が出現している空間を守る胞衣の一形態であろう。しかし、ヨーロッパのサーカスにおいても、テントは精霊のかぶるずきんというケルト的イメージに浸透されているのであってみれば（たとえば、ギュンター・グラス『ブリキの太鼓』のような作品を思い起こしていただきたい）、文明開化によって開かれたふたつの世界の通路をとおして、ミシャグチ的胞衣とケルト的ずきんとが、ここに長い年月の隔離の期間を越えて、感動的な再会を果たしている、とも言えるのではなかろうか。

第五章　緑したたる金春禅竹

金春禅竹（一四〇五～一四七〇年頃）の作であることがたしかな数作の謡曲のなかでも、『芭蕉』という作品はきわだって個性的だ。猿楽能はものごとが変容と変身をおこす、境界膜に守られた不思議な時空を現出させようとする芸能である。そのため植物の霊が人間の姿に変身して、ことばを語り出すことなども、ごくあたりまえのようにおこる。しかしそれでも、植物から人間への変身を可能にする「通底器」としての働きをするこの不思議な時空を、『芭蕉』ほど濃密な感覚的なまなましさをもって描いているものは、ほかにはみあたらない。

舞台は楚の時代の中国の山中にある寺、そこは「小水」と呼ばれる土地で、その名前の通り湿地に恵まれている。そこにある粗末な庵に、一人の法華経の持経者が住んで、読経三昧の日々を送っている。寺の庭には芭蕉の樹が植えられている。それはかつてこの寺が瓦葺きだった頃、雨音が聞こえないことを残念がったある僧が植えたものだ。それ以来、雨が降れば「ほろほろはらはらとする」、芭蕉の葉をしとやかに打つ雨音が聞こえるようになったのであるという。

頃は秋、山間の谷陰は冷え冷えとした透明な空気に包まれ、すさまじいまでの月光が草花の生い茂る庭のさまを、照らし出している。今夜も持経僧は、静まりかえった夜更けに一人、法華経を読経していた。僧にはかねがね不審のことがあった。毎夜毎夜、彼が読経をはじめるとどこからともなく庵のあたりに人の気配がして、じっと耳を澄まして読経に聞き入っているのが感じられるのであるが、いったいそれが誰なのか、今夜こそはきっと確かめてみようと、心に決めていたのである。

いつものように人の気配があった。そこで僧は読経をやめて、その気配のするあたりを見た。すると、月影に浮かび上がったのは、思いもかけない女性の姿であった。僧はおもむろに「あなたはどなたですか」と尋ねた。

女性が応えた。「わたしはこのあたりに住む者です。人間に生まれることは難しく、ましてそのうえ真理の教えに接することは、なおさらに難しいと言われますのに、こうしてそれに接することができました。そのことに感謝して、花を捧げ礼拝をしているのでございます。さて、こうしてわたくしもあなたさまの前に姿をさらしたのですから、もうなんの遠慮がございましょう。仏法結縁のため、草庵をちょっとだけお借りして、上がらせていただいてもよろしいでしょうか」

はじめ僧は女性を庵の中に入れることを躊躇した。しかし、女性のこころざしの深さに感じて、庵に上がって読経を拝聴することを許したのである。

[謎の女性]「あらありがたや候　このおん経を聴聞申せば　われらごときの女人非情草木

の類ひまでも頼もしうこそ候へ」
僧「げによく御聴聞候ふものかな　ただ一念随喜の信心なれば　一切非情草木の類ひまでもなにの疑ひか候ふべき」
謎の女性「さてはことさらありがたや　さてこそ草木成仏の　謂はれをなほも示し給へ」
僧「薬草喩品あらはれて　草木国土有情非情も　みなこれ諸法実相の」「みねのあらしや（身にあらじや・峰の嵐の掛詞）」「谷の水音……されば柳は緑　花は紅と知ることもただそのままの色香の　草木も成仏の国土ぞ　成仏の国土なるべし」（『謡曲集　下』）

僧は、この女性がしめしてみせた仏法の理解の深さに、心底驚いてしまった。この人は一体どういう方なのだろう。そのような僧の不審を感じ取ったのか、女性はふと立ち上がると、顔を伏せたまま、庭に降りたっていった。帰り道を月光がくまなく照らし出している。その白さ、まるで庭一面に雪が降り積もったよう。
「昔、雪の中の芭蕉を描いた詩人がおりましたね。それは現実にはあり得ないことの美しさの喩でしたが、その芭蕉のような偽りの姿であらわれたわたくしの、真実の姿をお見せしたらどうなりますことやら」。謎の女性は、こんなほのめかしのことばを残して、いずこともなく消え去っていった。

翌日になって、持経の僧ははっきりと心づいた。あの女性は庭の芭蕉が変身したものにちがいない。法華経には植物にも仏性が宿っていることが説かれている。人間や動物のみならず、植物さえ、みずからの本性を悟る可能性が開かれているのである。その植物である芭蕉が、法華経の内容に耳を澄まし、完璧にそれを理解している。僧は存在の神秘に感動し、おののいた。そして、静かに夜の帳《とばり》の降りるのを待ちのぞんだ。

皓々たる月光に照らし出された庭に、芭蕉の精は、今夜もあらわれた。まさしくあの女性である。僧はたずねた。「あなたはどのような因縁で、人間の女性の身となったのですか」。女性は静かに答える。「そのようなご不審が、そもそも間違っていらっしゃいます。人間や動物は意識を持つゆえに有情と呼ばれ、わたくしたち植物には意識作用がないというので非情と呼ばれているのですが、もともと両者の間には、決定的な違いなどは存在しないのです。存在の真理を、空から降ってくる雨のようにして、たえまなく受け取っていながら、そのことに気がついていない有情も非情も、自分の受け取っているもののすばらしさに気づくことのないまま、それぞれの自然状態にとどまっています。芭蕉であるわたくしも、自然状態のままに存在する植物として、人間の自然体である女性に変身するのです」

よく見ると、芭蕉の精であるこの女性は、芭蕉の葉のように、表は薄い赤みをおびた縹色《はなだいろ》に裏は白のかさねをまとっている。袖のあたりがわずかに綻びているように見えるのも、芭蕉葉が破れているのとそっくりである。芭蕉の精はさらに語る。

「意識作用をもたない非情の植物というものは、まことは形態を持たず固定した実体も持たない、現象化以前の存在の真実をそのまま表現しているものです。微粒子は宇宙の表現であり、その宇宙の全体は微粒子のなかに包摂されているという認識の上に、雨露霜雪など折々にふれての植物の形を現出させています。一花を仏の前に捧げるようにして、一枝花開いては、存在の真理を顕現しております」

このようなことばが芭蕉の精から発せられると、秋の庭は一面、むせかえらんばかりの存在の饗宴の場所へと、変貌していくように感じられたのだ。あらゆる植物が、消滅の予感にさらされながら、存在の歌、大地の歌を奏でているのです。芭蕉の精である女性は、そのことを僧に告げると、ふたたび植物の姿に戻っていくのだった。

「芭蕉の扇の　風茫々と　ものすごき古寺の　庭の浅茅生《あさぢふ》　女郎花《をみなへし》刈萱《かるかや》　面影うつろふ露の間に　山颪《やまおろし》松《まつ》の風　吹き払ひ吹き払ひ　花も千草も　散りぢりになれば　芭蕉は破れて残りけり」（前掲書）

* *

宿神《シャグジ》が住まいし、宿神が守護する空間のなかでは、植物や動物が人間に姿を変えたり、目に見えない霊的な存在が人間の世界にあらわれたりする、「変身」の過程がごく自然におこる。そこでは、たがいに異なる存在どうしを隔てている隔壁が溶解して、そのあいだを流動的ななにものかが行き来するようになるのだ。猿楽のような芸能は、諸存在を深いところでたがいに通底させる、この変身や変容の過程に注目して、それを象徴的に表現しようとする。そのために、植物と人間とのあいだに通底路を開こうとする作品を、いくつも見ることができる。

しかし、金春禅竹によるこの『芭蕉』くらい、植物と人間のあいだに開かれた存在の通底路に、濃密な現実感をあたえることに成功した作品も少ない。抽象的な能の舞台が、むせかえるような植物の呼吸や、幹や葉の内部を聴取不能なざわめきとともに流れていく樹液のうごめきなどに、ゆっくりと浸されていくのだ。その呼吸音、その樹液の動き、植物的なざわめきが、そのままに女性の姿へと変容する。

わたしたちは、「シャグジ」と呼ばれるきわめて「古層の神」の感覚が、このような植物的な存在層への変容の衝動に、深く突き動かされているのを、すでに見てきた。植物的な存在層からむっくりと起きあがった力は、樹液とともに植物の体内を流動して、人間の世界に近づき、そこで胞衣に守られた童子神(ちいさ子の神)やすばやい身ごなしの動物に姿を変えて、人間の世界に躍り出るのである。植物から動物へ、そして人間へと、すばやくなめらかに変容していく流動的な力の実在を、「シャグジ」という古い概念はとらえようとしている。そしてそのシャグジ概念のもっともみごとな中世的表現のひとつが、『芭蕉』という作品なのだ。

芭蕉の精であるこの女性を、ミッシェル・セールのような哲学者だと「ノワーズ noise」の存在である、と言うだろう。ノワーズ、古いフランス語で「諍い《いさか》」をあらわしている。バルザックはこの古仏語の語感を利用して、「美しき諍い女 la belle noiseuse」という存在を創造した。しかし、ノワーズのさらに古い語感を探っていくと、異質領域から押し寄せてくる聴取不能な存在のざわめきのことを、言い当てようとしているのがわかる。不安な波音を発する海のしぶきとともに出現するヴィーナスの像などが、そのようなノワーズの典型だ。ヴィーナスは海の泡から生まれたとも言われるが、またいっぽうではその泡は男女の交合の場所にわきたつ泡だとも言われる。いずれにしても、それは世界の舞台裏からわきあがってくる不気味なざわめきにつながっている。『芭蕉』では植物の領域から、そのようなノワーズのざわめきが、読経僧のもとに押し寄せている。

しかしそれは、諍いや欲望のゆらめきをもたらすノワーズではなく、植物から人間に覚醒を伝えようとするノワーズなのだ。芭蕉の精は、有情（意識活動をおこなう動物的な霊体）と非情（植物や鉱物のように意識活動をおこなわないと見られていた霊体）の差別を否定してしまっている。有情であれ非情であれ、無差別で絶対的に平等な存在の真如がおのずからおこなう表現のあらわれとして、そのあいだにはなんの差別もない。もしも、有情と非情のあいだに違いがあるとすれば、有情は自然状態にあらがって異和的な活動をおこなおうとするのに対して、非情のほうは、自分がおかれている自然状態のうちにまどろんでいようとしているところにある。そこで芭蕉の精は、まず人間の自然状態である女性に変身をとげた上で、有情非情をともどもに超越する仏法に触れようと願ったのである。

このような認識こそ、まぎれもなくシャグジ的、宿神的である。この「古層の神」をめぐる思考にあっては、鉱物的な層、植物的な層、動物的な層、人間的な層をつらぬいて流動しつつ変容をとげていく、ひとつの遍在する力の流れこそが実在と感じられていた。その力の流れは、大地の下を流れる水脈に触れる植物の根の先端で目覚め、植物の組織の中を移動していく樹液のざわめきに、姿を変えていく。この植物的なざわめきが、そのまま芭蕉や葛の精となって人の前に出現してくることもあれば、胞衣に守られた胎児として、あるいは小猿のような童子の姿をした「ちいさい神」に変身して、人間の世界のごく近くにあらわれてくることもある。シャグジ的な思考では、存在の異質な層をつらぬいて変身しつつ流動していく力の実在こそが重要だったので、そこでは植物と動物、非情と有情との間に、決定的な差異などがあろうはずもなかったのである。

金春禅竹の『芭蕉』で興味深いのは、このようなシャグジ的・宿神的な認識をもっている芭蕉の精と、法華経を読経する僧の思考とが、完全な一致をしめしている点なのである。僧は夜な夜なあらわれる不思議な女性が、仏法の理解に精通していることに驚いている。しかし芭蕉の精である女性のほうは、たんに仏法を聴くためにわざわざ人間の女性に変身してここにやってきているというよりも、自分が抱いているシャグジ的思考の正しさを、法華経によって再確認しようとしてここに来ている、というふうにさえ感じられる。

この不思議な女性は、非情の植物と有情との本質的な違いを否定するみずからの思想を語ったあとで、その考えを「草木成仏」の思想と言いかえて、それは法華経のどういうところに出てくるのか、と僧に質問している。そしてその問いを受けた僧は、経巻を捧げながら、こう語るのである。「薬草喩品あらはれて　草木国土有情非情も　みなこれ諸法実相の」「みねのあらしや（身にあらじや・峰の嵐の掛詞）」「谷の水音……されば柳は緑　花は紅と知る

ことも　ただそのままの色香の　草木も成仏の国土ぞ　成仏の国土なるべし」(『謡曲集下』)。芭蕉の女は、有情と非情の無差別を、シャグジ的な思考の側から、植物が独力で生み出した思想を語っている。それに対して僧は、法華経に展開された思想のほうから、それを全面的に肯定しているのだ。ここでは、列島に形成されてきた最古層に属する存在の思考と、法華経的に理解された仏教とが、別のほうからやってきて、おたがいを理解しあってなかよく手を結び合う、感動的な光景がくりひろげられている。

『芭蕉』を書く金春禅竹は四十代の盛りの時期にあって、宿神的な存在思想の本質的な正しさを、仏教哲学によって再確認するとともに、逆に抽象的な仏教哲学にもなまなましい存在変容のリアルをあたえていこうとする野心を抱いて、この作品をつくっている。この時代に、さまざまな芸能の徒をつうじて、縄文時代の野生の思考に直結する回路をそなえたシャグジ的な思想は、未曾有の高さにまで登りつめようとしていた。それと同時に、この列島に移植された仏教の思想は、シャグジ的な存在思想に親和性を抱くほど、すでにここの大地に深く根を張っていたのである。

＊　＊

植物の領域へむかって変容を遂げていく意識の働きのなかから、人間の女性の姿をした芭蕉の精は出現したのだった。その運動を、芭蕉の精はあっさりと「草木成仏」と言い切っている。このことばを、金春禅竹はこの時代の天台宗のなかで圧倒的な影響力をもっていた、

「天台本覚」の思想から借りてきている。草木のようにこれまでは伝統的な仏教哲学が、意識をもたない「非情」の存在として、悟りの可能性を否定してきたものたちに、天台本覚論は、森羅万象を網羅する統一的な存在論を打ち立てようとしていた法華経の思想によって、覚醒への扉を開こうとしていたのである。それどころか、植物のほうが、自然体のまま真如のすなおな表現となっているのだから、成仏するもしないもなく、すでにして存在の真理《ダルマ》そのものだと、論ずるにいたった。

そのような「草木成仏」論を代表しているのが、つぎのような思考である。原文は漢文なので、わかりやすい現代語に直してみた。

草木成仏のこと

本覚論の立場からすれば、主体と環境は一体になって働きをおこなうので、草木成仏ということには、まったく疑いがない。ただし、これには無限に多様な解釈が可能であり、通常の解釈については、ここではあらためて述べない。いま私がしめそうと思うのは、これのもっとも奥深い意味であり、そこでは（あえて逆説めいて）「草木不成仏」と言われる。その理由を説こう。草木は環境世界を構成し、すべての生物は、そのなかで活動する主体をなしている。環境世界はそのままで（複雑な構造体である）すべての世界として、豊かな恵み（徳）をもたらしている。いっぽう生物も生物として、主体的な活動による恵みを世界にもたらしている。そこでもしも草木が成仏してしまうことがあると、環境世界が縮小してしまうことになるから、もろもろの主体を入れる器である世界が小さくなってしまうだろう。ゆえに、草木成仏という考え方はすぐれた表現とも言えるけれども、まだ徹底した思想というまでには至っていない。ほかの領域についても、同じことが言える。地獄の住人の成仏、餓鬼的な存在の成仏、菩薩たちの成仏なども、みな同じである。あらゆる存在者が、自分の存在様式（当体）を捨てることなく、その当体のままで存在の真理の表現であるのだから、（複雑な構造体である）この世界も、そのままでいついかなるときも存在の真理と離れることがない、というのである。もしも、当体を成仏させ（本質的に変化させ）てしまえば、そこにはただ仏界があるだけである。あるがままの世界（常住の十界）を変える必要はまったくなく、草木にも（存在の真理は）常住しているし、すべての生物にも（存在の真理は）常住なのであるし、物質界の元素にもそれは常住なのである。よくよく、このことを考えてみなさい。

ただし本覚論で、草木成仏という場合には、草木は非情であるがゆえに成仏しないという考えを打破するためである。草木はただの草木であって、生物にも仏にも徳を施すことがない、草木はいつまでたってもただの草木で、有情になることもできないなどという人たちがいる。そこで、こうした考えを、本覚論は打破しようというのだ。本覚論はつぎのように思考する。草木は非情でありながら、有情と同じ徳を持っている。草木成仏などというと、非情の草木が有情に転化してから成仏するとも考えられがちだが、事実を言えば、非情の草木そのままに有情であり仏なのである。よくよく、このことを考えてみなさい。(伝源信作『三十四箇事書』、『天台本覚論(日本思想大系9)』より引用)

ここには、じつに大胆なことが主張されている。インドにおこった仏教思想では、存在(ダルマ)はその真理においては底無しの無限なのであるが、そこに意識の土台である「アーラヤ識」が発生したとたんに、底が出来てくると考えられた。この「アーラヤ識」は深層意識の土台をなす。一方でそれは底無しである存在の真理に接触しているから、それ自体として永遠な真理をあらわしている。しかし、もう一方では底ができて真理から遮られている土台の上に、いっさいの意識現象が発生してくるわけであるから、「アーラヤ識」は迷妄と悪の根源でもある。この「アーラヤ識」を迷妄と真理の二元性で理解するか、それともそれを迷妄と真理の和合した一元論でとらえるか、ここにのちの仏教哲学の分裂的発展の種がまかれたのだった。

日本の天台宗で発達した本覚論では、「アーラヤ識」は真理と迷妄が和合した意識の土台であり、しかも妄と悪を発生させる意識の部分も、永遠の真理の転変にほかならないのだから、それを存在の真理の一表現とみなそうとしたのである。妄悪を否定する必要はない。妄悪そのままで、そこには永遠の真理が常住しているのであるから、妄悪はそのままでよし、という論理である。もともとの天台宗の考えでは、真と妄のあいだにある否定と対立の関係は厳然としてあった。それが平安時代から鎌倉時代にかけて、そこにあったインド仏教的な強烈な否定性は消失して、存在を大肯定する思考が、大きく前面にあらわれてきたのである。

「草木成仏」のような考えも、こういう流れの中から生まれている。生死と涅槃が一体であることや、煩悩と悟りが一体であることなどを、本覚論では「相即」の論理を駆使して展開した。生死即涅槃《しょうじそくねはん》、煩悩即解脱《ぼんのうそくげだつ》、無明即明《むみょうそくみょう》。この論理の徹底によって、有情と非情の差別も消失した。植物でさえも、人間や動物のような有情と同じように成仏ということが可能なのである。いや、そもそも成仏と不成仏のあいだになんの隔てがあろうはずもなく、すべては絶対的な存在の真理の表現にほかならないのであってみれば、成仏などをめざすことのない植物のほうが、自然のままにすでに成仏をとげているものとして、不成仏であるとも言えるだろう。

恐るべき「相即論《そうそくろん》」である。「即」があらゆる差異を串刺しにしてしまう。そのことで差異が消滅するわけではないが、「即」なる一点で差異と同一性が激しくクロスするこの論理では、どうしても否定性は後に退いて、徹底した一元論の側面が表に出てくるようになる。こうして日本天台が発達させた本覚論では、インドや中国の仏教が思いもかけなかったような思想の展開が、じっさいにおこったのである。あらゆるところで、相即の論理が利用された。非情は即有情なのである。主体は即環境なのである。煩悩は即解脱であるから、煩悩を否定する必要はなにもなく、植物と人間のあいだにさえ、決定的な違いなどはない、という考えがここから生まれてきた。

伝統的な、というか正統的な仏教は、強力な現世否定への傾向をはらんでいる。煩悩の巨大な集積体である現世は否定すべき相手であり、その否定を実行できるのは、反自然の意志を抱いて環境世界からの離脱を果たそうとする「有情」（動物と人間がおもな構成員である）でしかないので、動物の立場から観たらまるで死んでいるような意識活動しかおこなわない、植物のような「非情」などは自然状態にまどろんでいるだけで、そこからの離脱は実行する可能性がない、と考えられた。つまり、インドや中国の仏教の思考法は、徹底した二元論としてつくられていたのである。

ところがこの列島で発達した仏教では、はじめからこのうちの反自然への意志が希薄だった。人間と自然は一体になって、ひとつの全体性をつくりなしているという感覚や思考が強力なこの列島では、現世否定の出家でさえも、反自然への意志が強調されるかわりに、自然との再融合として理解されることのほうが多かった。反自然のテーマを内蔵した二元論よりも、人間と環境をひとつの全体としてとらえようとする一元論への傾向のほうが、はるかに強かったところで、諸存在を巨大な統一のもとに包摂しようとする法華経の思想をなかだちにしながら、本覚論は発達したのだ。

そして、その本覚論と芸能の徒の宿神的思考が、正面から出会ったのである。宿神《シャグジ》的思考は、もともと縁したたる列島の自然とともに発達をとげてきた。しかもその来歴は、おそろしく古い新石器的思考（野生の思考）にまで食い込んでいる。この思考は諸存在をダイナミックな変身・変容の過程としてとらえている。そこではもとより非情と有情の区別があろうはずはなく、植物的な存在層を動いていた力＝意識は、なめらかな斜面を滑るようにして、動物的な存在層で活動する力＝意識に姿を変え、そのまま連続的な変身過程をとおして、人間の意識活動の中で動きはじめるのである。「草木成仏」などは、本来のシャグジ的思考からすればあたりまえのことで、それを仏教哲学が肯定しはじめたという事態が、芸能の徒に本覚論に対する深い関心を呼びおこすことになったのだろう。

　そのために、世阿弥や禅竹が活躍した室町期になると、猿楽のみならず、立花《いけばな》から造園術や茶道にいたるまで、本覚論の表現をかりて、芸能の徒が自分たちのおこなっている芸能に内在する「哲学」を、たくみに語りだすようになった。たとえば、あるいけばなの伝書には、こう書いてある。

> 万木千草にいたるまで、ありとあらゆる植物が、四季折々の風情を持っておりますが、すべて釈迦が深い禅定のうちに体験した存在の真理の上に、咲き出したものでございます。このとき釈迦の深い悟りのうちには、真実の存在の姿である法界が如実にあらわれ、そこで草木国土のすべてが成仏をとげているのであります。そこで、森羅万象、非情有情のへだてもなく、すべてにたいして草木国土という名前をあたえられたのでございます。これをもって見まするとき、この世界にあるものでゆめおろそかにできるものなど、ひとつとしてないということがおわかりでしょう。松や杉を芯に用いるのは、真如実相《しんにょじっそう》（存在の真理のあるがまま）の心をあらわすと心得てください。開落の花は随縁真如《ずいえんしんにょ》（本来の因

果にそって存在の真理があらわれるさま）の道理をあらわしていると、ご理解ください。また四季によって変化しない植物をながめては、不変真如《ふへんしんにょ》（永遠の真理）や真如平等《しんにょびょうどう》（存在にへだてなし）などの教えを瞑想なさってください。（『立花故実《りっかこじつ》』一四七六年、前掲『天台本覚論』より引用）

芸能は、日本で発達した独特の仏教哲学である本覚論に、理論的なバックボーンを求めた、と言えるかも知れない。宿神的思考は変身と変容をとげていく、ただひとつの霊的実体というものに動きと形をあたえようとしているのである。これは単一実体の変容として、世界の多様なあらわれを理解しようとする、インド哲学におけるサーンキャ学派の神話的思考と類似したところを持っている。いっぽう本覚論は、徹底した一元論と煩悩・迷妄を肯定する思想によって、「外道哲学」のひとつであるサーンキャ学派の思想に接近していると、早くから批判されていたぐらいである。だから、宿神《シャグジ》思想と本覚論は、はじめからたがいに引き合うものをもっていたのだ。

しかしじっさいには、それは「おもてむき」のことだったのではないだろうか。なぜなら、このような哲学思考に対して、芸能は微妙な違和感を抱いていたのではないかと思われるふしが、たくさんあるからだ。芸能はあくまでも身体をなかだちにする。そこでたとえば、仏教の抽象的な思考が「即」のひとことで、思考の中で処理してしまう過程を、芸能は具体的な身体や物質の過程として、現実化してみせる必要がある。本覚論の一元論と、宿神的一元論は表面上はたしかにそっくりの主張をしているように見えるけれども、宿神的一元論には、とびはねる躍動性の原理が内蔵されていて、それが物質の変身や変容を生み出している。これは本覚論のような観念論の「おもてぐち」に立てる思考ではない。具体的なマテリアルとともに思考が展開しているという意味では、宿神《シャグジ》的思考は、いわば唯物論の方角からつくりだされた一元論なのである。

そこで草木成仏にせよ不成仏にせよ、非情の植物がそのまま（即）仏界の表現であるという哲学の命題は、変身・変容の過程そのものとして、芸能によってとらえかえされることになる。哲学の思考は「即」によって、矛盾しているものを一瞬にして統一する離れ業をおこなってみせるけれども、その「即」が一瞬にとりおさえてしまった事の内部でおこっている過程を問題にしないのだ、とも言える。しかし、芸能はなによりもその「即」の内部の構造や、そこでおこっている運動にこそ、最大の関心を寄せるのである。

こうして、芸能は純粋に観念的な哲学思考に対しては、進んで「後戸」の場所につこうとすることになる。徹底した「相即論」が開いた草木成仏のことは、金春禅竹の芸能的思考によって、ダイナミックなシャグジ・宿神空間にたちおこる変身と変容の過程としてとらえかえされる。そして、芭蕉から人間への変身の過程を抱え込んだ霊的存在（芭蕉の精）が、人間の前に出現することをとおして、異質領域の「相即」が実現されている。

抽象的な観念の運動は、いつしか停滞に陥っていく。ところが、芸能の思考が「後戸」の場所から、そこに物質性をそなえた振動を加えることによって、哲学の思考は背後から励起されることになる。『芭蕉』を観ることによって、私たちは本覚論の説く「草木成仏」の思想に、具体性をもった生命が注ぎ込まれていくのを実感する。植物と人間をつなぐ、この緑したたる通底路で、哲学の思考は自分を生命の発動につないでいく「後戸の神」を、みいだすことになるのだ。

ところが面白いことに、その天台本覚論じたいが、自分にとっての「後戸の神」を必要としたのである。比叡山における本覚論の伝統は、慧心流《えしんりゅう》と檀那流《だんなりゅう》というふたつの流派に分かれて、それぞれの発達をとげている。そのうちの檀那流の本覚論の教えのなかに、それは出現したのである。このとき、仏教哲学である本覚論の「後戸」に立った神の名前を「摩多羅《またら》神」という。

第六章　後戸に立つ食人王

常行堂《じょうぎょうどう》というお堂のある天台系の寺院に祀られている「摩多羅神《またら》」は、仏教の守護神としては異様な姿をしている。だいたい仏法を守る守護神としては、インド伝来の神々の姿をしているものが、おおむね主流である。これらの神々は、もとはと言えば仏教とは関わりのない「野生の思考」から生み出されたインド土着の神々で、象徴的に含蓄の多い姿をしているものである。ところが、常行堂の後戸の場所に祀られているこの神は、少しもインド的でない。さりとて中国的ですらなく、かといって日本的かと言えば、そうとも言いきれない。かつては天台寺院において重要な働きをした神であるのに、摩多羅神は謎だらけの神なのである。

摩多羅神の神像図（「摩多羅神の曼陀羅」）といわれているものが、古くから伝えられているから、まずそれをよく見てみよう（図版）。中央には摩多羅神がいる。頭に中国風のかぶり物（幞頭《ぼくとう》）をかぶり、日本風の狩衣《かりぎぬ》をまとっている。手には鼓をもって、不気味な笑みをたたえながら、これを打っている。両脇には笹の葉と茗荷《みょうが》の葉とをそれぞれ肩に担ぎながら踊る、二人の童子が描かれている。この三人を笹と茗荷の繁る林が囲み、頭上には北斗七星が配置される。

摩多羅神の神像（輪王寺蔵「摩多羅神二童子図」）

この奇妙な姿をした神たちが、常行堂に祀られている阿弥陀仏のちょうど背後にあたる暗い後戸の空間に置かれている（写真）。この背後の空間から、阿弥陀仏のおこなう救済の働きを守護しているわけである。阿弥陀仏と摩多羅神の組み合わせは、とてもアンバランスなものをはらんでいるが、天台宗の中で発達した「本覚論」という哲学の運動では、とくにこの摩多羅神が選び出されて、重要な働きをおこなうことになった。この哲学運動では、教え

阿弥陀仏の背後を守護する「後戸の神」（比叡山西塔常行堂）

を弟子に伝達するのに、密教風の「灌頂《かんじょう》」の様式を採用した。そのとき、本覚論の中の一元論哲学の奥義(「玄旨」)を伝える灌頂の場を守ろうとしたのが、この三人の神なのだった。摩多羅神はこのとき、暗い後戸の空間を出て、奥義が伝えられる場の前面に躍り出てくるのである。

この神の由来について、はっきりしたことはもうわからなくなっている。鎌倉から室町にかけて、比叡山を中心にする天台系の寺院で流行していた本覚論は、江戸時代に入ると「邪教」の烙印を押されて、書物を焼かれたり、仏具を壊されたりしてしまい、表だっての伝承はそれで絶えてしまったから、摩多羅神の正体についてもすっかり不明となってしまった部分が大きい。きれぎれに語られてきたことをつなぎあわせてみても、なかなかこの神の実体には届かない。

とりわけこの神の本質に関わる問題、たとえば、どうしてこのような名前と異例な姿を持つ神が、天台宗のなかで一元論思考を徹底的に推し進めたラジカルな哲学である本覚論と、深いかかわりを持つことになったのかとか、猿楽をはじめとする芸能の徒たちが、自分たちの芸能の守護神である「宿神」とこの摩多羅神とは同体の神であるという考えをいだくようになったのかとか、この神の本質をめぐる問いにじゅうぶんに答えられている研究は、まだあらわれていない。こうしたなかで、『異神』という画期的な中世思想研究の書物の中で、山本ひろ子の出している考え方が、いまのところこの問題にいちばん肉薄できている、と私には思える。

彼女はまず『渓嵐拾葉集《けいらんしゅうようしゅう》』（光宗《こうしゅう》著、一三一七〜一三一九に成立）に記録されたつぎのような記事に注目する。

摩多羅神とは摩訶迦羅《マカカラ》天であり、また吒枳尼《ダキニ》天である。この天の本誓に「経に云う。もし私が、臨終の際その者の死骸の肝臓を喰らわなければ、その者は往生を遂げることは出来ないだろう」。この事は非常なる秘事であって、常行堂に奉仕する堂僧たちもこの本誓を知らない。決して口外せずに秘かに崇めよ。

ここにあげられているマカカラ天（マハーカーラ、大黒天）といい、ダキニ天といい、どちらも仏教風に言えば「障礙神《しょうげしん》」の特徴をそなえている。この神を心をこめてお祀りしていれば、正しい意図をもった願望を成就するために、大きな力となってくれる。しかし、少しでも不敬のことがあると、事を進める上に大きな障害をもたらして、あらゆる願望の成就を不可能にしてしまうというタイプの守護神が、障礙神なのである。民俗学風にこれを言いかえれば、このタイプの守護神はまぎれもない「荒神」である。

しかもこの神はカンニバル（人食い）としての特徴ももっている。人が亡くなるとき、摩多羅神＝大黒天＝ダキニ天であるこの神が、死骸の肝臓を食べないでおくと、その人は往生できないのだという。往生とは、人が生前に体験した第一の誕生（母親の胎内からの誕生）、第二の誕生（大人となるために子供の人格を否定するイニシエーションを体験して、真人間として生まれ直すこと）に続いて、人が誰でも体験することになる「第三の誕生」を意味している。そのさいには、人生のあいだに蓄積されたもろもろの悪や汚れを消滅させておく必要がある。そうでないと、往生の最高である浄土往生は難しい。そこで、この恐るべき神が登場するのだ。人の肝臓には、人生の塵芥が蓄積されている。そういう重要な臓器を、摩多羅神は臨終のさいに、食いちぎっておいてくれるという慈悲をしめすのだ。カンニバルとは人生からの解放をもたらす聖なる行為だ。そしてそれを導いてくれるのが、恐ろしい姿をもって出現するこれら障礙神たちなのである。

摩多羅神と大黒天の同体視は、発音の類似性によっているようにも見えるが、ここにダキニ天が加わると、別の意味を帯びてくる。ダキニ天という女神はもともとの生まれの土地であるインドでは、「マートリカ（お母さん）」と呼ばれる一群の女神の仲間である。マートリカは七人ないし八人が集まって、それぞれ「七母神」「八母神」という集団をつくる。彼女たちを祀る寺院は、多くの場合地面を円形に掘り抜いてつくった、半地下様式をもち、この女神たちがその昔「大地母神」と呼ばれた女神の末裔であることを物語っている。

このダキニ天のもつ顕著な特徴と言えば、飲血を好むカンニバルである点に求められる。そのために、密教の灌頂の儀式では、ダキニ天が大きな働きをする。その昔（たぶん新石器時代）、大地母神は人間のお母さんたちが生んだ子供をいったん自分の体内に飲み込み、食べ尽くしたうえで、大人としての第二の誕生を与えていた。そこでこの大地母神の末裔であるダキニ天も、人のたましいが第二、第三の誕生を得るための灌頂の儀式に登場しては、重要な働きをおこなっていたのである。

　このダキニ天がインドの密教では、しばしば「ヘールカ」と呼ばれる男性形の神と、エロティックなペアーをなして出現してくる。ヘールカも飲血するカンニバルの神である。そして、ここで問題になっているマハーカーラ（大黒天）こそ、そのようなヘールカを代表する神の一人であり、ダキニ天と一体になって、古い自我を食べ尽くして、人のたましいを新しい次元に解放する働きをおこなっていた。

　そうなると、摩多羅神を大黒天でありダキニ天であると断定するとき、中世比叡山の大碩《だいせき》学《がく》光宗は、摩多羅神にヘールカとマートリカに共通するカンニバル的な特徴を付与して、これを最大級の秘密のベールに包み込もうとしているのがわかる。なぜそれは秘密にされなければならなかったのか。それは、摩多羅神をめぐる宗教的思考の中に、仏教が生まれるよりもはるか以前から活動をおこなっていた、「野生の思考」による新石器的な思考が、新しい表現のかたちを得てなまなましい活動を続けていることを、一般の目から隠す必要があったからである。後戸の神である摩多羅神を中心としてうごめき廻っているのは、理知的な仏教の体系をつくりだしているものとはまったく異質な、一種の「古層」に属する思考だ。仏教の歴史はたかだか紀元前数百年を遡るにすぎないが、こちらのほうはその百倍もの長い時間を生きてきた人類の思考である。仏教の中に、そのようなとてつもなく古い思考が生き続けている事実は、隠しておかなければならないことだった。

　ここで私は、三十年ほど前のひとつの体験を想い出す。ネパールの首都カトマンズ全体を守護しているのは、この街の中心部にある広大な広場の西の端に祀られている「マハーカーラ」であると言われている。いまでは自動車の排気ガスのために、すっかり汚くなってしまったそのあたりも、当時はまだ水と花で飾られて、清らかな雰囲気をたたえていた。石段を昇っていくと両側にはたくさんの物乞いたちがいて、喜捨を求めていた。そして、神官に導かれながらお堂に入っていった私は、そこに立つマハーカーラ神の像を見て、息を飲むことになる。

暗いお堂の奥には、巨大な真っ黒な神のからだが立っていた。それをとてつもなく巨大だと感じたのは、真っ黒なからだだが、まるで子供のようにぷっくりとふくらんでいたからだろうと思う。まったくそのマハーカーラは、幼児のような体型をしていて、バターを塗りつけられた口元は極端に大きく描かれていた（写真）。それにどんぐりまなこがついている。そのとき私は、「これは熊だ」とつぶやいたものである。

その瞬間、私は人類学の本で見たことのある、北米大陸北西海岸に住む先住民たちによる、みごとな彫刻をほどこされたトーテムポールを連想していた。そのトーテムポールの上半分には、大きな熊に食べられている人間の姿が描かれ、下半分には同じ熊のヴァギナから生まれ出てくる人間の頭部が描かれていた。この彫刻は、北西海岸に住むアメリカ先住民にとってきわめて重要な「イニシエーション」の思想を表現するものだ、と本には説明がしてあった。彼らは人間は二度生まれなければならない、と考えていた。そのためには、自然の王である神聖なる動物の熊によって、古い自我を食べられ、いったんは熊の生きる大地の底

カトマンズのマハーカーラ

に呑み込まれたのち、同じ熊のからだから生命となって生まれ出てくる必要があると、彼らは思考したのである（写真）。

熊はそこでは偉大なるカンニバル（人食い）の動物である。それは人間を古いしがらみから解き放つために食べ、あらためて出産をおこなってくれるための、創造的なカンニバルの行為をおこなう。熊だけではない。「野生の思考」においては、自然や大地のように「産む能力」をもった多くのものが、このような創造的カンニバルの能力を持つと考えられていた。「ひょっとしたら」と、私はそのとき考えた。ここに立つマハーカーラとは、そのような熊が姿を変えたものであり、マハーカーラ神が持つと言われる飲血嗜好や人食いとしての性格は、もともとが新石器的思考にとっての熊のような動物にあたえられていた創造的カンニバルの本質を、そっくりそのままスピリチュアルな表現に移し替えただけのものなのではないか。

大黒天に代表されるヘールカやダキニ天もその一種であるマートリカが、人の血を飲むことを好み、肉を食べることを愛好すると言われているのは、彼らが創造的カンニバルの末裔であることに由来している。貪欲に破壊するヘールカの大きな口が象徴するものは、古い自我を破壊するために食べ尽くす熊の口であり、マートリカたちが誇らしげに開いてみせるそのヴァギナは、二度目の誕生を可能にしてくれる熊のヴァギナを象徴している。インドに生まれた宗教は、「野生の思考」を否定するのではなく、抽象化して洗練された体系に組織することによってつくられている。だから、このお堂に立っているマハーカーラは、じつは新

人食いの熊の意匠を彫りこんだアメリカ先住民のシャーマンの護符

石器時代の熊に違いないのだ、と。

面白いことに、カトマンズの街の西を流れるバグマティ川の岸辺には、大地の女神であるマートリカを祀ってある寺院が点在している。そこに行くには、街はずれのごみごみしたスラム街を抜け、ところどころに塵芥なども放置されている「坂」を下って、河原に降りていかなければならない。マートリカ寺院はたいてい半地下の構造をしている。地面を円形に掘り抜いてできた壁に、まるく女神を配置していくのである。そこには美しい女神の像が祀られているが、本質は恐ろしい飲血食人のダーキニと同体であると考えられている。街の中心部の王宮近くには男性の食人神ヘールカがいて、外の世界との境界にある「坂」の下に食人の女神が立っているのだ。王は人民を「食べる」存在となることによって、国家をつくる。しかし、その国家の周縁にはこの世界の真実の主権者である、破壊し産出する自然の力を象徴する大地母神がいる。中世の都市はどれも正直である。そこには王という存在と国家の秘密が、まだあからさまなかたちで表現されていたのだ。

さて、図像に描かれた摩多羅神は、どれも不気味な笑いを浮かべてはいるが、身だしなみはスマートで、どちらかと言えば「すかしている」。しかし、本覚論の奥義に近づくことのできた少数の者たちは、これの本体はマハーカーラでありマートリカであることを知っているのである。つまり、常行堂の後戸に立って、前面に立つ光の仏である阿弥陀を守護している謎の神は、創造的カンニバルとしての特質を隠し持った、人類の思考の「古層」からやってきた表現として、理知的な仏教には理解不能の存在だ。

摩多羅神が謎なのは、この神が自分の内部に複雑な重層性をかかえているからである。表面には、狩衣をまとって鼓を手に、いままさに音楽を奏でようとしている男の姿で描かれた摩多羅神がいる。この姿でいるときは、摩多羅神は本覚論の「煩悩即菩提《ぼんのうそくぼだい》」の思想を直接に体現した、日本思想の「中世」をあらわしている。ところがこの摩多羅神の奥には、もう一人の摩多羅神がいる。この摩多羅神は大黒天《マハーカーラ》やダキニ天《マートリカ》の親しい仲間として、仏教の中にひそんでいる「野生の思考」に深くつながっていく存在なのだ。カンニバル（人食い）ということが、まだ重大な存在の哲学の表現であった頃の思考の残響を残したまま、この新石器的摩多羅神は、狩衣をまとった中世の摩多羅神の内部に隠れて、不穏な波動をあたりに放出している。この神の中には、折口信夫の言う「古代」が隠されているのだ。

そのような神が、いわば本覚論というその時代の先端的な哲学思考の、まさに「後戸」に立つ。とてつもなく古代的な思考が、もっとも新しい思考と、文字どおり背中合わせに立っている。ロシアの詩人マンデリシタームの定義によれば、この構造はまさしく「アヴァンギャルド」と呼ばれるものにほかならない。

＊　＊

では、どうして本覚論のようなラジカルな一元論の哲学が、摩多羅神に凝縮されている古代的ないし新石器的思考を呼び寄せることになったのか。そのことを理解するためには、もうすこし本覚論の思考そのものの内部に立ち入ってみる必要がある。

本覚論の思考の特徴は、つぎのような文章にあからさまである。この文章は本覚論の思想が形成される過程でとても大きな働きをした、『天台法華宗牛頭法門要纂《てんだいほっけしゅうごずほうもんようさん》』（伝最澄作）という書物に載せられている。

第五　煩悩を一時に断滅すること

真理の前に頭を垂れて、いっさいのおごりたかぶりを捨てて思慮してみると、生と死という二つの存在のあり方は、唯一無二の存在である「心」というもののしめす霊妙な働きであり、また有と無なる二つの存在のあり方は、人間にもともと備わった覚知性（本覚）の属性そのものだと言うことがわかる。その理由は、「心」はほんらい過去も未来もない時間性を超越した純粋な働きであり、「たましい（神）」というものはこの宇宙をあまねく埋め尽くしている存在の理法のことを、いいあらわそうとしているからである。このように考えれば、この世に生まれたからと云って、なにかがやって来たわけでもなく、死ぬからと云ってどこかへ去っていくわけでもない。過去・現在・未来という時間性を超越している「心」は、ほんらい潜在的なものであるが、これに現実化の作用がほどこされるとき、「心」は六つの知覚能力をそなえた具体的人間として生まれるのである。これをわれわれは仮に「生」と名付けている。存在の世界の理法である「たましい」に、空の働きが及ぶとき、五陰《ごおん》（色受想行識）で構成された現実的身体は、滅びていくことになる。これをわれわれは「死」の現実と呼んでいる。このように真実のリアルとは、「無来の妙来

（なにもやって来ないようにしてやって来ること）」であり、「無生の真生《しんせい》（生まれないようにして真実に生まれていること）」であり、「無去の円去《えんきよ》（去らないようにして完全に去っていること）」であり、「無死の大死《だいし》（死なずして大いなる死のうちにあること）」にほかならない。生と死は一体である。有と空は同じものである。このように知り、このように認識するとき、はじめて自らの「心」の中にある仏生が顕れるようになり、生きるも死ぬも自在となる。

六道《ろくどう》を生きる衆生のなんと哀れであることか。現実の迷いの世界を生きる三界の凡夫のなんと悲しいことか。いったん生まれたと云っても、無意識の欲望のままに生きて、生というものの真実を知らない。いずれ死んでいくのであるが、死の意味を知らないまま、むなしく死んでいくのである。唯一である「心」のしめす霊妙なる働きとしての生死は、無始無終（起源もなければ終末もない）として、常にここにあって働き続けている。こういう「心」に立ってみれば、死ねば生前のカルマが消えてしまうという考え（断見）が誤りであることがわかり、また自我が永久に続いていくという考え（常見）の誤りであることも知られる。死ねばなにもなくなってしまうのであれば、救済すべき衆生も存在しない。またもしも自我が永久に持続するのなら、涅槃《ニルヴァーナ》の大楽もないことになる。

だから諸君は、生死に住んではいけないのである。生死の現実に無自覚なまま住むと、どうしても輪廻の苦を受けることになるが、これはまったく耐え難いことになる。またその反対に、生死を離れようとしてもいけない。自殺して解放が得られると考えるならば、それは断見の誤りに陥っているといわざるを得ない。諸君はすみやかに、唯一の「心」というものを認識して、断と常との誤りから逃れなければならない。誤った見解を捨て、まちがった修行法がもたらしてしまったものを癒さなければならない。これが生死に自在な真実の生き方であり、死に臨んでもうろたえることなく、仏を念じて心静かに死を待つ状態を実現する方法である。行者諸君、どうかこのところをよく思索して、生死を怖れない心を養ってくれたまえ。(『天台本覚論(日本思想大系9)』)

ここにはきわめて大胆な思考が展開されている。インドに生まれた仏教は、二元論の思考を深層にセットしてあることによって動く、思想の体系である。それははじめ煩悩の世界から離脱するブッダの行為に出発する思想として、煩悩と悟りの間には厳密な区別が立てられ、煩悩を断つ修行によって、生死自在な悟りの境地が得られるものだと、考えたのである。現世への否定が、そのような思考を突き動かしている。ところが、日本に展開した天台本覚論においては、仏教の体系を支えている二元論の結構を解体に導いていくような、大胆な一元論的思考が活発な活動をはじめたのだった。

伝統的な仏教は、煩悩と悟りの二元論から出発する。しかし、その区別がいったいどこに発生しているかと言えば、いかなる概念作用もおこっていない純粋清浄な「一心(唯一の心)」の上にほかならないではないか、と本覚論は考えはじめた。「一心」は有でも無でもない。知覚がもたらす情報から、思考は有と無の区別をつくりだす。ところが「一心」にはそのような区別が立てられない。知覚を動かしているのがその「一心」であり、そのようなものとして「一心」は有や無を超えているのである。

この「一心」が霊妙きわまりない働きをおこすとき、生と死と呼ばれる現実がおこる。物質の元素をひとつに集合していく現実化の妙用がこの「一心」に働けば、身体や神経組織や脳の組織がつくりだされて、そこに具体的な人間が生まれてくるのだが、これを解体させていく空の力が働くと、死と呼ばれる現実が人に訪れることになる。しかし、その生も死も、同じひとつの「一心」が自己変転してあらわれた現実の二つの様態にほかならない。だから、生まれたといっても、それでなにかが世界に増えたわけでもないし、死んだといってもなにかが去ってしまったわけでもない。「一心」は、来ることもないし、去ることもなく、常にここにあって、妙用をなしている。日常凡俗のこの現実世界の中で、それは常に働いている。いや、日常凡俗がそのまま「一心」として、常に私たちの前にあらわれて、妙用をおこなっている。そうなると、修行をして現世を離脱することが重要なのではなく、たとえ修行などをしなくともすでに悟りは常にここに働いていると認識することが、真実の修行だということになるではないか。

本覚論の思考方法は、だいたいこういうものである。仏教の修行を中心とした体系を支えてきた、深層の二元論がここでは解体されてしまっている。この思考法を徹底すれば、修行には意味がないことを知るのが修行であることになり、煩悩の世界を離脱することには意味がなく、煩悩のまっただなかに生きていながら、それが純粋清浄な「一心」の霊妙な働きであることを認識している生き方を実現してみせることこそが、真実の出家だということにな っていく。本覚論は、いわば「知」の極限まで接近していって、そこで「知」の体系を支えている土台を解体して、「知」でも「無知」でもない、「非知」の領域へ飛び込んでいけと、教えようとしていたのだった。

まさにこの場所である。この場所において、本覚論は摩多羅神を招き寄せることになったのである。仏教は、ラジカルな二元論を深層にセットしてあることによって、自分をふつうの世間知とは違う、大きな体系として組み立ててきたのであるが、この二元論が「一心」による一元論につくりかえられていくとき、仏教という「知」の体系性は解体して、そこから普遍的な「人類の思考」というものが、大きく浮上してくることになる。「知」の体系性の背後に、ぽっかりと暗い「後戸」の空間が広がり、そこから新石器的な「野生の思考」の妙用が出現し、人類の普遍的な思考の「大地」と仏教という「知」の体系とが、この場所でひとつに溶け出そうとしている。

本覚論の奥義を伝える「玄旨灌頂」の主神は、それゆえこの摩多羅神があいつとめるのが、道理なのである。深層においてはカンニバルの神であり、表面にあらわれている姿は「煩悩即菩提」をあからさまに表現する、エロティックな歌舞音曲の身体（摩多羅神の前に立つ二人の童子は、煩悩をあらわす茗荷と悟りを意味する笹の葉を肩に、それぞれヴァギナとアヌスの快感を讃える歌を歌っている）をもつこの神でなければ、このような役目をつとめることは不可能だ。日本仏教が推し進めた大胆な哲学運動の、決定的なターニング・ポイントに、この摩多羅神が立っている。ここがひとつの頂点で、ここから先は解体が待っている。その重要な場面に、「後戸の神」が召喚されたわけである。

＊　＊

猿楽の徒はこのような摩多羅神を、自分らの芸能の守護神である「宿神」と同じ本質を持つものと考えたのである。山本ひろ子はそこに「荒神」の概念が深くからんでいるのではないか、とつぎのように推測している。

さて摩多羅神が「三毒即三菩提《さんどくそくさんぼだい》」、「無明即法性《むみょうそくほっしょう》」という本覚の理を体現する尊とみなされるとき、荒神との接近が図られる。なぜなら、荒神もまた「無明」や「三毒」を本体とする尊であるからだ。

一、摩多羅神事、只是三宝荒神ト習フ也。是又三宝荒神即三諦《サンタイ》本有《ホンウ》無明《ムミヨウ》即法性ナレバ、元品《ガンポン》無明ハ荒神ト習フ間、誠以テ本尊トスベシ。サレバ本山ニ摩多羅神ヲ最極大事ニ祭ル。修正ナンドモ慇懃ニ山王祭事ノ根元トナシ玉フ、此謂也。所詮本覚法身ノ妙体ニシテ御座ス故也。随テ利生モ新タ也。（『玄旨重大事　口決私書』）

「元品無明《がんぽんむみょう》」をともに本性とすることにより、摩多羅神と荒神は同体とみなされるわけだ。

暴悪を退治するために忿怒の相を現わす荒神は、三宝を擁護するのでまた三宝荒神《さんぽうこうじん》ともいう。正式の経軌をもたない荒神は、中世にあってさまざまな像容と活躍をみせていくが、「衣那《えな》」（胞衣）を荒神とみなす「衣那荒神」もそのひとつで、叡山では「是ヲ障礙神トモ、元品無明即荒神トモ云也」（『瑜祇経口決抜書』）と解されている。（……）

ところで摩多羅神と荒神との交渉は、芸能神としての摩多羅神を考察する上で、重要な問題を示唆するものでもあった。金春禅竹の『明宿集』は、猿楽の翁を芸能神・宿神《しゆくじん》と説くが、摩多羅神と目されるこの翁は、また大荒神であると語っている。（『異神』）

ここに書かれていることを、別の視点から読み直してみることができる。摩多羅神を荒神や胞衣の神や宿神や翁と結びつけているリンクを、それぞれの神に内在している構造の共通性として、見ていくことができそうに思えるからである。

荒神は「無明」や「三毒」を本体とするというのは仏教的な言い回しで、じっさいにはこれは「自然力」と言いかえることができる。思考の秩序におさまることのできない過剰した「自然力」が荒神の本体なのである。この過剰してコントロールすることの難しい「自然力」は、荒神を転換点としておだやかな、人の生活に豊かさと幸福をもたらす柔和な力に変化をおこす。荒神の持つこのような転換する力が、この神を摩多羅神に近づけている。ものごとの境界に立って、境界の両面に広がる異質な力を相互に転換させる力をもっているのが荒神ならば、それは胞衣が果たしている働きとよく似ている。この転換性、境界性によって、胞衣はまた荒神であると言われるのである。

摩多羅神は「三毒」と「無明」を自分の内部に抱え込んだ神である。それというのも、この神を守護尊とする灌頂において、「三毒」「無明」はたちまちにして「菩提」に転換し、その相即が実現されると考えられているために、この神自身が「三毒」と「無明」を本質としていなければならないからである。

そして、この灌頂がさずけられるとき、存在の真実の姿は人の前にあらわになる。そこでは、いたるところで「無明」が「明」に転換をおこし、「三毒」たちまち「菩提」に転換される過程がおこっている(またその反対の過程もいたるところでおこっている)。その無数の転換点に立って、せわしなく転換の「わざ」をおこなっているのが、摩多羅神なのだ。こう考えると、摩多羅神とは世界に遍在する絶対的な転換力をもつものの総称であると言えるのではないか。

摩多羅神のもつこのような転換力を象徴しているのが、おそらくはその神が手にしている鼓なのである。ポン、ポン、ポン。鼓の革から発せられるその打撃音は、音が発せられるたびごとに、世界の様相をつくりかえていく。鼓の打撃音はひとつひとつが特異点のようなものので、その特異点を境にしてさまざまな転換がおこることを、人は鼓の音を聞く快感としてきたのである。摩多羅神と鼓は、本質的なつながりをもっている。摩多羅神のもつ境界性、転換力が、その手に鼓を呼び寄せているのだ。ポン、ポン、ポン。そのたびに、「三毒」は

「菩提」に、「無明」は「明」に転換をおこす。そしてそのたびごとに、本覚論の語る「煩悩即菩提」の真理が、音現象として出現をはたすのである。

もうここまでくれば、宿神＝シャグジまではあと一歩ではないか。胞衣であり荒神であり、境界性（サ行音＋カ行音が象徴するもの）の神であり、ポン、ポンと飛び跳ねる音とともに蹴鞠の庭に瞬間瞬間の転換をもたらしていく転換の神であり、異質な存在領域との間に通路を穿って、植物の霊と人間が自由にことばを交わし合う神話の空間を実現するメタモルフォーゼの神である宿神＝シャグジ。この宿神は翁であり、しかも摩多羅神でもあると、猿楽の徒によって断定されているのを見ても、もう私たちは少しも驚かない。そこに一貫した思考が働いているのを、はっきり見届けることができるからだ。

しかし、宿神をめぐる思考が包み込んでいる世界は、摩多羅神が包摂しようとしている世界よりもずっと広大である。摩多羅神が転換を促すのは、仏教がそのことに意識を集中している「煩悩」や「三毒」や「無明」のことばかりであるのにたいして、新石器的な「野生の思考」の直接の末裔である宿神にとっては、この宇宙を構成するありとあらゆるモノとコトにいかにして転換をもたらし、よみがえりと刷新をもたらしていくかが課題となっているからだ。

それにしても、本覚論が展開したラジカルな一元論の試みがなかったとしたら、こんなふうな神々の集合はおこらなかったような気がする。天台本覚論をひとつの哲学の試みとしてみると、そこでは物質と精神、大地と天、フィジックとメタフィジック、肉体と意識などを、一串で貫くことのできる全体的な思考の探究がおこなわれていた、と見ることができる。それによって、二元論をドライブとして駆動する仏教という伝統的な思考の体系は、解体の方向に向かわされていくことになったが、そのおかげで、仏教の「知」の体系と、縄文時代以来この列島上で生まれ成長をとげてきた「大地の神々」をめぐる思考とが、ひとつに結びあわされていくことも、おこったのだ。日本の中世を彩る多彩な思考の展開は、「知」の体系と「大地」的なもののおこなう非知的思考との結合の結果として、生み出されている。一元論思考の活躍が、それを可能にした。中世思想の面白さと言えば、ひとえにそのことにかかっている。

＊　＊

このような時代風潮の中で、金春禅竹は『明宿集』を著したのである。これは草稿本のかたちでしか残っていない。その草稿本を見ると、はじめ禅竹はこの本のタイトルを『明翁集』としようとして、あとで訂正して『明宿集』と書き直している。これを見てもわかるように、翁の本質をあきらかにするために書き始められたものが、翁は宿神であるというテーゼを展開することに力点が移って、ついには「宿神としての翁」の視点から、神々と芸能の世界の全体を、統一的に解釈しなおそうとする大きな意図にまで発展していったものと推測される。

私たちがすでに見てきたように、宿神はこの列島上できわめて古い時代から生き続けてきた「古層の神」の一形態である。もともとは境界性をあらわそうとする「サ行音＋カ行音」の結合として、さまざまに発音されてきた共通の神の観念のつながりの中から、宿神と呼ばれるこの芸能者の守護神はかたちづくられてきている。この「古層の神」はミシャグチの名前で、諏訪信仰圏では独自な発達をとげた。その観念の形成を、藤森栄一氏はほぼ五世紀頃と推測しているが、この推測はミシャグチ神の構成の内部に、縄文的な要素と弥生的な要素がほぼ対等の力関係で共存しあっていることが、今日に残されている信仰の痕跡からも、はっきりと確認できるところからきている。

ここでいう境界性は、地形的なものだけを意味しているのではない。諏訪信仰圏のミシャグチは多くが水源との関わりをもっていることはたしかだが、この神をめぐる神話的思考の内部に立ち入ってみると、それが「胞衣」のような胎生学的オブジェに、強く結びつけられていたことがわかる。胞衣は「子供がやってくる空間」と現実の世界との境界を包囲して、内部の胎児を守る働きをしている。この膜状のものは、霊界の力が現実世界に不用意にさらされて、傷ついたり汚染されるのから守る働きをしている。またその膜は、荒々しい霊性をひめた自然力に直接に触れているものであるから、胎児を守る機能が失われれば、この世にあって恐るべき荒神と化すのである。いずれにしても、この膜を境界にして、さまざまな転換が発生している。「古層の神」の境界性とは、そのような広くて深い思考を包み込んでいるのである。

シャグジ神の痕跡は、東日本の広い範囲で確認されてきている。その多くがいまでは八幡神社や熊野神社やさらに小さな小祠にすがたを変えてはいるけれど、そうした神社の今置かれている地形や環境を、過去の状態に復元してみるならば、そこがかつてはなんらかの意味での境界性にかかわっていることが、はっきりと見えてくるようになる。

これが西日本に行くと「宿神」と呼ばれるようになる。東日本とは異なって、ここでは境界性にかかわるもの、生な自然力に直接触れながらおこなわれている生業《なりわい》、身体をとおしてその自然力を美に造形しようとする芸能などが、差別の対象とされた。猿楽をはじめとする芸能者の集団も、例外ではなかった。彼らはじっさいの地理的境界である「坂（サ＋カ）」や「宿（夙、ス＋ク）」にしか、住むことを許されなかった。こんなことは縄文的な東日本では考えられもしないことだったが、西の日本では、シャグジのような「古層の神」のはらむ境界性は、「御社宮司《ミシャグジ》」のように尊称をつけて社会の中心で大切にお祀りされるものではなく、貶められながらも不気味な霊威で人を畏れさせる両義的な観念として、地理的な境界の場所に置かれて、注意深く処理されることになったのである。

このように宿神は、とてつもなく古い意識の地層に根を生やしながら、この列島上で成長をとげてきた観念なのである。諸道諸芸にたずさわる人々の家では、この「古層の神」を自分たちの芸能の守護神として大切にしてきた。とりわけ猿楽の徒にとって、そのことは大きな意味を持っていたはずだ。それというのも、猿楽の芸そのものが、ものごとの転換、変成、変身《メタモルフォーゼ》の表現に関わっているために、同じ転換・変成・変身が自在におこる時空を住処とする宿神とは、ほかの諸芸にもまして、本質的なつながりを持っていたからである。

その猿楽芸のエッセンスを凝縮したものが、ほかならぬ「翁」である。「翁」の舞いには、猿楽という芸能そのものの本質と構造が、きりつめられた象徴性をとおして、端的に表現されている。金春禅竹の以前に、そういうことを言い出した人があったかどうかはわからないが、「翁」と宿神は同体であるという禅竹の思考は、まったく正確である。猿楽芸そのものが、「存在の胞衣」ともいうべき宿神に守られた潜在空間の構造を、身体と音曲の表現として、顕在化させようという芸能なのである。「翁」はその芸能の思考構造じたいを、具体的な身体の動きとして、人の目に見せようというのだ。

それならば、「翁」はまぎれもなく宿神であろう。と、そのことに思いあたったとき、金春禅竹の思考は発火をはじめた。宿神である「翁」の観念を、違う尺度《ゲージ》で動いているほかのいろいろな思考同士をいちど同じ尺度にあわせて、そこに対称性を発見したり、内面の共通性をあきらかにするための「ゲージ場」にしてみたら、千差万別百花繚乱のごときわが列島の神々の世界に、ひとつの統一的な理解をもたらすことができるのではないだろうか。「古層の神」によって、思想史の再編成が試みられた、といってもよい。このような試みは、かつておこなわれたことがない。その後も、柳田国男があらわれるまで、そのような試みは絶無であった。その意味でも、『明宿集』は日本の思想史の中で、ユニークな位置を占めている。『明宿集』はこうして、「翁＝宿神」を鍵概念にして、つぎつぎと神々の間に失われた対称性を発見していくことになる。

第七章　『明宿集』の深淵

　大正十二年の夏、折口信夫は二度目の沖縄採訪旅行にでかけた。前回、大正十年の旅では果たせなかった先島への旅行が、今回の主な目的だった。おそらくは八月の二十日頃、折口は宮古島をへて石垣島に渡った。その頃はちょうど祖霊が万霊を引き連れて島に帰ってくるという盆の行事のまっさかりで、どの村でも心をこめた色とりどりの行事がおこなわれる時節だった。

　気象台長の岩崎卓爾《いわさきたくじ》や先島の偉大な知識人喜舎場永珣《きしゃばえいじゅん》といった人々が、彼を暖かく迎えてくれた。案内の人々は口々に、もうすこし時期をずらしていらっしゃれば、マユンガナシもアカマタ・クロマタもごらんになることができたのに、ほんとうに残念なことをしました、でもがっかりなさらないでください、登野城の村へ行けばまだアンガマの祭りを見ることができます、あれはまたすばらしいものですから、と少し残念そうな表情をみせた折口信夫をなぐさめてくれた。

　折口信夫は今回の旅行中ずっと、自分の内部に新しい思想の萌芽が、大きく成長しだすのを感じていたのである。沖縄の各地で、彼は超越的なるものが肉体をそなえて人々の目の前に出現してくるさまに、なんども出会っていた。本土の神社の抽象的な神とは違って、ここでは超越的なものは五感のとらえる具体性の世界の中に、なまなましい受肉をおこなっているのだ。折口信夫は幼少の頃から、関西の伝統の中に残っている古い芸能の諸形態に親しんでいたから、このような神の来臨の仕方には、いたく共感するものがあった。つい昨日まで畑で汗まみれになって働いていた農夫や、無頼な生活にすさんだ芸人の肉体に、いったん超越的なものの力が住みつくと、とたんにあたりの状況が一変してしまうのを、彼は何度も目撃してきた。神はしばしばそのような肉体を選んで、それをとおして人々の前に出現する。人間の世界からとてつもなく遠くに離れている超越的なものが、いまここにある肉体に宿り、人間とのあいだに語りかけと応答を実現するのである。

イエスを前にした人々が、かつて感じたであろうような、とてつもないパラドキシカルな感覚が、折口信夫の抱いていた神の感覚の中にもある。この大工の息子の、なんのへんてつもない肉体の内に、絶対の神が住みつき、その肉体をとおして神がわたしたちの前にあらわれているのだ、と言われたときに人々が感じたであろう感動と同質のものを、折口信夫は芸能史と民俗学の領域の内に発見していた。彼にとって、「民俗学」という柳田国男による絶妙なネーミングに含まれる「俗」の文字は、特別な輝きをひめているように感じられていた。この「俗」は超越的なものが現実の内に受肉をおこす、その媒体をあらわしている。この「俗」という文字には、折口のような人をくらくらさせるほどのパラドキシカルな感覚がみなぎっているのだ。

そこには出現の運動の感覚がはらまれている。肉体がしめす抵抗を押し分け、かき分けて、超越的なものが現実の世界に顔をあらわそうとする、エロティシズムの構造がなまなましい活動をおこなっている。折口信夫は、民「俗」学の研究をとおして自分が体験してきたそのような神のあらわれの様式を土台にして、この列島に展開し成長してきた神や仏の観念を統一的に理解する「発生学」のような学問をつくりだすことができないか、と長いこと考えあぐねていた。近代人は神や仏の世界に神学的・哲学的な整合性をあたえようとして、かえってその神や仏の生命を殺してしまった。自分はそのような整合性を根底から破壊するために、パラドックスを生命とする神を、ひとつの明瞭な構造として創造したいと思う。このような思いを抱いていた折口信夫に、二度にわたる沖縄旅行が決定的な体験をあたえたのである。そのとき、彼の内には「まれびと」の思想がたしかな着床をとげていたのだった。

案内の人たちに伴われて、登野城の村に着いた折口は、そこで「アンガマ」の祭りに立ち会うことになった（このあたりの記述は、西村亨「折口信夫の沖縄採訪」に負っている）。この祭りでは旧暦の盆の三日間、「ウシュメ・ンミ」と呼ばれる翁媼を先頭に立てた一団が、村の家々をまわり歩くのである。折口もその行列のあとをくっついて歩き、「人いきれに蒸されながら考へた」（『古代生活の研究』）。一軒一軒と歩いて、この一団は座敷に上がりこむと、「ウシュメ・ンミ」はまず位牌を拝み、念仏を唱えてから、二人で立って舞いを舞う。翁媼は、手にしたクバの扇をしなやかにあやつりながら、ゆったりと優雅に舞うのである（写真）。

「いまはああいうかっこうをして舞っておりますが、昔は芭蕉の葉を頭から垂れて、葉の裂

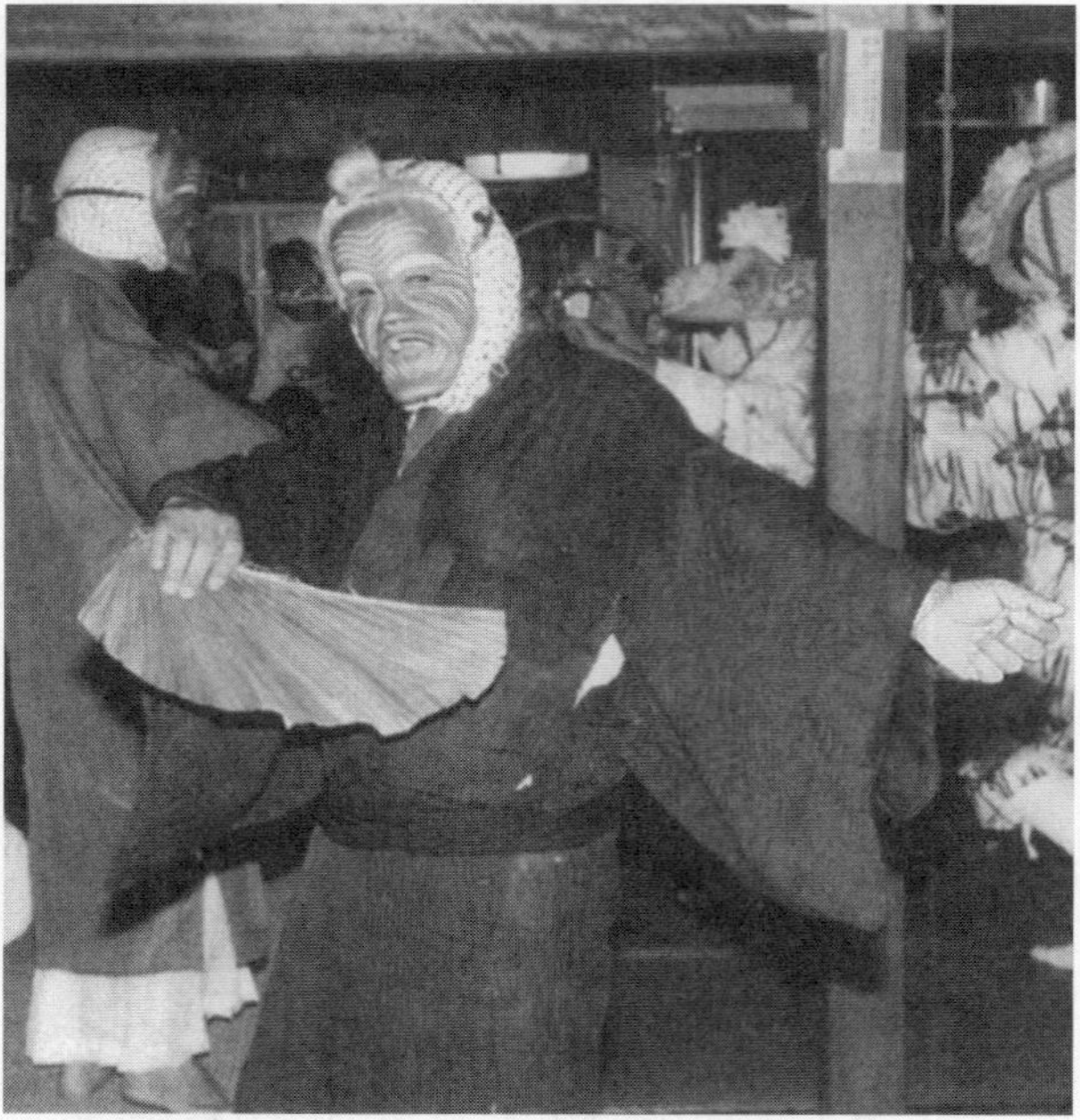

登野城のアンガマ。折口が実見した頃は、木綿の仮面をつけていた

け目から目だけを出して舞っておりました」。案内の人が説明をしてくれた。このことばには、「ウシュメ・ンミ」たちが森の奥、植物の世界からやってきた霊であることが、言外にしめされている。頭から垂らした芭蕉の葉は、そのうち仮面に変わるだろう。しかし、その仮面ももともとは植物の幹から取り出してきたものではないか。そういう植物の精のすがたをしてあらわれた超越的なものが、いまクバの葉を手に優雅に舞う。

このとき折口信夫の脳裏に、能に出現する「翁」のことが浮かばなかったとは、考えにくい。芸術的に洗練されすぎたいまある「翁」の芸からは、もう想像するのも困難になっているけれど、田楽や猿楽の徒たちが演じ始めたばかりの頃の「翁」とは、ひょっとするとこんな形のものであったかもしれない。「翁」とはまちがいなく共同体の先祖のことを意味している。その遠い先祖の霊が、植物の領域をかいくぐって、頭には芭蕉の葉をくっつけたまま人間の世界に出現をとげている。人いきれにむせ返る南島の夜、発生時における「翁」のなまなましい姿を垣間見たというたしかな実感が、折口にはあった。

それから数日後、岩崎卓爾や喜舎場永珣を交えた集まりの席で、折口信夫は今回の旅では見そびれてしまったマユンガナシやアカマタ・クロマタの祭りの話を聞くことができた。その話はまたアンガマの祭り以上に、彼の思考をはげしく刺激するものを含んでいた。「古老」たちはそのとき、こんなことを語ってくれた（折口信夫『沖縄採訪記』ならびに『国文学の発生』第二稿・第三稿による）。

八重山諸島の古見や宮良の村では、穂利祭《プーリ》のとき、アカマタ・クロマタという巨大な鬼のような、怪物のようなものが、あらわれます。全身を芭蕉やクバの葉でおおい、目だけを出して、神の声色や身振りをしながら、祭りの場に出てきて踊るところは、よその村でマヤの神と呼んでいるものとそっくりですが、ここではこの鬼のような神のようなものを、特別にニイル人《ピトゥ》と呼んでおります。これは赤と黒の二色の仮面をかぶったものがあらわれるからそう言うのではなく、ニレエすなわちニライカナイの底（ニイルスク、ここにも「スク」音があらわれていることに注意）を渡ってやってくる人たちだから、そう呼ばれているのです。人間の女性を誘惑する蛇のことが、神話の中では赤マタと呼ばれていますから、それとも関係があるかも知れません。宮良などではこの怪物の出てくる洞窟が、海岸べりに行くとじっさいにあります。ここはナビンドゥと呼ばれて、土地のものたちにはとても畏れられている場所です。この洞窟を通ってニライの底から、このものたちはやってくるのです。

この話を聞いたとたん、沖縄にやってきてからというもの、ずっと渦を巻くようにして自分の思考にからみついていたカオス状のイメージが、急に明確な形をおびだしたのが折口にはわかった。ここでは超越的なものは特別な「空間」として、表現されているのである。その「空間」はとうぜん人の世界からは遠いところにあると考えられている。遠い海の果て、大地の底。その「空間」は、わたしたちが「現実」と言っている世界とはちがう構造をもっていて、二つの世界はけっして混ざり合わないということを言いたくて、それは遠いところに置かれているのだ。いまの人類学者ならば「ドリームタイム」と呼びたくなるような構造を、そのニライの「空間」はもっている。そこでは過去と未来がひとつであり、時間と空間がひとつに溶け合って、神話の思考法でなければ入り込んでいけないようなアトポス（非場所）をなしている。

そんなドリームタイム的ななりたちをしたニライの「空間」には「スク（底）」があって、そこを境界面として「現実」の世界に接触している。ニイル人たちは、その「スク」を渡って、人間の世界にあらわれてくる。人間の世界に近づいた彼らは、まずナビンドゥの洞窟から出現をとげ、ついで緑したたる植物の世界を渡って、祭りの庭に姿をあらわすのである。

超越的なもののあらわれについて、折口信夫は決定的な証言を得た思いがした。この列島弧に生活を築いてきた「われわれ」の先祖たちは、超越的なもののあらわれを運動をはらんだひとつのトポロジーとして思考してきたのであって、それはけっして概念の単調な平面上でくりひろげられる神学的な論理の構造のようなものとは違う、という確信である。超次元的なありたちをしたニライカナイからスク（底）を超えて、マヤの神やニイル人がこの世界のほうに渡ってくるとき、そこには劇的な空間のトポロジー的な変化がともなうのである。そのとき、洞窟の奥では神話的思考だけがそれをとらえることのできる「ドリームタイム」の開口部が、かすかに開いて、そこから遠い過去の先祖と未来に生まれてくるはずの子供たちが共存する不思議な空間の息吹が、「われわれ」の世界に吹き付けてくる。その瞬間を、祭りは肉体をもった神々の出現をもって表現しようとしてきたのではないか。そして、これこそが、「翁」の発生する瞬間に違いない。

自分の思想に大きな飛躍をもたらしたこの沖縄への旅から戻った折口信夫は、考えを練り上げたうえで大作『翁の発生』を書き上げた。この論文で彼は、田楽と猿楽が演じてきた「翁」の芸を、存在の母体《マトリックス》とも言うべき超空間を超えて、物質と肉体の世界に出現する超越的なものの運動を表現するものととらえようとした。つまり彼の構想する「まれびと」論の体系の重要な一環として、まずは「翁」に新しい解釈をあたえたのである。折口信夫は「翁」とは「まれびと」である、と考えている。そういう思考の身振りは、「翁」とは「宿神」であると断定を下す金春禅竹の思考の身振りと、じつによく似ているのではないだろうか。

＊　＊

じっさい折口の「まれびと」と禅竹の「宿神」は、多くの共通点をもっている。どちらもそれぞれの概念の背後に、胎動をはらんだ母体《マトリックス》状の超空間を抱えているからだ。「まれびと」はもともとの着想を生んだ沖縄先島の人々の考えによると、ニライ（このことばは「根」と関係しているようだ）と呼ばれる特別な構造をした超空間が、わたしたちの生きている現実世界に向かって開かれた通路を通って出現する。ニライの空間と現実の世界とは、トポロジーの作り方が違う。そこでマヤの神やアカマタ・クロマタなどは、ナビンドゥの洞窟のような空間のくびれのような場所を通って、やってこなければならない。

またこの超空間の中では、生と死、過去と未来、時間と空間などがひとつに溶け合っている。そこには過去の死者たちの霊もいれば、未来に生まれてくるはずの未発の生命が、夢見をまどろんでいる。すべての幸福と富も、そこからやってくる。人間たちが物質的な豊かさとしてこの世で受け取るものは、すでにこの超空間の中に放射する力として蓄えられていて、それを人間たちは神々のおこなう無償の贈与として受け取るだけなのだ。つまり、この超空間は無限の豊かさをはらみながら、少しも変化しないし、少しも動かない。そのような超空間とわたしたちの現実世界は、ふだんは接触しあうことがない。ところが、盆の季節に限っては、そこに通路が開かれて、にぎやかな歌と踊りとともに、翁や媼のかっこうをした祖霊が、万霊をしたがえて生きている者の世界に立ち返ってくるのだ。そして、このとき世界におこったラジカルな空間変容の事実を告げ知らせるために、さまざまな「まれびと」が、祭りの庭に出現することになるのである。

「宿神」や「シャグジ」の背後にも、それとよく似たマトリックス状の動きをはらんだ超空間が働いているのを、わたしたちはすでに何度も確認してきた。この超空間のことは、ニライのような概念ではっきりととらえられてはいない。しかし、そこには胞衣の保護膜によって守られた存在の胎児が夢見をまどろみ、はちきれんばかりの強度がみなぎり（その力は現実の世界にほとばしりでては荒神となり、発酵した液体に宿っては陽気と乱行を発散させる酒となる）、律動をはらみ、変化と変容へのはげしい衝動に突き動かされている。そこはまた生命と富の貯蔵庫でもあって、いっさいの「幸」や「福」はこの超空間からの贈与として、人間の世界に送り届けられるのである。

「宿神＝シャグジ」的な超空間と現実の世界は、薄い膜のようなもので隔てられていて、二つの異質な領域が境界をなくしてしまうということはおこらない。そのかわり、この境界膜のところでは、たえまなく「転換」の過程が繰り広げられている。そのおかげで、現実の世界は計算のできないもの、予測のできないこと、現実の枠をはみ出ていく過剰したもの、ようするに生命と意識の源泉からの力を、受け取ることができるのである。

この境界膜のところで発生している転換の真理を、目で見えるものにつくりかえるのが田楽と猿楽の演じてきた「翁」の芸なのである。「翁」は幔幕で覆われたマトリックスを出て、しずしずとこちらの世界に近づいてきて、人々の前に立って、植物の象徴である扇を手に、ゆるやかな舞いを舞う。「翁」はこのとき、存在の半分を「宿神＝シャグジ」の超空間に沈めている。「翁」は超空間に向かって開かれた通路であり、転換を実現する媒体となって、霊威にみちた存在の息吹を、こちらに向かって放つのだ。だから、「翁」のことを、「宿神」(柳田国男はこれはもとスクと呼ばれた神なのだろうと推測している)の住まう超空間からの客人《まれびと》と考えてよい。それは折口信夫が考えたように、ニライの底（スク、サ行音＋カ行音）を渡ってこの世にあらわれるさまざまな「まれびと」の神たちと、まったく同じ構造をもっている。

折口信夫は「まれびと」の概念をもって、神と仏の多様なあらわれを、統一的に理解しようと試みた。それとおなじように、中世の金春禅竹は『明宿集《めいしゆくしゆう》』という著述をとおして、どこに共通のつながりをみつけたらいいのかわからないほどに多様な神と仏の世界に、一つの統一的理解をもたらそうとしたのである。そのさい、金春禅竹が駆使した思考法が、じつに興味深いものだった。彼は日本の思想史の上で最初に、「構造論」の方法を自覚的に使って、日本人の宗教的観念の表現に、一貫した理解を試みたのである。『明宿集』が金春家の蔵の中から発見されたのが昭和三十九年のことであるから、残念なことに折口信夫はこの本を見ることができなかった。もしも折口がこの本を生きているうちに知ることができたならば、と想像することは楽しい。おそらく彼はこの中世猿楽の徒の大胆な思考法に接して、自分自身の思考法との多くの共通性を見いだして、そこからたくさんの思想の果実を引き出してきたことだろう。折口ならばこう考えただろうと思われることを、すでに構造主義も多様体の哲学も知っている私たちは、別の言い方で表現してみることができる。

＊　＊

『明宿集』はつぎのように書き出される。

そもそも「翁」という神秘的な存在の根源を探究してみると、宇宙創造のはじまりからすでに出現していたものだということがわかる。そして地上の秩序を人間の王が統治するようになった今の時代にいたるまで、一瞬の途切れもなく、王位を守り、国土に富をもたらし、人民の暮らしを助けてくださっている。この「翁」の本体（本地）を探究してみると、胎蔵界と金剛界をともどもに超越した法身の大日如来であり、あるいは無限の悲願をこめて我らを包摂する報身の阿弥陀如来でもあり、または人間の世界で教化をおこなう応身の釈迦牟尼であり、つまるところ法身・報身・応身という真理の三つの存在様態を、一身にみたしていらっしゃるのである。この完全充足した一身を三つの存在様態（三身）に分けてあらわすところは、猿楽で言うところの「翁式三番」の表現となってあらわれる。こういう神としての示現（垂迹）を知れば、ますますいろいろなことがわかってくる。

第一は住吉の大明神である。あるいは諏訪明神としても、塩竈の神としても示現をなさる。伊豆の走湯権現として示現したときには天皇の勅使と直接対面をおこない、筑波山では驚異的な岩石の形をもって出現して、参詣の人々に深い感銘をあたえて結縁しているのである。このように列島のところどころにおいて、神の形態としての示現垂迹をなさっているのではあるが、迷妄に曇った眼にはそのことの真実は見えず、愚昧な心にはまったく理解すらできない。神秘的な解釈ではこう言われる。本地垂迹はすべて本体は一つであって、不増不減、常住不滅の神秘の唯一神に集約される、と。その唯一神のお名前は、別紙口伝にしるされていよう。（『明宿集』。原文は『世阿弥　禅竹（日本思想大系24）』ならびに『金春古伝書集成』に収録）

ひとことで言って、「翁」は「存在」と同義である、とここで金春禅竹は言っているのである。日本在来の神道の思考では、「存在」というものはただ「自然にあるがまま」として、一つの概念でおおまかにくくられている。それに対して仏教哲学は、いやいや「存在」

はそれ以上思考が入り込んでいけない究極概念ではなく、その内部にはまだまだ複雑な微細構造が含まれていると考えて、それを法身・報身・応身の三つの概念でとらえようとしたのである。法・報・応の三身構造は、「存在」の内部を潜在性の状態から現実に顕在化する状態に向かう運動の過程でつぎつぎに形成されていく、存在構造の差異に対応している。仏教では、そのそれぞれに大日如来・阿弥陀如来・シャカムニ仏という、姿も働きも異なる仏性の名前をあてて、「存在」にはそういう内部構造があることを強調した。密教の教理にも精通していた金春禅竹は、「翁」がそのような三身の構造をそなえた「仏性＝存在」と同じなりたちを持ち、しかも「翁」の一身にその構造はのこりなく包摂されている、つまり「翁」は仏教の言う意味においても、まったく「存在」そのものなのであると語ることから、この著述を開始したのである。

さてその「存在」は、わが国土の上に純粋なあらわれを、「神」のかたちにおいておこなう。そのために「存在」の根源を示す「翁」もまた、さまざまな神の姿に垂迹をおこすことになる。全国津々浦々にその垂迹の形跡を発見することができる。しかもその出現の様式もさまざま、働きも千変万化であるから、煩悩や頑迷に曇った知性には、そのことが理解できない。そういう曇った知性では、せっかく「翁」が示現している形跡を見せられても、ただの岩や木や温泉しか見えない。つまり物質的な対象しかみえない。しかし、「翁」は物質の上に、あるいは内部に受肉をおこすという特異な示現をおこなうために、とりわけ世間の頑迷の者たちには「翁」がそこに立ちあらわれていることが、感受できないのだ。知性を純粋に研ぎ澄ますのである。そうすると、わたしたちの前に、「翁」のおこなった偉大な示現の様がありありと見えるようになる、と言って、彼はそのような示現の重要な例をつぎつぎと列挙していくのだった。

まずは住吉の神である。続いて諏訪の神、塩釜の神、走湯山の神、筑波山の神、これらが「翁」示現の代表例として挙げられる。これらの神名を見て気づくのは、ここにあげられている神がいずれも「自然の力」と密接なつながりを持っているという点である。住吉の神については、あとでも詳しく示すように海流の示す渦巻き状の動きや海水から採れる塩との深い関係がある。塩釜の神には製塩との深い関わりを認めることができる。諏訪の神はまぎれもない狩猟の神である（中世の諏訪の神は、殺生を好まない仏教や流血を嫌う神道の考えが広く行き渡っていた時代風潮に逆らって、伝統のしきたりにかなった狩猟ならばこれを許可するという許可証を、全国の狩人に向かって発行していたのである）。今日言うところの熱海に熱湯を吹き上げる走湯山の神にいたっては、火山の熱に触れた熱い湯そのものが神聖視されたことから発達していったものであるし、筑波山から赤城・榛名の諸山にかけては、山中に露出した巨岩や奇岩の姿そのもの、あるいはそれらの岩肌に自然出現した神秘的な模様や古代に残されたヒエログリフなどが神聖視されていたことから、信仰が発達していった場所である。これらの聖地はあきらかに、最初は狩猟を業とする「山の民」によって発見され、しだいに一般の信仰をも集めるようになっている。

金春禅竹が列挙する「翁」の垂迹を示す代表例は、このように「自然の力」との直接的な関係によって、特徴づけられている。ここで「翁」のもつもう一つの特性があらわになる。はじめ「翁」は「存在」そのものであると、仏教的に言われた。しかし、そんな仏教風な観念的な理解ではおさまりがつかないものが、「翁」には内蔵されていることを、垂迹の諸例が示すのである。「翁」は、たんなる「存在」ではなく、自然の活動をとおしてわたしたちの世界に顕現する「存在の強度」を表現する概念でもあるのだ。

海民や狩猟民は、日常の生業をとおして、こうした強度に直接的に触れている。海を漕ぎ渡るためには、渦を巻く海流の動きを熟知している必要がある。海民は薄い板一枚で海水の動きに接触しながら、その動きをコントロールして、海を漕ぎ渡っていかなければならない。狩猟民が相手にするのは、深い森の自然だ。里で生活している人たちが恐怖を感じるような、深い山の中に入り込んでいって、この人たちは長期の野外生活をする。そして自分の感覚を動物と同じように研ぎ澄ます修練をへて、ようやく獲物に接近することができるまでになる。住吉の神や諏訪の神は、もともとそうした「存在の強度」に直接に触れて生活している人々によって、信仰されていた神なのである。そうした神々は「翁」の垂迹に相違なしと断言してみせるとき、禅竹の思考の内部で、あきらかにこのような「強度の思考」が敏感なアンテナを伸ばしている様子が、よく見える。

しかもこれは推測だが、海民と狩猟民は、ともに「戦争」の概念とも深い関わりをもっている。新石器的な「野生の思考」では、戦争と狩猟は一体のものとして考えられているケースが多いことから、私はこんなことを言っているのだ。どちらも流血を伴う生命の奪い合いに関係した行為であるし、戦争のときに結成される戦士の集団と山に入るときの狩猟民とは、その行動様式から守るべき戒律や集団構成にいたるまで、深い共通点を感じさせるのである。そうなると、住吉や諏訪の神は戦争の神でもあるという思考が生まれてもおかしくないことになるが、事実、神功皇后《じんぐう》が海外に向けておこした軍事行動のさいに、住吉と諏訪の両明神は力づよい軍事神となって、皇后の行動を援助したと『日本書紀』には記録されている。すると「翁」は戦争神と考えられてもおかしくないことになるが、じっさいに『明宿集』には、つぎのような記述も見いだすことができる（これは終わりのほうに出てくる文章である）。

一、「翁」が戦争の神でもあらせられることは、まったく明らかである。なんといっても和歌の神であらせられながら、住吉明神は神功皇后《じんぐう》の時代に異国を攻めていらっしゃるところは、この神の威力が他の神々のものとは異質であることを物語っている。そのとき以来、異国を降伏するために、西の方角に向かって立っていらっしゃる。君徳の恵みの深いことを思うと、末世の今、まったく頼もしい神であることよ、と崇め申しあげることを勧める。したがって、「翁」を軍神と申しあげるわけである。東国の武士はこのあたりの事情を知っているのだろうか。（『明宿集』）

ところが、東国武士は別の意味でこのことを知っていた。それというのも、彼らの生活にとって重要な存在であった「シャグジ」の神はまた「遮軍神」「将軍神」などと書かれて、軍神の働きをになっていたからである（そこからシャグジの八幡神への転化が発生している）。柳田国男はこれは音転訛からきた表面的な意味の複合化だと『石神問答』に書いているが、ことによると、そこにはもっと深い意味が隠されているかも知れないなどとも思わせる、『明宿集』の記述ではある。

そうなると一番の問題は住吉の神である。この神は、金春禅竹の「翁論」にとってきわめて重要な存在である。この神はまず「翁」の垂迹のうちの第一にあげられている。さらにこの神が「翁は宿神なり」との神託をあたえたことも、彼の論の成立には強力な後ろ盾となっているからだ。住吉の神が鎮座する神社としては、摂津の住吉大社と長門の一ノ宮住吉神社の二つが重要である。祭神は「墨江の大神」として知られる底筒之《そこつつの》男命《おのみこと》・中筒之《なかつつの》男命・表筒《うわつつ》之《の》男命の三柱の神。これら三神は、海の深さの底層・中層・表層という三つのカテゴリーへの分類に対応している。

『日本書紀』に描かれた墨江の大神は、災いを福へ、悪しきものを善きものへ、荒々しいものを穏やかなものに転換変化させる、強力な「禊ぎ祓い」の力をもった神である。黄泉の国からもどったイザナギ大神は、日向の橘小門で、からだにまつわりついてきた黄泉の国の汚れを禊ぎ祓いしようと思い立たれた。するとその禊ぎ祓いの行為によって、神の身体から離れた黄泉の国の汚れは、そのまま強力な転換力をそなえた禊ぎの神に変貌したのである。このとき海神（綿津見）とともに生まれたのが、底筒之男命・中筒之男命・表筒之男命の三柱からなる墨江の大神で、以後その絶大なる禊ぎ祓いの力によって、深い崇敬を集めることとなったのである。

長門の住吉神社は「和布刈《めかり》」の神事によって有名だ。この神事では、大晦日の深夜、神社からほど近い壇ノ浦の海辺に、神職一同が装束を整え、たいまつを灯して出向き、じゃぶじゃぶと海に入って、海底のワカメを刈り取り、それを元旦のお供え物とするという行事である。この行事の意味について、住吉の神社の現代の神主がつぎのような興味深い解説を加えている。

ここで思ひ起されるのは、日本書紀の神功皇后の巻である。皇后が天皇に神戒を垂れ給うた神の名を請はれると、先づ〝神風の伊勢の国の、折鈴の五十鈴宮に居る神、撞賢木厳之御魂天疎向津媛命〟以下の神名が告げられ、最後に〝日向国橘小門の水底にゐて、水葉も稚やかに出でゐる神、名は表筒男・中筒男・底筒男神有す〟とある記事である。渦潮のあらゆるものを浄化して、海草をも若やげる神秘力こそは、住吉三神の荒魂のいやちこなる霊威ではあるまいか。「わかめ」「あらめ」は住吉大神の精霊・海の幸の最高なるものであらう。(『長門国一ノ宮住吉神社史料　上巻』への序文から)

「野生の思考」がいまでもこんなに生き生きと働いていることに、私たちは驚かされる。ここに発揮されているのは、まぎれもなく瑞々しい神話の思考力にほかならない。渦潮がたえまなく海岸を洗っていくとき、岩肌には繰り返し海の律動が打ち寄せ、洗い流していく。そのたびに海中の岩肌に生えたワカメやアラメのような海草は、潮の動きにあわせてしなやかな曲線を描いて、海中にたおやかな舞いを舞っているようだ。しかもこれらの海草は、いつも若々しく瑞々しい。このような海草を自らの精霊として象徴として出現する神、「水葉も稚やかに出でゐる神」こそが、住吉大神（墨江大神）なのであり、海辺に生える海草に、底土に生えたもの・中位の底土に生えたもの・海面近くの底土に生えたものの違いがあるように、この神もまた底・中・表の三柱の神としての内面構造を持つ、という思考である。

海の渦潮の力の持つ強力なる浄化力こそが、住吉大神の威力の根源なのだ。このような浄化の威力と同一のものが、「翁」にもそなわっているからこそ、金春禅竹は住吉大神を垂迹した「翁」示現の第一の姿であるとしたわけであろう。「翁」には「浄め」の力が宿っている。それは、禍をはらんだ悪しき力を幸福を生み出す善き力に転換させ、老化してしまったものを「ワカメ」のようないつも若々しい生命力にみちたものに転換させ、怨みを抱いて死んだものたちの霊が発散する荒々しい力を、富や幸福を生み出す肯定的な力に転換させる力がひそんでいる。

そういう威力を「翁」やその垂迹である住吉大神が発揮することができるのは、彼らが自然の奥底に隠されている力の秘密に、直接触れていることからもたらされるのである。超空間と現実との境界面に立って、彼らの指先がその境界面に触れるとき、そこで世界の組成が転換をおこすのだ。この転換力がなければ、世界は浄化されることがない。この世に突き出た超空間の先端として、「翁」はそのような浄めの業をおこなう。同じように、「翁」の垂迹である住吉大神は、渦潮のすべてを洗い流す浄化力によって、それをおこなうのだ。

＊　＊

ではそのとき「翁」が作動させている「転換力」というものは、いったいどんななりたちをしているのだろうか。これを説明するのに、金春禅竹は神話の論理を利用する。「翁」のもつ転換力を、「塩」のもつ浄化と転換の力によって、説明するのだ。じっさい塩は、渦潮のはらむ浄化力を「煮詰めた」ところに出現するものであるから、「翁」の存在にとっての住吉の神の重要性を考えれば、とうぜん大きな意味をもつに違いない。じっさい『明宿集』もその冒頭の部分に、「翁」の示現形態の一つとして、塩釜の神を挙げている。海水から塩を煮詰めて取り出す釜が、霊威あるものとして、「翁」の垂迹の一つに呼び出されているのだ。この釜にも転換力がひそんでいる。そしてそこから取り出された塩は、あらゆる神事においてもっとも簡便で強力な浄めの力をもつものとして、古くから大切に扱われてきた。金春禅竹はそこから思考を深めて、『記紀』神話に示現したさいの「翁」の活躍を、「塩土翁《しおつつのおきな》」のうちに見いだそうとしている。

よく知られている「海彦・山彦」をめぐる、阿多隼人族伝承の神話である。

その昔、天つ神七代の末、国つ神（地神）の四代目に当たられる火々出見尊《ホホデミノミコト》は山の幸の狩猟を得意としていたが、海の幸の捕獲に得意な兄の火進尊《ホノスソリノミコト》と、ある日猟場の交換をおこなって、慣れない釣り糸を海に垂れていらっしゃったとき、うっかりと釣り針を魚に食いちぎられてなくしてしまった。兄の尊はなくした釣り針を返せとはげしく弟の尊を責めたので、どうすることもできずに海辺で悲しんでおられた。そのとき塩土翁《イヲツツノオキナ》が出現して、粗い目で編んだ大きな籠をつくって、それに乗せて、弟の尊を竜宮にお送り申し上げた。そのときの塩土翁というのが、すなわちこの「翁」の神秘的な姿であった。かくして神話の時代には神々を導き、歴史の時代には天皇の末裔たちをお導きくださる。すなわち「翁」は、天と地の媒介者なのである。（『明宿集』）

ここに登場する塩土翁という神話的な存在は、住吉の神の本体である底筒之男命・中筒之男命・表筒之男命の三柱の神と密接なつながりがあると、言われてきたが、ともに重要な海産物である「ワカメ・アラメ」と「塩」の精霊であることからして、これは当然のことだろう。住吉の神はその浄化する能力によって抜群であった。塩土翁はさらに進んで、ものごとの状態に決定的な転換をもたらし、異質なもの同士を媒介してたがいに結びつける作用にすぐれている。このために両者は「翁」の妙身とみなすことができる、と禅竹は思考するのである。

この神話をもっと詳しく見てみよう。年少の者が年長の者に強いられて、なにかの貴重品（鳥の羽根、ヤマアラシの棘、小熊など）を取りに遠くにやらされて途方に暮れていると、そこにあらわれた神秘的な動物（ジャガー、蝶々、熊など）によって助けられ、水や火の支配者となる能力を手に入れることによって、逆に自分を窮地に追いやった年長の者をやっつけてしまうという神話は、南米からアラスカにかけて広い範囲の先住民文化の中に「鳥の巣《バード・ネスター》あさり神話群」として語り伝えられている（レヴィ＝ストロース『神話論理』）。また神話学者の松村武雄によって早くから指摘されていたように、「海幸・山幸」神話とほとんど同じ内容を持つ神話は、ポリネシア諸島に広く分布している。類似の構造をしたこれらの神話では、山と海、天と地、男と女、大人と子供、自然と文化などの対立しあうものの間に新しい媒介が発見されるプロセスが、主題になっている。そして調和をなくした状態に媒介をもたらし、世界の姿がダイナミックに転換していくことを可能にする神秘の動物や精霊などに、とても大きな意味が与えられている。

この神話では、塩土翁（塩の精霊）がそういう重要な役目を果たしている。兄の海彦は海の狩猟にたけていたのだから、水界をコントロールする力をふるっていた。弟はこれに対して山の狩猟者としてもともと対等な立場であったと思われるが、兄から借りた釣り針をなくしたことから、兄に対して大きな負債を負うはめに陥ってしまった。これによって、水界の支配力が増長して、世界はバランスを失ってしまった。つまり、世界は媒介を失ってしまい、不和と分離が蔓延していった（そのため、弟は社会から切り離されて、遠くの海岸へと追放されてしまった）。

ここに塩の精霊が出現する。彼は粗い目で編んだ大きな籠をつくって、それに弟の命を乗せて、海神の宮殿である竜宮に送り届けたのである。このとき塩の精霊である翁がつくった、粗目の大籠は塩を煮詰める塩釜とよい対照をなしている。海の領域から汲み上げた海水を煮詰めて、海岸で塩をつくるには、「すっかり目の詰まった籠」とも考えられる鉄の釜を使う。製塩は海から陸地に向かっての運動をはらんでいる。ところが塩土翁が取り組まなければならないのは、陸地の奥のほうにある山の領域の者を、海底奥深くまで届けるという仕事である。状況は製塩のときとすべてが反転している。そこで陸地から海への運動を運ぶ乗り物としては、「粗い目で編まれた籠」が用いられなければならない。神話論理的に見れば、ここには思考の一貫性がゆきわたっている。

塩の精霊が、世界がバランスを失ってしまっていた状況に、劇的な転換をもたらすのである。ホホデミノ命（この名前は彼が火や火山と関わりがあることを物語っている）は、海底の宮殿で海神の娘と結婚し、なくした釣り針も取り返し、水の領域の力をコントロールする能力を得て、陸地に戻ってくる。そして兄を水に溺れさせることで、彼から水界の支配権を奪い、世界にふたたびバランスを回復するのであった。

塩の持つ偉大な転換力が、この神話では重大な意味をあたえられている。衛生学的に見ても塩には浄化力があるが、ここに天と地を媒介し、海と陸を媒介し、バランスを失った世界に調和のとれた全体性を取り戻す転換力が加わるのであるから、まさに塩は「浄めの王」とも呼ぶべき物質なのだ。その塩の精霊である塩土翁が、田楽と猿楽に演じられる「翁」なのである、と金春禅竹は思考した。彼は「翁」に抜群の「浄め」と「転換」の力が宿っていることを、このような神話を利用して語ろうとしている。このような思考の背後にも、渦潮と海草の神である住吉の神が、隠然たる影響を及ぼしていることを忘れてはならない。

そのことは、人間の姿をとってあらわれる「翁」が問題にされるとき、もっと明瞭になってくる。『明宿集』は塩土翁の神話に続けて、すぐにこんなことを語りだすのだ。

人間の世界のことに目を移せば、「翁」は歌道の家に生まれて、『伊勢物語』の作者である在五中将業平として出現した。この方は「カタイ（乞食）翁」といわれて、感情に身を任せる愚かな女性たちを導いて、深遠な性愛の道を教えた。『古今集』の歌仙として出現したときには、「三人翁《みたりのおきな》」と言う呼び名をもって、一つの本体を三つに分裂させてあらわれ、生老病死の歌をお詠みになった。これらはみな根源の力の示現であって、「呼び方に呼応して表出はおこる」という道理は、とうぜん「翁」の神秘な出現にもあてはまるのである。（『明宿集』）

今度は在原業平という歴史上の人物を介して、和歌と性愛が一つに結びあわされ、その根源を司るものとしてまたもや「翁」が登場している。ここに書かれていることを理解するには、中世の歌道の世界で秘かに語られていたつぎのような「説」を、まず知っておく必要がある。

（「みたりのおきな」についてはさまざまなことが言われているが、このうちの）最も秘密度の高い理解では、これは「身足翁《みたりのおきな》」をあらわしている。これは住吉大神のことである。その故は、住吉明神は歌道を広めるために、あるときは人丸となって生まれ、またあるときは業平に変じてその活動をおこなったからである。住吉・人丸・業平の三人はもともと一心同体であるから、三翁《さんのう》とも言う。また完全具足で満ち足りていることから、「身足翁」とも言うのである。（『毘沙門堂本　古今集註』）

住吉大神こそ和歌の守護神であり、この道を広めるために神は（柿本・しのぶ・田口などの）人丸に生まれたり、在原業平《ありわらのなりひら》に生まれた、というのである。この伝承には、渦潮の神はまた和歌の神であるという考えが表明されている。この伝承をもとにして、金春禅竹はさらに思考をめぐらして、「翁」に宿る強力なる世界の様相を転換させる能力が、住吉の神と業平を介して、和歌と性愛の道を一つに結んでいると言おうとしている。このような思考は、いったいどこから出てきたのだろうか。それを知るには、和歌の本質のうちに宿っている、海水や塩と同じような転換の働きを探ってみる必要がある。

そのような和歌の本質が露骨に表に出ているような作品、たとえば万葉集に収録された東歌などを見ると、そのことがよくわかる。いくつかの例をあげてみる。口語訳は折口信夫によるものである（『口訳万葉集』）。

伊香保ろの岨《ソヒ》の榛原。ねもごろに奥をなかねそ。まさかしよかば

(口語訳)伊香保山の岨路《ソバミチ》の王孫《ツチバリ》の沢山生えた原ではないが、ねもごろ即ちくよくよと将来の事迄、かけて心配する事はありませんではないか。目の前さへよければ。

伊香保ろの八尺《ヤサカ》の堰《ヰデ》に立つ虹《ヌジ》の、あらはろ迄も、さねをさねてば

(口語訳)伊香保の山の八尺即幾尺とも知れぬ高い用水濠の辺に立つてゐる虹《ニジ》ではないが、あの様に人の目に付いて現はれる迄も、満足する程寝たならば、見つかつてもかまはない。

ここにあげた例には、都市的な文化の中でソフィスティケートされた和歌の表面からは見えなくなっている「喩」の特質が、あらわに表に出ている。はじめの歌では植物が込み入って生えている様子がまず語られ、それを「それではないが」と屈折させてから、くよくよと思い悩む心理状態に重ね合わせている。つぎの歌でも最初に大空にたかだかと出現した虹のことが切り出され、それを「その虹ではないが」と意味場を折り曲げてから、愛人関係が世間に知られるという社会的な話題につなげられている。これらの素朴な歌では、二つの意味場は連続する平面上でなめらかに接続していない。「喩」によって接続される意味場同士が、ねじ曲がってつなげられているのである。

この「喩」の関係を $x+iy$ という複素数で表現してみることもできる。二つの意味場

は、同じ実数同士として同じ平面上で加え合わされるのではなく、虚軸を入れて垂直にねじ曲げられた上で、くっつくのでもくっつかないのでもないようなやり方で、たがいに接続していく。このような「喩」の力によって、世界の様相はめざましい転換をとげることができる。異なる意味場がこんな風につなげられたのを目のあたりにすると、人はそこに第三の新しい意味の場が立ち上がったように感ずるものだ。それによって惰性化した意味の世界には真新しい息吹が注ぎ込まれて、浄化される。

まことに、ここにも住吉の神の霊妙なる働きが確実に及んでいるではないか。渦潮と塩によって、浄化と転換を実現する神の威力と、和歌に蔵された「喩」の転換力とは、同じ性質をもっている。塩の精霊は離れたもの同士を媒介することで、失われた宇宙のバランスを回復する働きをした。離れたところにある意味同士を、虚軸をなかだちにして絶妙に接続させるものとして、和歌が人の心に生まれる。人丸や業平は、そのような転換力にことに秀でていた。だから彼らは住吉の大神の示現にほかならないと言われたわけだ。

業平の場合、その能力は性愛の領域で大いに発揮された。「かたいの翁」とも呼ばれたこの人物は、性愛の技をとおして、女性を自由に導いたと『明宿集』には語られている。ここでは性の行為に備わった転換力に関心が注がれている。

私たちは和歌の深層で働いている「喩」の本質を、$x+iy$という複素数として表現してみた。性愛の場合にも、これは同じことが言えるのではないだろうか。男と女はそれぞれ違うものとして、たがいに結び合う必要がある。もしも男とは違う感情や生理の平面を生きている女を、男の思考感情と同じ平面で結び合わせてしまおうとすると、そこで女は抑圧されてしまう。在五中将業平のもっとも嫌ったのは、女性とのこのような接し方であった。彼は男と女がそれぞれの特性を保ったまま結合できる道を探っていた。性の行為においても、男は女の体と心から、自発的な悦びがあふれ出てくるようなやり方を研究していた。性愛の行為は詩歌における「喩」のようでなければならない、と彼は思考していたのであろう、業平にあっては和歌のことと性愛のことは、たがいに交換可能なほどの一体性をもって考えられている。

それこそが「翁」である、と金春禅竹は語るのである。性愛には和歌や塩と同じような転化力が備わっていて、差異をもったものを差異を失わせることなく一つに接合するための技を、その中で追求することもできる。「翁」は神道の神でもあり、仏教の仏でもあるのに、セックスの話題を少しも厭わない。それどころか、進んで性愛の領域にものごとを変化させ、転換させて、ついには淀んだ滞留を浄化していく積極的な価値を見いだそうとしているかのように見える。ここで思い出されるのが、『宇治拾遺物語』の冒頭におかれた「道命《どうみよう》和泉式部《いずみしきぶ》の許に於いて読経し五条の道祖神聴聞の事」の記事である。

藤原道綱の子で道命阿闍梨と言えば、読経の上手なことでも知られていたが、それよりも大変な色好みで有名な僧であった。この人が和泉式部と愛人関係になった。その夜も和泉式部とはげしい行為をおこなったあと、夜更けに目覚めて、心を澄ませて読経をはじめた。八巻あるお経を全部読み終わって、明け方うとうととした時分、人の近づく気配がした。「あなたは誰か」と尋ねると、「私は五条西洞院のあたりに住む翁でございます」と答えた。道命が尋ねる。「いったいどうしたのだ」。すると翁は「このお経を今宵拝聴できたことは、一生の思い出でございます」と語るのだった。

「法華経はいつでも読んでいる。それが今夜に限ってそんなことを言われるのは、どうしたことだ」と道命が訊く。すると五条の道祖神の翁は、こう答えるのだった。

「あなたが身を浄めて謹んで読経をなさいますときには、梵天や帝釈といった高貴な皆様がやってきて聴聞なさいますので、私のような者はとてもおそば近くで拝聴することなどできません。それが今夜は、気持ちのよいことをされたあとで御行水を使って身を浄めることもなさらないまま読経をはじめられましたので、高貴な方々は近寄って参りませんでした。そこで私はおそば近くでお聞きすることができました。まったく今夜のことは身にしみて忘れられないこととなりました」

ここに登場する「道祖神の翁」は性愛の行為を少しも汚れたこととは考えていない。それどころか、僧のからだが汗や体液で濡れていればこそ、真理の教えに近づくことができたと言って喜んでいる。道祖神がシャグジや宿神と深い関係をもった路傍の神であることは、『石神問答』に繰り返し説かれている事実である。つまり道祖神はもともと「翁」の親戚のような存在なのだ。この話にもシャグジ系の神々が、性愛の領域に積極的な関心を持ち、深い関与をおこなって、そこを人間と人間との、また人間と自然との創造的な関係が生み出される場所にしようとしていた様子が、上手に表現されている。

こうして、『明宿集』の冒頭で、金春禅竹は「翁」の本質をまずは「存在」そのものとしてとらえることからはじめて、和歌と性愛の技にひめられた転換の力にまで説き及んで、「翁」なる概念の本質にデッサンをあたえた上で、本論に入っていく。日本の自然と観念世界を渉猟して、「翁」と同じ構造を発見するたびに、ここにも「翁」の構造があるとの裁定を、つぎつぎに下していくのだ。その様子はまことに小気味よく、しかしそのために後世の学者たちからは「強引なこじつけ」やら「ペダンティズム」やらの批判を受けることになったのであるが、私は逆に、そこに金春禅竹の思考の類例のない強力な一貫性を見いだして、むしろ驚嘆と賛嘆の感情におそわれるのである。

＊　＊

さて、いまや「翁」は根源《ニイル》を司る神となった。この根源の底《スク》から、この列島の伝統的思考では、諸神諸仏も出現をはたすのである。根源の底の向こう側には、神秘的な「存在」の母体《マトリックス》がふるふると霊妙な振動をおこなっているのが直観される。そのマトリックスには、純粋な知性原理（これを仏教は「智慧」と呼んで探究をおこなったが、プラトンの言う「イデア」ともとてもよく似ている）と生物の種や個体を生み出す生命原理とが共存して、合体しているのである。そのために、私たちの現実世界とこのマトリックスを媒介する「翁＝宿神」にも、それとまったく同じ二重性が宿ることになる。その二重性はもっぱら「宿神」のほうから来ているとして、『明宿集』はつぎのように書く。

一、「翁」を宿神と申し上げることは、かの住吉大神の御示現なさったときの姿と符合している。太陽と月と諸天体の光が地上に降下して、昼と夜の区別ができ、物質が生まれ、またその光は人に宿ったのである。太陽・月・星の三つの光は猿楽に言う式三番に対応するものであるので、太陽・月・星宿の意味をこめて、宿神とお呼び申し上げているのだ。「宿」という文字には、星が地上に降下して、人間にたいしてあらゆる業をおこなうという意味がこめられている。星の光はあらゆる家に降り注ぐ。そのようにどのような家にも招かれ歓待されるというのが星宿のお恵みではあるが、とりわけ宿神とお呼び申しあげている「翁」の威徳は、どんなに畏敬をこめて仰ぎ見てもあまりあるものがある。

「宿神」の「宿」を、天文学を意味する「星宿」と結びつけるのは、もちろん禅竹の創作であるが、このこじつけを通じて彼の主張したいことは明確である。すなわち、プラトン主義と唯物論の結合としての「翁＝宿神」、天の高みと大地の深さを媒介するものとしての「翁＝宿神」である。ここから転じて金春禅竹は、「翁」にはらまれたこの二重性と同じ構造をもつ神や仏などを、つぎつぎと列挙する作業にとりかかるのだ。つまり、「翁」とまったく同体であるような神仏・人物・書物などを、探し出していくという試みである。

まず「翁」と「春日」は同体である。

一、春日明神と「翁」が一体であること。そもそも春日と申し上げるのは、天皇家のご先祖やもろもろの土地神の大先祖として、天照大神のおそば近くにいて、天下のことを補佐する神様でいらっしゃる。この神が「翁」と御一体であることは、秘密中の秘密に属する重大事であり、特別に口伝と灌頂がある。したがって天地と同じようにして、「翁」と春日はたがいに師となり模範となって、影と形のような関係にある。(『明宿集』)

これだけなら、どうということもない。まったく表面的な理由しか書いていないからである。しかし、これは春日と「翁」同体説の、表向きの理由である。禅竹があえて口外を慎んでいると思われる別の理由が、二つほど考えられる。ひとつの理由は、春日大社が若宮の祭礼に大量の動物犠牲をおこなう慣例からきていると考えられる。春日大社は狩猟神的な性格の強い諏訪大社などと同じ「野生」を秘め持っている。そこから、春日を宿神たる「翁」と同一視できるという思考が、禅竹の中に働いているのではないか、と思われるからだ。近世になってからでさえ、春日若宮の祭礼には「きじ千二百余羽・兎百三十六羽・狸百四十三匹」が、「大宿所《おおしゆくしよ》」という場所にぶらさげられて、供えられていた。そうなれば、「翁」と春日は御一体であるという禅竹の主張も、あながち荒唐無稽ではないのではないか。春日大社の神域にこのような「古層の神々」の感覚がひそかに埋葬されていることを、禅竹は誰かからの話で知っていたのではないだろうか。

もうひとつ考えられる理由は、さらに奥の深いものであり、禅竹は意識的にそれに触れることを避けている。そこにはおよそ猿楽の徒たるもの、必ずや親や先輩たちから伝えられて知っていたであろう、猿楽出生の秘密にかかわる、つぎのような重大な伝説が潜伏している。

奈良の市街地から北西四キロほどのところに、奈良坂と呼ばれる長い坂の続く街があり、そこには「奈良坂の氏神さん」として土地の人々に親しまれている古社がある。延喜式《えんぎしき》にすでに「奈良豆比古《ならづひこ》神社」として登録され、また世間では古くから奈良坂の「春日宮」として知られていた神社である。この神社が伝承する『平城津彦神祠由来《ならづひこしんしゆらい》』は、こう語る。

天智天皇には第七皇子に、和歌にまことに巧みな志貴皇子《しきのみこ》と申す方がいらっしゃったが、壬申の乱のとき、天智天皇方は天武天皇の勢力によって大敗北を喫し、志貴皇子もその後政治的に不遇であった。そのなきがらは奈良山の春日離宮（高円山裏の矢田原）に葬られた。志貴皇子には田原太子とも春日王とも申す男子がいた。この春日王は重いハンセン病をわずらったために、大木茂る奈良山の一角につくられた小さな庵に引きこもって暮らした。春日王は、浄人王《きよひとおう》と安貴王（秋王）という二人の息子たちによって、心の籠もった看病を受けていた。

兄の浄人王は散楽と俳優《わざおぎ》に長けていた。ある日春日大社の神前に詣でて、中臣祓《なかとみはらえ》を奏上したあと、おもむろに神楽を舞った。それまでは宮中の女性が神楽を舞うことになっていたのに、これが神楽における男舞いの始まりとなった。浄人王は舞いながら、切に父親の病気平癒を春日の神に祈った。そのかいあってか、父春日王の病気は日に日に快方に向かっていったのである。

祖父である志貴皇子は、神功《じんぐう》皇后伝来と言われる大弓作りの技術の伝授を受けていた。この技術は孫にまで伝えられていたので、浄人王は弓を削りつくり、矢を上手につくるのを、日常の作業としていた。そこで父の療養生活を支えるために、兄弟は烏帽子を着け、白い狩衣をまとって、兄のつくった弓矢と弟の採ってきた草花を馬の背に乗せて、都の市に出かけていった。都の人たちは兄弟のことを夙冠者黒人と呼んだ。世間の評判を知った春日大社の社司は、浄人王に頼んでもろもろの汚れを祓うための散楽を舞ってもらうことにした。猿女君《さるめのきみ》の子孫たちがおこなってきた神楽の遺風は散楽に残ってきたが、いままた浄人王にはじまる猿楽の「千歳冠者《せんざいかじゃ》（翁）式三番《しきさんばん》」として、新しく生まれたのである。桓武天皇はこの兄弟を召して、孝行を褒め称え、浄人王に「弓削首《ゆげのおびと》 夙人《しゆくうど》」の名と位を与えて、奈良坂の春日宮の神主とした。

のちに志貴皇子は、天智天皇系の光仁天皇がさまざまな政治的事情から即位すると、その父親として劇的な復権をとげ、「田原天皇」のおくり名を受けたのである。田原天皇はまた春日宮天皇とも呼ばれたが、これは奈良坂に住んだ春日王のことと関わりがあるかも知れない。（『神道大系　神社編五』にもとづく）

この伝承には、春日山におごそかに鎮座する春日大社にとっての、いわば「後戸の神」として、奈良坂の「春日宮」がひそかに背後からの働きをおこなっていた事実が示されている。政治的な敗北者が社会の「後戸」の空間に引きこもり、逆にそのことによって世界をダイナミックに転換していく力を帯びて、その転換力をもって汚れや病を浄め癒す、浄化の働きをおこなうのである。そのときに登場してきた浄めのための技術が、猿楽の舞いであった。今日猿楽が演ずる「翁式三番」はこのときに浄人王が舞ったものがはじまりであると、この伝承は語る（写真）。

こうしてみるとたしかに「翁」と「春日」は、金春禅竹が語るように「御一体」である。ただしそれはこの「春日」を「春日大社－奈良坂春日宮」を一つの全体としてとらえたときに、いっそうの全体性を獲得する。政治的敗北と病気がもたらす負の状況は、春日大社神前でおこなわれた「翁」の舞いによって、劇的に転換した。「翁」が宗廟社稷《そうびょうしゃしょく》の太祖である春日大社と「スク（底、夙、宿）」の神である「春日宮」を媒介して、一つに結びあわせ、天と地をつないで（天地ノ媒《なかだち》タリ）、そこに浄めと転換の業を実現するのだ。春日大社ご単独では、そのようなダイナミックな業はこなせない。そこに「スク」に触れている「後戸」の空間に生きる人々が介在してはじめて、一つの全体性があらわれてくる。そのとき、この「春日」は「翁」とまったく同一な構造をもつことになるのである。

つぎに「翁」は「三輪」とも同体である。金春禅竹のおこなったこの断定の意味を理解するためには、今度も三輪の大神をその「後戸」の空間との関係で思考してみる必要がある。『記紀《きき》』以来、三輪の大神は蛇体をした男神だとされている。三輪山の麓巻向《まきむく》の地に、最初の大和王権は営まれたが、そのごく初期の頃、天皇の娘であるヤマトトトヒモモソヒメという名の乙女のもとに、見知らぬ男が通ったのである。朝になるとすがたを消していくその男の素性が知りたいばかりに、乙女は男の衣に糸をつけた針を刺して、糸の行方を追った。すると糸は三輪山中の洞窟に入り、奥には大蛇が苦しんでいた。乙女は恥じて、箸で陰部を突いて死んだという有名な伝説である。

ところが、猿楽の徒はこの三輪山伝説をおよそ信用していなかった。のちに「金春」と名乗ることになる猿楽の徒の一派の、初期のもっとも重要な根拠地は、泊瀬《はつせ》川の流域にあった。その上流、三輪山の背後に続く山塊に深々と囲まれた泊瀬の渓谷のあたりに住む「原住民」たちは、三輪の大神（土地の人々は「三室《みむろ》の大神」と呼んでいる）について大和王権の語る話を政治的なつくり話として、受け入れなかった様子なのである。「原住民」にとって、三室の大神は文字どおりヌーメナス（畏るべき聖なる感覚を呼び起こすもの）な神として、ただの大蛇に形象化出来るような、矮小な存在ではなかったからである。男とも女とも言いえない、それはまことに大いなる神だった（田中八郎『大和誕生と神々』のような本を見ても、その感覚がいまだにその土地の人々の間には保たれている様子がわかって面白い）。三輪山から泊瀬に至る大きな山塊の全体が、彼らには神聖な土地としてとらえられていたのである。そこで猿楽の徒は禅竹の時代の前後、この土地の古い勢力をバックに発達した三輪流神道の思想を背景にして、三輪の大神を伊勢神宮の天照大神と一体である女性の神として描く、『三輪』という作品をつくりだしたほどなのである。

奈良豆比古神社では今も古風な三人立ちの翁舞いがおこなわれている

奈良盆地に秀麗な姿を立ち上がらせている三輪山を、その聖なる山々の「表」の姿とするならば、その背後、ちょうど「後戸」にあたる場所に泊瀬の聖地がある。ここには与喜神社と長谷寺があって、世界システムの最辺境にあたる「金輪際から湧出した瑪瑙《めのう》」に自然出現した十一面観音が祀られている。一般に古い時代になればなるほど、十一面観音は水源の湧出地に祀られていることが多く、そういう場所にはもともと縄文思考的な蛇の女神の存在が観念されていたことを考えると、泊瀬（長谷）は中世の頃、奈良にとっては「後戸」の空間と考えられていたことが予想されるのである。

このような全体性を浮かび上がらせてみると、私たちは『明宿集』の記述に新しい光を当てることができる。そこで言われている「三輪」を『記紀』神話に描かれているような理解ではなく、奈良の山塊部に住んだ「原住民」の感覚で、泊瀬の渓谷までを包み込む広大な聖地に展開したさまざまな「野生の思考」の全体性をあらわす名称ととらえるならば、まさに「翁」と「三輪」は同一の構造を持つ、と言えるのだ。中世の説話集には、長谷寺で運命の大転換がおこったことを物語るものがいくつもある。なぜならそこがこの広大な聖地全体の「後戸」の空間にあたっているからである。猿楽の先祖（翁）である秦河勝がこの渓谷に生まれ、壺に密封されて下流の奈良盆地に流れ出た、という猿楽の徒の伝承を思いだしていただきたい。「河勝モコノ山河ヨリ出現シマシケルヨト、感応肝ニ銘ズ」（『明宿集』）。「翁」そのものを創造したと言われる翁は、まさにこの「三輪」全体にとっての「後戸」から出現したのである。

泊瀬が世界の根底《ニイルスク》へ続く洞窟様の空間であるとするならば、美しいその姿を奈良盆地に立ち上がらせる三輪山は、この山塊全体を聖地とする神の霊威が、現実世界に向かう「顔」である。三輪山から泊瀬までを一つの全体としてとらえると、この構造が「春日大社－奈良坂春日宮」の全体構造とまったく同じであることに気づく。この全体構造があるからこそ、まさに「三輪」は「翁」と御一体なのである。

「翁」はさらになんと「伊勢」とも同体であると、金春禅竹は主張するつもりでいた様子が見られる。『明宿集』の最後にはノートとして、伊勢神宮外宮への中世の参詣記がそのまま書き写されて、さてこれから本文にどうやって組み込もうかという気配を漂わせているからである。面白いことに、禅竹の関心は伊勢神宮に対しても、まばゆい光や美しい五十鈴川のことではなく、外宮の背後にある高倉山のほうに向けられるのである。

外宮参詣記につぎのような記述がある。「当宮の背後には高倉山という山があるが、ここには希代の岩窟がある。神々はここに集合して、仙人のお客様もここへ参ると言われている。岩屋の数は四十八とも言われ、いままで人がいたとおぼえて、石面にまだ暖かい場所がある。またこの世のものとも思えない翁に行き会うときもある」。(『明宿集』)

このような抜き書きをする禅竹の意図はあきらかだ。彼は伊勢神宮複合体の内部にも、「春日」や「三輪」に見いだしたのと同じ全体構造を発見しようとしていたのである。「伊勢」においても、光の神は外宮の背後の山に穿たれた洞窟を通じて、根源の底に触っていた、だから「伊勢」も「翁」と同一体なのだ、というのが禅竹の言いたいことだったと、私は推測する。

ここまで探求を進めてくると、テキストの冒頭部に語られていた謎のような内容についても、新しい視点が開かれてくるようになるから不思議である。たとえば、「翁」の示現を列挙した中に登場してきた伊豆の走湯山権現をとりあげてみよう。現在では走湯神社と言えば、熱海温泉の近くにある伊豆山の麓の、海岸べりの洞窟に涌きだしている源泉湯のことをさしているが、『明宿集』の書かれた中世的な文脈で言うと、山の中腹の伊豆山権現とその奥の院である白山神社を含む伊豆山の全体が、「走湯山」と呼ばれていた。つまり、金春禅竹に伝えられていた猿楽の徒の伝承では、麓に豊富な温泉を吹き出しているこの山そのものが、宿神としての「翁」の示現形態だと見られていたわけである。

どうしてそのようなことが考えられたのだろうか。鎌倉時代から南北朝時代にかけて著作されたと推測される『走湯山縁起』に、その謎を解く鍵が隠されている。それによると、その昔は日金山とも久地良（クジラ！）山とも呼ばれたこの山に、伊豆山権現の社が建てられる以前から、この山には「白道明神」と「早追権現」という男女一対の地主神が棲んでいた。「白道明神」の「白《シラ》」ということばは、あとで詳しく説明するように（第八章参照）、シャグジや宿神とも深い関係をもっている。強力な浄化力で、人に生まれ浄まわりをもたらすことのできる自然の威力に関わりのあることばである。

このテキストはその「白道明神」を、日金山の地中深く穿たれた八本の地下道（穴道）をあらわす男性神であると説明し、それにたいして女性形の「早追権現」は、その地下の穴道を自在に高速度で流動する「流れるもの」だと説明される。

根本の地主神に二神がいる。一つは白道明神である。本地は地蔵菩薩である。その体は男性の特徴をそなえている。このことは八本の穴道を見てもあきらかであり、それゆえ白道明神と言う。二つ目は早追権現である。女性の形をした神である。本地は大威徳。この神は昼も夜も八本の穴道を往復しながら、移動を繰り返している。そのために早追と言う。このため、人の世におこなわれる善悪・吉凶のことや、国家の政務の是非のことなどについて、取捨選択して決裁を下す働きをするのが、この神だと言われる。白道明神を先駆けとし、早追権現を使者となして、現実のことは執り行われる。あるときは伊勢の内宮・外宮に奏上をおこない、あるときは諏訪神や住吉神と親しく語りあうのである。（『走湯山縁起第五』『群書類従』）

あきらかにここには温泉の湧出と地下を流動する熱湯のイメージが働いているが、それが現実世界の動向を背後で決定している、潜在的な領域の支配者として描かれている。じっさいこのような形で自然力と直接態で結びついた霊的な存在こそ、宿神と呼ばれるにふさわしいのではなかろうか。

それだけではない。地下の穴道を流動する「力」のイメージは、すぐに地下に棲む龍ないし大蛇を連想させるだろう。じっさい『走湯山縁起』には、この地主神を地下の龍として描く、興味深い伝承も伝えられている。

当日金山は、本来の名前を久地良山という。その地下には赤と白の巨大な龍が交合しながら横たわっている。尾を箱根の湖水に浸している。その頭は日金山の地底に置かれ、龍の両眼・二耳・鼻穴・口から、地上に温泉が涌きだしているのである……この龍のからだには千の鱗が生え、鱗の上には本地である千手観音の持ち物のそれぞれが顕れている。鱗のひとつひとつの下には眼があって、生身の千手千眼の仏となっている……この山の地底に八本の穴道がある。ひとつの通路は戸蔵の第三重巌穴に通じている。二つ目の通路は諏訪湖の湖水に通じている。三番目の通路は伊勢大神宮に通じ、四番目の通路は金峰山の頂上に通じている。五番目の通路は九州にある阿蘇の湖水に通じている。六番目の通路は富士山頂に通じ、七番目の通路は浅間山の峰に通じている。八番目の通路は摂津の住吉神社に通じている。神功皇后が朝鮮半島を攻めたとき、当山の神は、船中でその俗形をお示しになったが、そのとき我が軍の兵士はこれを見ず、敵兵だけが皆その姿を見たという。
(前掲書)

豊かな湯量をもつ熱海温泉の存在が、人々の思考を刺激して、このような神話的イメージを生み出したのである。地上に吹き出してくる温泉からは、地中を流動しているとてつもない「力の流れ」と、それを遠く離れたパワースポットへ流動させつないでいくネットワーク状の通路のイメージが紡ぎ出されてきた。そして興味深いことに、地下の通路を動いていく龍の身体によってつながれていくパワースポットの多くが、『明宿集』のテキストでは宿神である「翁」の示現する聖地として取り上げられているのだ。

このように、金春禅竹が「翁と御一体である」として列挙していく列島各地の聖地の間には、現代の私たちには何かまだよく知られていない、不思議なつながりが存在していた様子なのである。地下に棲む巨大な龍が結んでいくそのつながりは、おそらく地下界の龍をめぐる思考が盛んにおこなわれた新石器的世界観にまで、さかのぼっていくような性質をもっている。かくして『明宿集』は根源の神である「翁」の概念をもって、この列島に形成された宗教的な観念や思考のより分けをおこない、「古層の神」をめぐる縄文的な思考を内部に組み込んである神や仏をみつけると、それを「翁」と同じ構造をもつものとして、巧みに選別することができたのである。たぶん芸能者や職人や庶民的な宗教者の世界には、そういう思考法が生き生きと伝承されていたのだろう。

ここで考えるに、この「翁」の妙体について、これまで列挙してきた諸神・諸仏は、みなものごとの現象面（事相）にあらわれた意義内容に関連したものばかりであった。ところが「翁」の真実に一層深く関わる存在の本性面（理相）に目を移せば、天体にあっては百億の銀河、百億の日月、地上にあっては山河大地、森羅万象、草木や鉱物などにいたるまで、みなこの「翁」の分身のおこなう霊妙なる働きにあずかっていないものなどは、ひとつとしてないことがわかる。(『明宿集』)

スピノザの哲学が唯一神の思考を極限まで展開していったとき、汎神論にたどりついていったように、金春禅竹の「翁」一元論の思考も、ついにはアニミズムと呼んでもいいような汎神論的思考にたどりつくのである。これほどの大胆な思考の冒険をおこなった人は、数百年後の折口信夫まで、私たちの世界にはついぞあらわれることがなかった。

第八章　埋葬された宿神

地質学の勉強には、楽しい思い出しかない。鉱物の標本を手渡されて、その成分や生成についての説明を受けているとき、想像力と物質性とがひとつに溶け合う恍惚を味わうこともしばしばだったが、野外の調査のために、学生と教師が一緒になって遠出をしたときなどには、いつも思いがけない体験をした。とくに一続きになっている地層の連続面が、ずっと遠く離れた地点に再び出現しているのを発見できたときなど、私は有頂天になったものである。

ふたつの遠く離れた地層の間には、褶曲や断層や流出や破壊などによって、おたがいの間にとても共通点などを見つけることはできなさそうに見えているのに、地層の組成と構造は、ふたつの地点が一続きの連続面の一部をなしていることを、はっきりと示しているのだ。これを「構造の歓び」と、レヴィ＝ストロースならば言うだろうが、民俗学の研究領域の中で、「シャグジ」の神ほど、地質学の場合によく似た「構造の歓び」を与えてくれる対象というのも少ない。

明治四十年代、日本の民俗学の黎明期に、シャグジなる正体不明の神とも精霊ともつかぬ相手を見出して、文献資料を駆使してその痕跡と分布の広がりを追っていた柳田国男を突き動かしていたのも、このような地質学的な「構造の歓び」であったのではないか、と私には思われて仕方がない。最初の着想は、武蔵野を散歩しているときに見かけた、たくさんの小さな祠につけられた、奇妙な名称だった。しかし、その名称をもった祠や地名の分布を調べていくうちに、柳田はそれが列島上のきわめて広範囲に広がった信仰現象であることに気づくようになった。あきらかにその分布状況は、その信仰がたんなる一時代の流行現象などではなく、まだなんとも言えないにしても、シャグジが太古的な性質をもった神＝精霊への信仰であり、おそらく神社をもった神々への信仰がはじまる以前から、この列島上の人々の精神にとって大きな意味をもっていた「古層の神」の痕跡を示すものであることは間違いない、と直感された。

しかし、柳田国男はすぐに、人を困惑させるひとつの事実を、そこに見出したのである。武蔵野や中部山岳地帯の村へ行けば容易に発見できるシャグジ（もちろん呼び名や宛字は微妙に違っていても、音韻変化の経路は簡単に理解できた）の場合、神社の脇のほうにどけられていたり、道端の小祠に祀られていたとしても、村の神としてそれなりの扱いを受けていた。また諏訪神社の信仰圏などでは、小祠の神とは言え、信仰圏の結束を支える重大な神としての取り扱いを受けていた。つまり、東日本ではそれは柳田国男の言うところの「常民の神」のひとつなのである。ところが、西日本の古い資料に目を通して見ると、シャグジは「シュクジン（宿神）」や「シュクのカミ」や「シキチシン（敷地神）」などと呼び名を微妙に変化させて、多くの被差別部落の氏神となっていたのである。そして、西日本ではこのシユクジンが、一般村落の「常民の神」となっているケースは、ほとんど報告がない。これはいったいどうしたことなのだろうか。

柳田国男の構想では、シャグジから派生したさまざまな呼び名を持つ小祠の神は、神社信仰以前に日本列島におこなわれていた古い信仰の形態の痕跡を示すものであり、一続きの連続体をなす精神文化の「太古の地層」が存在していることを示す、あきらかな証拠でなければならなかった。そして、じっさいその構想は、私たちから見ても、正しいのである。

ところが東日本と西日本とでは、その発現形態がひどく違っているように見える。諏訪信仰圏を中心とする東日本では、シャグジはまさに堂々たる「存在の胎児」をあらわす神として、神社信仰がひろまった後も、人々の信仰体系の中で無視できない場所を占めてきた。ところが、西日本にあっては後世の人たちが勝手に変更してしまうのがむずかしい地名を別にすれば、「シャグジ地層」は一般村落の精神生活の表面からは見えなくなってしまい、その存在は差別された人々の心をこめた宿神への信仰心によってのみ、細々と守られてきたように見えるのである。東日本ではまだ地表に露出している「シャグジ地層」が、西日本では差別された人々の村を除いては、精神生活の地面の下に埋蔵されてしまっている、そんな印象すら受けるのである。

柳田国男は人を当惑させるこのアポリアに気づいていた。そのことは、発見的な重要性を持つ『石神問答』（明治四十三年）ともうひとつのすぐれた現代性をそなえた著作『毛坊主《けぼうず》考《こう》』（大正三年）の二冊を、注意深く読んでみるとよく見えてくる。

『石神問答』で柳田国男は、シャグジとは石神のことであろうと推測する江戸博物学的な山中共古の意見を否定して、それはきわめて古い時代からあった「境界性の神」をあらわす名称だったのだろうと主張した。この主張には、柳田がきわめて現代的な思考をする人だということが、よくあらわれている。彼は「シャグジ」を分解して、さらに基本音韻に還元する操作をおこなったうえで、これは「サ行音＋カ行音」の結合でできた「境界神」であり、「坂」や「境」などのことばとも深い関連を持つ、と考えたのだ。

しかし、柳田国男は兵庫の農村に生まれ、差別の現実をよく知る人であり、またその後の農商務省役人としてのキャリアや、それを利用した普通の人が接近することの困難な資料の閲覧研究などを通じて、差別された人々の生活や信仰の内容についても、立ち入った知識を持っていた人なのである。とうぜんのことながら、「サ行音＋カ行音」であらわされることばとして「シュク」があり、それは「宿」や「夙」と書かれて、都市や村のはずれや境界を示すと同時に、またそういう空間に住むことを強いられた人々のことをもあらわしているのを、知り抜いていたはずである。

それならば『石神問答』にも、「シャグジ」は境界性をあらわすことばであり、それゆえに差別された人々と深い関わりのある民俗的な概念である、と書いてもよかったはずなのであるが、柳田国男はそうしなかった。関東や中部山岳地帯での事例と、西日本における事例の間にある「違い」が意味するものを、どうとらえてよいものか、この時点では柳田国男自身が困惑していたから、あえて彼は書かなかったのだ。しかしおそらく彼は、諏訪信仰圏の

「ミシャグチ」の神など西日本において差別された人々の氏神である「宿神」が、同じ根源を持つ「古層の神」なのだろうという正確な理解はすでに持っていたのだけれども、あえてそれを人々に向かって語ろうとしなかった。

そこで柳田はこの問題を、それから数年後に著された『毛坊主考』で、ふたたび形を変えて取り上げるのである。今度は中世に賤民として見なされることの多かった芸人や職人の神であり、近世に入って固定化された被差別部落の氏神である宿神のことが、真っ正面から取り扱われる。ここでも『石神問答』のときと同じ境界性の思考法が、おおいに活躍をした。そして、宿神は「境界性」をあらわす神＝精霊の呼び名であり、それゆえ村や都市の境界に住んだ人々の守護神となった、という一貫した考えによって、複雑きわまりない歴史的・民俗的な現象が、つぎつぎと解きほぐされていった。

ところが今度は、そのシュクジンと密接な関連を持つはずの東日本のシャグジのほうが、すっかり背景に沈んでしまうのである。シャグジは「常民の神」だからと言ってしまえばそれまでだが、シャグジとシュクジンを理解するときに、同じ境界性の思考が駆使されているのであれば、とうぜん両者の間の関係が取り上げられてしかるべきだろう。それに、諏訪信仰圏におけるミシャグチには、どう見ても境界性ということで片づけられない性質が濃厚である。ミシャグチは諏訪信仰の体系の中では、ある局面でまぎれもない「宇宙の中心」としての性格を示してみせる。

また差別された人々の村で、宿神は氏神であったのだから、やはりその神もその村の人たちにとっての「宇宙の中心」にいる神であることはまちがいない。こうしたことはただちに、金春禅竹が猿楽者にとっての「翁＝宿神」を、日月星辰にも喩えられる「宇宙の中心」として描いていたことを思い出させるではないか。

柳田国男によってたぶん意識的に解かれることのないままに放置された問題が、ここにはある。どうして一方では「宇宙の中心」である神が、別の場所では「境界性」の場所へと送り込まれなければならなかったのか。ここに、この列島に発達した国家と権力の問題が深く関与していることは、あきらかである。

＊　＊

同じシャグジの神が、東日本でたどることになった展開と、西日本で体験することになった運命的な展開とを、ひとつの全体として理解してみる必要がある。シャグジまたはミシャグジの神は、柳田国男が解明しておいてくれたように、もともとは境界性をあらわす「サ行」音と「カ行」音の結合でできた、ある霊的な概念を表現している。この概念はおそらく縄文的な文化をベースとしながら、そこに稲作の技術を伴う弥生的な文化が結合していったときに形成されてくる、新しいタイプのハイブリッド文化の中で、しだいに形づくられてきたものと、藤森栄一氏たちは推定した。

この神は境界性をあらわしているがゆえに、「宇宙の中心」となることができる。「シャグジ」の概念が生まれてきたこの時代、東日本では国家の概念はまだ未発達である。そこではいまだに、国家というものを持たなかった縄文的な思考が、大きな影響力を持っていた。国家を持たない社会の人々は、人間の能力を越えた「超越的主権」のありかを、人間のつくる社会の外部に見出そうとした。これは国家がつくられる以前の、新石器的思考の特徴をよく示している。「超越的主権」というものが、王の存在をつうじて社会の内部に持ち込まれてくるとき、そこに国家が生まれる。だがアメリカ先住民の歴史人類学的な研究からの類推で言えば、縄文的な社会はそういうことがおこるのを、慎重に回避してきたように思われる。「超越的主権」は、そこでは社会の外に見出されるものでなければならない。つまり、人間の王ではない、真実の「世界の王」は、自然の領域に見出されてきたのである。

縄文的な社会においては、「世界の中心」たる真実の王は、社会の外にいる。それは、境界の外から人間の社会の内部に、やってくるものでなければならない。「シャグジ」の神の考え方に、このような縄文的で前国家的な思考が濃厚に染み込んでいるのを、容易に見て取ることができる。それが、胞衣に喩えられる防護膜によって人間の社会から隔てられている特別な外部の空間から、人間の社会に送られてくる（贈られてくる）霊的な波動をとらえようとした言葉であることがわかるからだ。

この列島に国家が生まれ、歴史が書かれるようになってからはるかのちの時代までも、狩猟的な文化の特徴を失わなかった諏訪信仰圏を中心とする中部山岳地帯では、「サ行音＋カ行音」である境界性を持つことが、社会の外にある「超越的主権」の息吹に触れることのできる条件だと考えられてきた。社会の中心にいると、かえってそういう力に触れることができない、だから霊的な息吹に触れようとする者は、すすんで境界領域に接近していこうとするために、「人間ならざるもの」に変成をとげていこうとするだろう。こうして東日本では、境界性の指標を持つものは、そのことによってむしろ「世界の中心」に近づくことができるという思考が、いつまでも生き残ることになった。

ところが西日本では、別の過程がおこっていたのである。東日本がまだ縄文的な文化を色濃く残した社会をつくっていた頃、西日本では北九州や畿内を中心にして、国家の形成がはじまっていた。そこでは社会の外にある自然の領域に隠されていた「超越的主権」が、シャーマン司祭であり戦士であり首長でもある「王」によって、社会の内部に持ち込まれるという、画期的な出来事が進行しつつあったのだ。

ものごとの表面ではなく深層の構造において、この過程でじっさいに何がおこっていたのかを、なによりも見事に表現しているのが、『記紀』神話に描かれている「スサノオ神話」である。この神話には国家が生まれる前の状態では、「超越的主権」のあり場所は、自然の内部にあったと語られている。人間の少女の人身御供を要求する、ヤマタノオロチという巨大な大蛇がそのことを表現している。この大蛇を倒すのがスサノオという英雄なのだが、この英雄は天上の神々の世界にいたときには、まるでその世界にとってのヤマタノオロチのように暴虐な存在だった。スサノオはこの性格をもつことで、自然の領域深く入り込んでいく資格をもったわけである。スサノオは大蛇と戦って倒し、その胎内から王権の象徴である剣を取り出して、土地神の娘と結婚して、地上の王権の基礎を打ち立てたのである。

ここには「天皇」という王の示す多義的な性格が、よく表現されている。この王はまず自然の領域のものであった「超越的主権」を、人間の社会の内部に奪い取るための媒介者の働きをしている。そういうことが実現するためには、自然の側の主権をあらわす大蛇もそれと戦うスサノオも、同じ性格を持っている必要がある。スサノオはそのために荒ぶる力を秘め持って、自然の内奥へと踏み込んでいける両義性を身につけることになる。しかし、いったんその「超越的主権」が人間の社会の中に持ち込まれた後は、その主権は社会の秩序を維持するための権力に、姿を変えていかなくてはならないから、スサノオの体現していたような荒ぶる性質は、天皇の政治的機能からは切り離されて、もっぱら宗教や儀礼の領域に閉じこめられることになるだろう。

天皇制という王権の特徴は、秩序をつくりだす政治的機能とは別に、王権と国家というものが生み出されることになった過程の本質を表現しているひとつの「構造」を、いつまでも宗教的な領域に保存し続けたというところにある。この「構造」は、自然のものであった「超越的主権」を社会の内部に取り込むトリックによって国家が発生した、その過程の本質を表現しようとしたものだが、天皇制はこの「構造」を自分の内部に保存しつづけようとすることで、むしろ国家というものの本質を隠し立てすることなく、ナイーブに表現してきたのだとも言える。しかもその表現は法律的・制度的なことばではできない。矛盾を論理の中に呑み込んでいける神話の思考によらなければ、この過程の全体性を表現するのは、難しい。そのために、この部分が残存し続けるかぎり、王権を全面的に近代化することなどはできない仕組みになっている。天皇制が神話的思考を必要としたのは、そのためである。

ここから、天皇と職人たちとの内密の関係が、発生してくることになったのだった。金春禅竹が『明宿集』で語っているように、芸能と職人の守護神である宿神は、宇宙の中心であり、王のなかの王であると、諸職の民には考えられていた。これは宿神が、スサノオと同じように、荒々しい力をみなぎらせた自然の領域に深く自分をつなげている神であり、その自然の力の内部から美や富を取り出してくる能力をそなえた神＝精霊であったからである。王権もその原初の状態では、大蛇によってあらわされた自然の内奥の力の領域に踏み込んで、そこからみなぎる力を取り出して（その象徴物が剣のようなレガリアである）人間の社会の中に持ち込む離れ業を演じてみせた。

つまり、天皇という王権そのものが、芸能者や職人の日々おこなっている業とよく似た性格を持っているわけであるから、その天皇の「宗教的権威」（王権の原初の「構造」を記憶している部分だ）を維持したり、表現したりするためには、どうしても職人たちの業や存在が欠かせないものだったわけなのだろう。したがって、芸能者や職人たちが、自分らの守護神である宿神のことを「宇宙の中心」であり「王のなかの王」と呼ぶことは、まったく一貫した思考だと言える。「原理」という視点から見るかぎり、天皇とは政治の領域における一人の宿神にほかならないのである。

＊　＊

歴史学者のカントロヴィッチが『王の二つの身体』という近世王権の本質を研究した書物のなかで、近世になってくるとヨーロッパにおける王という存在は、王ご本人の肉体の衰えや死によって不安定になったり消えていったりする「王の自然的身体」と、そんなふうに王が死んだり追放されたりしてもけっして影響をうけることのない不死の「王の政治的身体」という二つの身体をそなえていると考えられるようになったことを、十分な証拠をあげて証明してみせている。このうち「王の政治的身体」のほうは、生き物としての王の肉体とは関係なく存続し続ける、法的な身体（法人）としての主権のあり方をあらわしていて、この部分が拡大してくると、別に具体的な肉体をもった王様がいなくなったとしても、法人としての国家の本質には変わりがないという、近代的な政治思考が発達してくるようになる。この研究は、近代への微妙な移行期に生まれた主権というものの表現形態について、決定的に重要なことをあきらかにした。

しかし、日本で発達した特殊な王権である天皇について言えば、おそらく二つの身体ではなく、三つの身体をそなえた存在であった、と言わなければならないだろう。「自然的身体」と「政治的身体」と「宿神＝翁的身体」の三つである。私が三つ目のものを、たんなる「宗教的身体」としないで、あえて「宿神＝翁的身体」としたのには、深いわけがある。たんなる「宗教的身体」ならば、ヨーロッパの王たちにもある。ところがその「身体」は、キリストの「超越的主権」の地上における代理者の資格以上のものではなく、そこには王権の本質を示す原初の神話などが記憶されてはいない。つまり、ヨーロッパの王権は、「王権とは何か?」という根本の問いに答えられない仕組みになっている。

ところが天皇には、その原始的な記憶をとどめる神話と儀礼が残されている。その神話には、王権というものが天上的な「超越者」から地上にもたらされたものなのではなく、この世界のもともとの「主権者」である自然の領域から奪い取って、人間の社会の内部に据え付けることによって生まれたという、その複雑な過程が簡明に表現されている。また、その儀礼には、海と山を活動の場とするおびただしい数の職人(非農業民)と芸能者の協力が必要となっている。こういう性質を、単純に「宗教的」と言うのはまちがっている。それでは、この列島で千数百年を越えて機能してきた、天皇という原始的でかつ近代的なシステムの謎を解くことはむずかしい。そこで私は、天皇には「自然的身体」や「政治的身体」とは別に、「宿神=翁的身体」という特殊なありたちをした身体がある、と言おうと思う。

芸能者と職人は、天皇のもつこの「宿神=翁的身体」を仲立ちにして、王権と密接に結びあうことができたわけである。「諸職の民」の守護神であった宿神は、王権の秘密を知っていたとも言える。宿神は自然の内奥からほとばしる源泉の力に触れているために、一面では「聖性」をおびた神だったと言えるけれども、他の一面では、神話の過程が冷却したあとに出現してくる秩序の感覚からすれば、その神は秩序の維持にとっては危険な過剰をはらんでいることによって、「賤性」に染まっているとも考えられた。この両義性こそが、差別の源泉である。こうして宿神は、「宇宙の中心」であるがゆえに、社会空間のなかで差別された「境界性」の場所に出て行かなければならなくなった。諏訪信仰圏のミシャグチなどが考えもしなかった展開である。

しかも室町時代を過ぎて、各地の戦国大名たちが自分の領国の中に、殖産と軍事を促進するために必要な新しい社会秩序をつくりあげようとする動きの中から、ほんとうの意味の近世的秩序が生まれ出てくる過程で、それまで「聖性」をおびているがために社会的には「賤民」としての両義的な扱いを受けていた人々を、負の価値づけのみをおびる者たちとして差別し、その差別を住まいの場所、生業の種類、衣服や行動における厳しい規制などをつうじて固定化してしまおうとする傾向が発生しはじめると、宿神はますます困難な場所に追いやられていくことになった。

織豊政権をへて徳川幕府によって完成される近世的権力には、天皇王権にそなわっていた「宿神＝翁的身体」は、もはや不必要である。そこでは武力や警察力がその権力を支えるのであるから、「超越的権力」の源泉にまで遡って、権力が自己確認をおこなわなければならない必要など、どこにもないからである。宿神の没落がはじまる。とりわけ、天皇の王権と結びついて「聖性」と「賤性」のふたつの性質を併せ持っていた、西日本の宿神を守護神とする人々は、社会の「端」や「境界」の領域に追い込まれていったのである。

かつては列島のいたるところで活動をおこなっていた縄文的な宿神＝シャグジは、こうして西の日本に生まれた国家と王権の秘密の部分に深く触れることによって、東日本の仲間たちが想像もしなかった、新しい、そして過酷な歴史に巻きこまれていくことになった。貴族たちが遊ぶ蹴鞠の庭に祀られる宿神もいる。将軍や武士たちの寵愛を受ける能役者の屋敷の隅に祀られている宿神もいる。しかし、西日本の村々に生き残ってきた宿神の多くは、祀られる場所や名前を失うことによって、いわば記憶の大地に埋葬され、見えなくなってしまった。ところが差別された人々の村だけは、この神に封入されたとてつもなく古い記憶を大切にして、いつまでもていねいにお祀りしつづけたのである。そのために、西日本においても、かろうじて「古層の神」の記憶は、消滅をまぬかれることができたのだった。

*　*

近世になって没落していった宿神の痕跡と、差別された人々の村に生き残ったその消息を、たずねてみよう。

愛媛県の宇和島から高知県の西南部にかけては、かつて「幡多《ハタ》郡（またしてもハタである）」と呼ばれていた。この地帯の文化は古くから、九州の大分地方と深い関係を持っていたと言われている。香春神社（田川郡）から宇佐神宮にかけての広い地帯は、五世紀頃からはじまった朝鮮半島からの移住によって形成された、いわゆる「ハタ（秦）氏」による大規模な開発が進んでいた。このあたりから宇和海を渡れば、すぐに四国である。南西四国の幡多郡は、おそらくは九州における秦氏の勢力と、無関係であったとは考えられない。

幡多郡の村々には、たくさんの「白皇《シラオウ》神社」と「矢（八）坂神社」が点在している。「白皇」とは「シラの王」という意味だろう。そして、矢坂神社の祭神とはスサノオである。このことは、白皇神社も矢坂神社も同じ性質の神をお祀りした神社であることを示している

（地図）。

「シラ」ということばは、かつて宮田登があきらかにしてみせたように、「生命の生まれ浄まり」を意味する、この列島の民俗語彙の「古層」に属する、きわめて重要な概念をあらわしている。花祭りのおこなわれている天竜川沿いの村では、昔臨時の大祭がおこなわれるときには「シロヤマ」というものを築いて、その中に人々が籠もった様子が知られている。シロヤマは白い布で覆われた、大きな胞衣のような設備であり、長い橋掛かりを渡ってこの小屋に入った人たちは、その胞衣のような小屋の中で、生命の源泉に触れて、生まれ変わりを果たすことができると信じられていた。

そのとき人々は、社会的な自分がいったん死んで、この世の外に出て行く（このことを、シロヤマの小宇宙に入っていく行為が象徴している）ことを体験する。そこで自然の内奥にひそむ生命の源泉に触れて生まれ変わりを体験するのであるから、これは南島のニライスクの観念をもとにした来訪神の信仰にも、よく似た思考をあらわしているし、そこに潜在している思考を神話論理的に表現すれば、スサノオの神話が生まれてくることになるだろう。

スサノオはこの世界の真実の王、真実の「超越的主権」の主と出会うために、自然の内奥に踏み込んでいく存在である。それならば、スサノオこそ「シラの王」にほかならないではないか。シラもスサノオも、どちらも荒々しい自然の秘密に触れている荒神である。世界の力の源泉に触れて立つ荒神、金春禅竹ならば即座に「宿神なり」と書くであろう、シラとスサノオというこの二つの神は、もともとは同じひとつの神格を表現していたものであり、そのひとつの神格とは、まぎれもなくあのシャグジという「古層の神=精霊」にほかならない。

ここから、ひとつの推論が生まれてくる。八坂神社などという名前は、そんなに古いものではないだろうから、神社の建物などがつくられる以前、このあたりにあった神の祠の多くが、人々に生まれ浄まわりを体験させ、重い病からの癒しを与えてくれる荒神としての「シラの王」のものだったのではないか。そして、その「シラの王」のさらにもっと古い名前は縄文の文化にまで根を下ろす精霊たる、あのシャグジだったのではないか、という推論である。あるいは、シャグジにのちにつけられた、もっと威厳と由来を感じさせる神名が「シラの王」(これには「新羅の王」に通ずる語感がある)なのかも知れない。

しかし、シャグジや宿神の名前は、最近の記録の中からは、すっかり消えてしまっている。そうなると、私の推論も自信をなくしてしまいそうになる。ところが、表面からは消えてしまっているシャグジが、同じ地域の別の場所には残されていた。しかも村の氏神として、人々に祀られてきたのだ。私を深く感動させたことには、幡多郡の被差別部落の氏神として、シャグジ=宿神は、いまにいたるまで強靭に生き続けていたのだ。

いまは「矢坂神社」と名前を変えた神社の奥に、シャグジ=宿神は生きていた。ただし「姉后神《シクジン》」という呼び名を持つ女神として。よその村にある数ある八坂神社の祭神は、「祇園様」「牛頭天王」とも呼ばれるスサノオ神である。ところが差別を受けた村の八坂神社では、スサノオ神と「姉后神」という宿神=シャグジのペアーが、その祭神となっているの

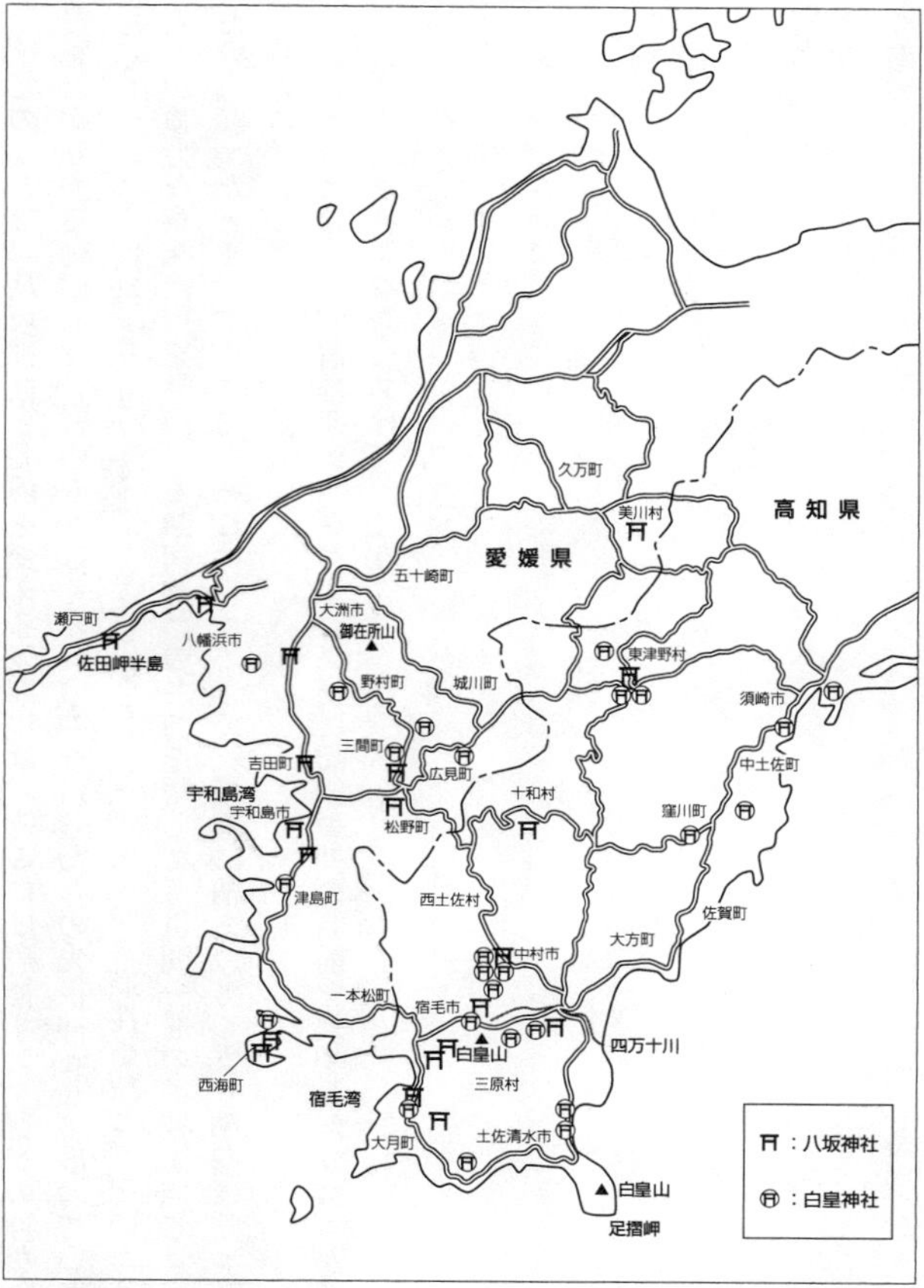

白皇神社と八坂神社の主要分布

だ。このことは、八坂神社と名前を変える以前には、そこには宿神＝シャグジの神ないし精霊をお祀りする祠があり、村の人々はその祠の神を自分たちの先祖神として敬っていたことを示している。宿神とスサノオはともに荒神として、多くの共通性を持つ。そのために、人々が強力な意味作用を発揮する「宿神」の名前を隠して、世間一般の神社と同じようにしたいと願ったとき、すぐにでもそこにやってきて、祭神に納まってしまう準備は整っていたと言える。

この地方において、宿神＝シャグジ＝シクジに類似の神の名前を列挙したリストがあるから、ここでそれを参考にあげておこう。

シュクジノ神
シュクジンノ神
シク神
宿神
宿氏神
宿司ノ神
粛司ノ神
祝神
粛慎

姉后神
敷神
宿主ノ神
宿王権現
宿神権現
シクジ権現
敷地権現
姉后地権現
姉后志久司権現
敷守大王権現

なんと私たちには、なつかしい響きをもった神名ばかりではないか。まるで武蔵野や八王子の小道を歩いているときに、道端の祠を見つけて、そこに祀られている神様の名前を老人たちに尋ねたときに、返ってくる返事のような響きがある。もはや「シャグジ地層」は西日本では流出したか、破壊されたか、あるいは地下深く潜り込んで見えなくなってしまったか、とあきらめかけていたところへ、ひょっこりとその地層が地表に顔を出し、それにつられてあとからあとからその精神の地層の指標をあらわすシャグジ系統の名前をもった神々が出現してくるのである。

どうしてこんなことが、起こったのだろうか。国家が形成されると、神々の世界の体系化をおこなおうとするものだ。由来も歴史も違う全国の神々を、ひとつの均質な平面の上に並べて、操作の対象にしてしまうことで、ローカルな歴史、固有性をもった歴史を消し去っていこうとする作業をおこなうのである。その結果、列島上に広く分布していた縄文的なシャグジの神＝精霊のようなものは、神々が体系化されるこの平面から滑り落ちていくことになる。それでも、狩猟文化の伝統の色濃く残っている諏訪信仰圏を中心とする中部山岳地帯では、ミシャグチという「神の名前」とそれを祀る祠は生き続けたのである。また東日本の多くの場所で、シャグジの祠はそのままの名前で、守られ続けた。

ところが王権の中心地に近い西日本では、この神々の体系化の作業は、古くから徹底して進められたため、一般の村落では、神名帳に載っているような有力な神の名前が、もとからそこにいた古い神の名前の上に塗り替えられていった。そのために、そこでは断片的な伝承以外には、もうそこにかつて「古層の神」がいたことすら、人々の記憶からは消失していったのである。

そのために「古層の神」の祠は、西日本ではそのほとんどが差別された人々の暮らす村の、小さな祠の神として生き残ることになった。一般村落の氏神の氏子になることを、この人々は拒否されていた。このことは、見方を変えれば、国家的な原理と一体になった神々の体系に組織された神道というものからのけ者にされることで、差別された人々に残されたのは、いわば国家に属していない、国家以前の人間の精神のあり方を示す「古層の神」しかいなかったのだ。彼らは「古層の神」であるシャグジのことを、心底いつくしんでくれた。そのおかげで、私たちは今日でも、東日本に今も生きるミシャグチと西日本における半ば歴史的存在である宿神とを連続面でつなぐ、ひとつの生きた精神の地層をはっきりと確認することができる。

『宿神思想と被差別部落』というすぐれた本の中で、水本正人が報告しているつぎのような話は、どうしてそこに宿神＝シャグジのような国家の原理にも組織されない神が生き残ることができたのか、その秘密をあかしてくれる。

愛媛県のある被差別部落に祀られている祝詞権現《しゅくしごんげん》姉姫神《あねひめのかみ》に、この神を守ってきた人たちの思いを読み取ることができる。「姉姫神」は、「あねひめのかみ」と現在読まれているが、これを音読みすると、「シキジ（ン）」となる。もともと「シュクジ（ン）」（宿神）で、これが少し訛って、「シキジ（ン）」として伝えられた。そして、当て字として「姉姫神」が用いられた。何代か代替わりするにつれて、「姉姫神」の漢字そのものに意味があると受けとめられるようになったのだと思う（この神様の由来がわからなくなったとも考えられる）。「姉姫神」は、「あねひめのかみ」と訓読みされるようになった。しかし、先祖がこの神様を「シュクジ（ン）」（音だけ聞くと、訛りも入るから「シュクジ」「シキジ」「シュクシ」の区別が難しい）と言っていたことに、被差別部落の人たちはこだわった（こだわらずには、おられなかった）。そのこだわりが、「祝詞」という言葉を「姉姫神（あねひめのかみ)」の枕につけさせた。こう考えると、「祝詞権現姉姫神」は、「祝詞(しゅくし)」=「宿神(しゅくじ(ん))」=「姉姫神(しきじ)」であるから、「宿神権現宿神」となる(数キロ離れた別の被差別部落では、「縮地(しゅくじ)権現姉姫神(あねひめのかみ)」を祀っている。この場合だと、「縮地(しゅくじ)」=「宿神(しゅくじ(ん))」がよりわかりやすい)。ここに、この神を守ってきた人たちの思いの深さがある。(『宿神思想と被差別部落』)

ここに書かれていることには、とても深い、大きな意味がこめられている。私たちは今日、「国家」と呼ばれてきたものの内容と組織の原理が、大きく変貌をとげつつある時代に暮らしながら、国家の先に出現するものの本質を、なんとかして見通してみたいと考えている。そのときいちばん必要とされるのが、国家の原理が作動していない社会に生きるとき、人間にはどんな思考、どんな身体感覚、どのような姿をした超越または内在の感覚がふさわしいのかをあらかじめ描き出しておく、想像と思考実験なのである。

シャグジ=宿神の存在は、そのような思考実験にとって、きわめて大きな意味をもつことになるだろう。なぜなら、私たちはもはや神などいらない、と言いながら、その思考は国家というものが無意識のうちに人の思考に埋め込んでいる「超越性」のプログラムから、少しも自由ではないからである。国家の原理によって汚染されていない思考の痕跡が、粗末な石や木の祠として、この列島のいたるところに放置されていることを、思い出そうではないか。また厳しい差別の現実に耐えてでも、非国家の感性を守ろうとしてきた人々の苦難に、思いをはせようではないか。それはきっといまに、思考に野を開く鍵を、私たちに与えてくれるはずである。

第九章　宿神のトポロジー

金春禅竹が解釈を加えた「翁」は、「カオスモス（カオス＋コスモス）」のなりたちをしている。「翁」は宿神である。ということは「翁」の背後には、目に見えない高次元の「シャグジ空間」が、まるで不思議な生き物のように呼吸をしたり、変身したり、動いたりしていることになる。それは目に見えない潜在的《ヴァーチャル》な空間の成り立ちをしている。そして、その内部には現実世界をつくりだす力と形態の萌芽がぎっしりとつまって、渦を巻いて絶え間なく運動をしている。潜在空間と現実世界との境界に形成される、薄い膜のようなものをとおして、不断に何かが出入りをおこなっている。したがってそれをカオスモスと名づけることができるのだが、そのカオスモスとしての宿神＝シャグジ空間から「翁」は出現し、現実の世界の中で優雅な舞いを見せたあと、ふたたびこの空間の内に帰っていくわけである。

多才な金春禅竹にはいくつもの顔がある。その中で、芸術家としての金春禅竹は、みずからがこのような「翁」となって、現実にはあり得ないものの現実の中への出現を、一つの幻影として人々の前にまざまざと実感させようと試みている。また神話学者としての禅竹は『明宿集』を著して、アナロジー思考を自由自在に駆使することによって、「翁」を一つの普遍性をもった神話論的な構造として、浮かびあがらせることに成功している。しかし、ここにもう一人の金春禅竹がいる。それは哲学者としての禅竹で、そのときの彼は、いままで全身全霊で深く沈潜してきた「翁」というカオスをはらんだ謎の本体から、思考平面の内にひとつの明確な概念を持ち帰ることを、試みるのである。

その哲学的試行の成果を、私たちは『六輪一露之記』という禅竹のもう一つの著作にみることができる。金春禅竹はその中で、中世的思考の本質を一つの図式として表現しようとしているが、その図式の威力は彼の意図を超えて、宿神から古層の神シャグジへ、さらにそのシャグジのもうひとつ根源にある未知の縄文的概念「スク」の哲学的表現にまで、たどり着こうとする勢いをみせている。そのために、この著作はたんなる芸術論の域をはるかに超えて、哲学の思考と芸術の思考とある種の科学思考とがたがいに交錯しあうところに生み出された、日本の哲学史の中でも飛び抜けてユニークな出来栄えを示すものとなった。

禅竹の「六輪一露」の説は、長期間にわたって何度も書き直され、そのつど深まりを見せていったものであるが、「翁式三番」にすべてがおさまっていく猿楽芸能の、理想的な表現のかたちを六つの輪と一つの露の滴としてとらえようとする、基本的な図式に変化はない。そこでまず、この六輪と一露からなる図式を、比較的初期の『六輪一露之記注』によって、詳しく見ていってみることにしよう。

六輪は、宇宙創生のメカニズムを表現しているもので、神道・仏教・儒教の説く理論ともうまく重なり合っている。

第一の輪は「寿輪」である。これは天と地とがまだ未分化の状態をあらわし、そこにはまだ空間の方位は出現していないために、完全な円として描かれる(図〔上〕)。たとえて言えば鳥の卵のようである。神道ではこれを「みなもと(根源)」といい、仏教では存在生成の原初の命をしめす「未出生のア字」に対応し、易学の考えでは「乾《けん》」の位相をあらわしている。天体が日夜運動を続けて、一瞬たりと停止することがない様子こそ、寿輪の示す完全なる円の姿に通じており、寿輪もまたしばしも停止することなく、流動運動を続けているのである……寿輪は万物を生む無の器であり、幽玄の根源でもある。(『金春古伝書集成』)

ここで言われている寿輪は、万物を生むマトリックス(器)にほかならない。そこには未出現の状態にある存在の萌芽が、外からは観察できない潜在的なベクトルとして、いっぱいにつまっている。その内部はまだ空間として方向が与えられていないから、万事が対称性を保ったままなので、完全な円として表現されることになるのだ。禅竹はこの寿輪を別に「円満長久の寿命」とも表現している。個体の死によっても途切れることのない、連続的生命という意味である。ここで想い出されるのは、古代ギリシャ人の「ゾーエー」という生命概念だ。ゾーエーは、個体としての生命《ビオス》の奥底で活動している、個体性を超えた普遍的生命の流れを言い当てようとして生まれた概念だ。ゾーエーは個体の死によっても、途切れることがない。それはあたかも休止することを知らない天体の運動のように、一瞬たりと止まることなく運動し続けている宇宙的流動体だ。その概念を金春禅竹は幾何学化して、完全なる円として表現した。ゾーエー的な流動生命という意味で、存在と猿楽芸態第一の位相は、「寿輪」と呼ばれたわけである。

第二は「竪輪《しゅりん》」である。天と地の分化がすでにおこり、重い要素は下方に流れ、軽い要素は上方へ動いていく。それとともに宇宙卵のまんなかを貫いて一つの「気」が立ち起こり、存在生成への動勢が発生するのである。神道ではこの状態を、国常立神の生起としてとらえている。つまり存在の「みなもと」はじっさいにはここから起こるのである。仏教ではこれを、無構造でいっさいの存在を含まない無の大海（性海）から、無を転じて有となす転換の一波が立ち起こるさまとして、「性海無風《せいかいむふう》、金波自涌《きんぱじしょう》」と表現している……万

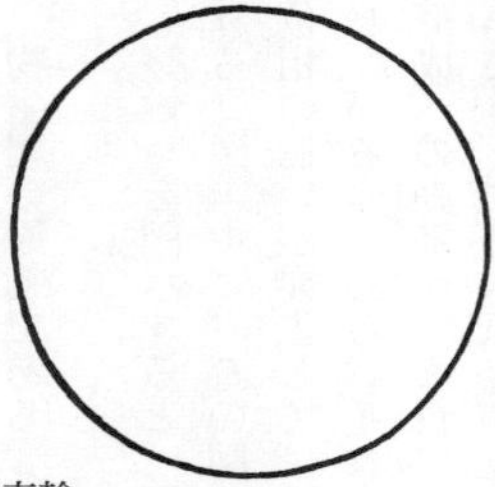

寿輪

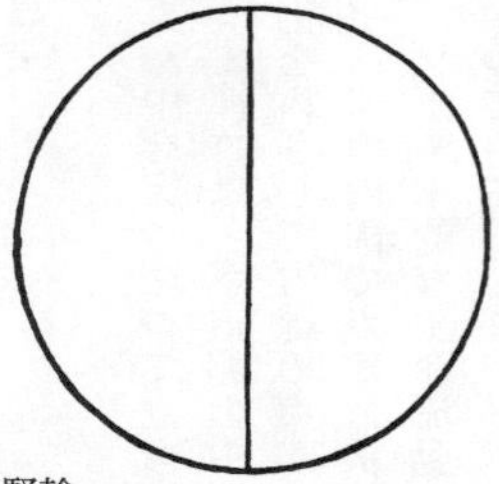

竪輪

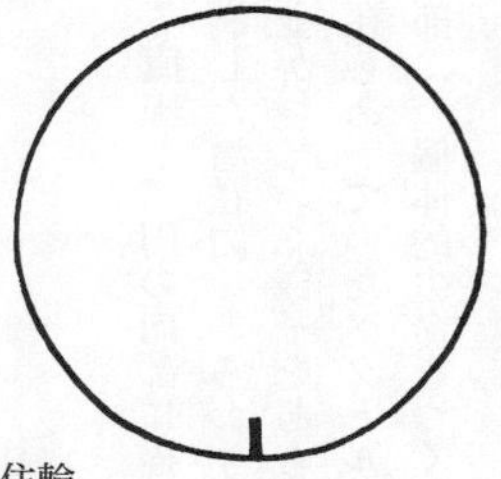

住輪

物生起の原初である。（同書）

「豎輪」を図示すると、円の真ん中を突っ切って立ち上がる直線が、円の内部に描き加えられる（図（中））。この図によって禅竹は、宇宙卵の中に充満した潜在力をあらわす力線に、位相の揃い《コヒーレンス》が発生して、現実化をめざして力線の束が出来上がっていく様子をあらわそうとしているのである。それまで宇宙卵の内部でカオス状に混在しあっていたベクトルに、形態形成への動勢が生まれている。ゾーエー的な生命流動の内部に、個体的生命をつくりだしていこうとする「気」が立ち上がっている。

この豎輪をもって、真実のカオス＋コスモス＝カオスモスがうごめきをあらわにするのであるが、もちろんこの状態はまだ現実の世界には到達していない。すべてが現実化への閾《しきい》の手前でおこなわれている潜在的な動きであり、猿楽能はその動きをこそ、表現に写そうと試みてきたのである。すなわち寿輪が世阿弥の言う「序」にあたるとすれば、この豎輪は「破」の位相をあらわしている。「澄み上り、清く秀でた感覚を生み出すのは、この豎輪である。舞いにおいても、これは序から破に移る急所にあたり、ここで一気がはじめて生起して音楽となる。どのような舞い、どのような曲にあっても、一片のことば、袖の一振りに、これはまことに優れた芸だと感心を催すのは、すべてこの豎輪の位相での表現から発するのである」（同書）。

第三は住輪である。天は天、地は地としての形態形成の落ち着きが定まった状態であり、森羅万象が自分の住み所を得て、「落居」ということをおこなうのである。現象する心をかたちづくるすべての契機が、他の契機を巻き込みながら変化流動を開始して、ここに生と死と生死を超越した涅槃の差別世界が生まれ出る。易学ではこれを万事万善が集まるところと考えている。夏の草が生い茂っている様子と言ってもいい。円相の下の部分に、短い棒状のものが立ち上がっているところが描かれているが、それがここでいう存在の落居にほかならない。（同書）

住輪の本質を図示するのに、禅竹は円の下部に堅固に生えた杭のようなものを描いてみせた（図〔下〕）。「翁」が出生してくる潜在空間を、宇宙的な卵にたとえた金春禅竹は、潜在状態から現実化に移る決定的な転換の場所を、この短い杭に見いだしている。この杭は向こう側に広がる潜在空間から、こちら側の現実世界のほうにちょこんと突き出ている。宇宙卵の内部に充満している力は力線となって分化と接合を繰り返しながら、この杭の示す転換点に向かって、殺到してくるのである。そして、この杭の地点で転換をおこして、現実世界の姿形がここを落ち着きの「落居」と定めて、出現を果たす。世阿弥はこれを序・破に続く急と呼んでいる。

ところでこの杭、なにかを連想させないだろうか。中世の宗教思想に関心のある人ならば、伊勢神宮の内宮と外宮の建物の床下に立てられている「心の御柱」のことを、思い出すにちがいない。伊勢神道の考えでは、建造物としての宮よりも、その床下に隠されたようにして立てられている「心の御柱」のほうが、重要視されていたのである。それはこの御柱が建造物の「落居」を定めているからだ。御柱をとおして、宮の建物は宇宙的諸力渦巻く潜在空間に自分をつなぎとめ、そこを落ち着きどころとして、現実の世界のうちに現象の身体をあらわすこともできる。金春禅竹が伊勢神道の思想に親しんでいたことは、どうやらたしかなことらしい。おそらく、「翁」の本質をトポロジーとして表現しつくそうとする、この六輪一露の試みにとりくんでいた禅竹も、そのとき宇宙卵の中で出生の機会をうかがっていた存在の雛鳥が、殻を破って外の世界に突き出した嘴《くちばし》を表現しようとしたさいに、大地からちょこんと木の杭が頭を出している伊勢神宮の「心の御柱」のことを、連想していたにちがいない。現代宇宙論に特異点のイメージが欠かせないように、この嘴状の突起は、中世の思考にとってまこと不可欠の重要思考アイテムであったのだ。

さてこのようにして禅竹は、宇宙卵にもたとえられる潜在空間から現実世界への転換がおこる突端までを、みごとなトポロジーとして描いてみせた。寿輪・竪輪・住輪の三つの輪は、その意味で「清浄な輪」であると言われる。それはこの三つの輪の内部でおこっている運動や変化を突き動かしている力には、人間の思考や感情からのどんな影響も加わってはいないからである。「幽玄」の真実の意味が、そこにある。「翁」と宿神とシャグジが住まいする潜在空間につながり、そこからの息吹を浴びながら、物質の身体をもって舞い歌われるところに出現する新しい現実こそが、幽玄である。その意味で、幽玄と清浄＝浄めとは深いつながりをもっている。

この寿輪・竪輪・住輪の三輪清浄をもって、身体と音楽における表現は、幽玄の極まりとする……三輪清浄というのは、身体・言語・意識の三つの側面における活動をおこしながらも、そこにはいかなる区別相もあらわれず（無相）、いかなる欲望も混入していない境地のことである。すると住輪に描かれた短い杭のある場所から、さまざまな形態が出現し、あたりを満たしてどっしりと落ち着いて存在する。顕れることも隠れることも自由自在であるさま、心の如しである。この様子を家に喩えることもできるだろう。この三輪を理解していなければ、幽玄の境界領域に参入することはできない。（同書）

幽玄という概念は、住輪に描かれた短い杭または嘴状の突起に関わっているということが、この記述からはっきりわかる。そこは潜在空間から現実世界に突き出した岬であり、特異点であり、この短い突端の部分で転換がおこっているのだ。猿楽の芸人はこの要所をしっかりと会得することによって、「幽玄」の表現をわがものとすることができる。無相無欲の清浄心をもって、この岬に立てば、現実世界に顕れることも潜在空間に隠れることも、自在である。

猿楽芸能の本質を一身に集めた「翁」は、まさにこの転換点に出現を果たすのだ。「翁」は寿輪の内部に最初のうごめきを開始し、竪輪において現実に向かっての力強い立ち上がりを見せ、住輪に出現した突起状の部分から現実の世界へしずしずと出現を果たす。そして、しばし幽玄の身体運動の後、なんの苦もなく、再び潜在空間に戻っていく。「翁」は現実として現象する世界の直前にできた絶妙な中間領域にたたずんで、隠顕自在のふるまいをみせて、「翁」に続く能の諸芸のための舞台を準備する。この突端ないし岬を一歩向こうに超え出れば、そこには森羅万象の具体物からなる現象の世界が広がるのだ。第四の位相、像輪の出現である。

＊　＊

猿楽の芸は、三輪清浄として示されたこの潜在空間を背後に抱えながら、演じられるのである。本来が物真似芸《ミミック》である猿楽は、自然界のさまざまな存在をミミックとして表現する。そのときに、目に見えない潜在空間を背後に抱えた芸能者は、具体物でできた現象の世界を一体どうやって表現していったらいいのか。禅竹の思考はここからいよいよ深く猿楽芸の本質に迫っていくのである。

第四の輪とは、像輪である。これは日・月・星などの天体をはじめ、山・川・海などの景観が顕れている現象世界のことを言う。猿楽の芸能者はこの像輪を表現すべく、諸天・善神、人間や動物や異形の存在、草木・国土などの様態を物真似として表現する。しかし、最高度の幽玄を湛えた舞いと音楽の余情は、いずれの対象を表現するにせよ、みな三輪に帰入することが理想である。なかでも人体の表現の基本は、老人・女性・軍人の三態であるが、それからさまざまに分かれていった表現ジャンルの隅々にいたるまで、上三輪（寿輪・竪輪・住輪）を忘れてはならない。樵夫《きこり》や炭焼きのような卑俗な姿態、また軍人の姿や鬼神の物真似においてさえ、姿形はそういうものに変りながら、心には三輪の幽玄の余情を持ち、背後に働く三輪の位相を忘れず、時々は理性的な芸態を捨てて、なにかに取り憑かれたかのようにゆらりと立ち廻り、立ちめぐれば、深奥におこっている内面の所作は表面にも顕れて、心身ともに幽玄霊妙をもよおすものとなる。（同書）

像輪は具体物でできた現象世界として図示される（図〈上〉）。猿楽の芸は、この具体の世界を物真似るのであるが、そのとき心は清浄な潜在空間である上三輪にとどめたまま、これをおこなえ、と禅竹は教えている。住輪の突端に突き出た杭または特異点を大股に越えれば、そこには具象の世界が展開する。潜在空間を突き動かしていた現実化へ向かう諸ベクトルは、この突端を越えると物質性の安定の中に落ち着いて、そこに森羅万象の世界をつくりだしていく。

潜在空間の内部を突き動かしていた創造的エネルギーは、そこで物質的安定の中にまどろもうとするのだが、その現実世界を物真似してみせる猿楽芸は、山や川や樹木を作り出していった創造的エネルギーにみちた潜在空間を、具体性の世界の背後に感知させるものでなければならない。具象の世界を物真似しながら、その現実に一体化してはならず、心は背後にあっていまも活動を続けている潜在空間に置いておかなければいけない、というのだから、金春禅竹はここで精神を多世界に分裂せよ、と教えているのと同じである。そこからさらに芸が上達すると、第五の輪である破輪が実現される（図〈中〉）。

長年稽古を重ねて、定められた道筋にそって、錬磨をおこたることなく、功なり名をなしてから、高い芸風から低い芸風へ降りていっても少しも品位を失うことがなくなると、初心の頃に学んだ初歩的な芸を演じても、そこにいままで見慣れた芸風とはまったく異なる異風を演じたとしても、それがまたすばらしい出来栄えで、これはまったく珍しい芸だと、皆が思うようになる。このとき芸の標準に対しては非をなしているわけであるが、まったく咎はない。自分の自由な心の動きに従う変化という意味で、「輪を破る」と言うのである。しかしそのときにも本質においては、輪から逸脱していない。輪と輪を破ることが一体となっている。この輪は万能をそなえた「壊し力」をあらわしている……輪の内と外を自在に行き来して、心のままに、広大無辺の法界に遊ぶとはこのことである。（同書）

この破輪に独特な「壊し力」は、芸態の背後で活動を続けている見えない潜在空間とのつながりがもたらしているものだ。高い密度を持つ創造的エネルギーの空間である上三輪が、現実世界におこなわれる芸の基本に、背後から影響を及ぼすとき、規格どおりの基準的な芸態には変形が加えられて、常には見られない異様な芸風を現出させる。禅竹によれば、それは異風ではあっても少しも咎め立てするものではない。飄々としたその芸からは、いよいよ潜在空間と一体になった自由自在の息吹が、現実の世界の中に流れ込んでくることとなる。
そして、最後の第六輪、空輪の境地がおとずれる（図〔下〕）。

そしてとうとう最初の寿輪に立ち戻る。これが空輪である。猿楽芸の始源を守るという位相である。初めを守る位相ではあるが、たんに初めの寿輪の位相に留まるという意味ではなく、寿輪の位相を越えて空性はいよいよ深まり、いよいよ寂静である。行くことなく行き、たどり着くことなくしてすでにたどり着いており、作用をおこすことなしにすでに作用が果たされている。芸態の極まりがここに実現されるが、そのとき表現が強くなって

像輪

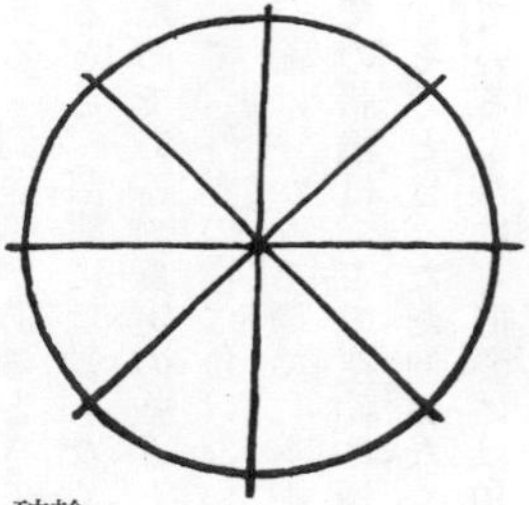
破輪

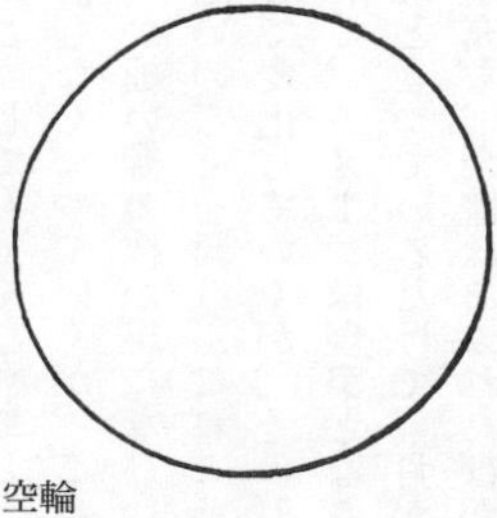
空輪

しまうことを警戒すべきである。到達感があるとき、芸はどうしても強くなってしまうものだからだ。強さが過剰するとき、芸態には愛もなく余情もなくなっていくが、これは真実の強さを理解していないためである。真実の強さとは、か細い柳の枝が風になびいていくように周囲の変化に対応して、外界の物に負けない心遣いのことを言う。これこそ幽玄の極致と言うべきである。空輪はいかなる環境にも順応して変化していくが、その痕跡すら自他に残さない。これまでの諸輪は、この空輪に極まって、イメージは現実となり、現実はイメージと一体となる。そのとき、ただ何気なくすっと立っているだけで、月があらゆる水たまりに光を落としているように、形姿には匂いが充ち、余情はあふれんばかり、すべての調べは曲折を尽くし、森羅万象の変化をくまなく映す大円鏡智となる。とりたてて変わったことを演じるのでもないのに、まことに面白いと感じさせる。ただし、初心者の頃から中年の盛りまでの間は、しばらく破輪と空輪は演じようとしないほうがよい。これらは五十歳以上の者が演ずべき真実の演技である。音感は華やかに若やいで、演技はますます軽やかになっていく。変化への胎動つきることなく、なにものにも執着しない演技は無極の境地を実現する。ここに達すれば、老後に至っても、それまで到達した境地を失うことがない。長寿を得て、寿命の果てまでも、上品な姿や生き生きとした知性の働きを衰えさせてはならないのである。(同書)

空輪は第一寿輪と同じような、空虚として描かれる(図〔下〕)。しかし、初めの寿輪が現実世界を、自分の内部から生み出していくだけであったのに対して、六輪最後の空輪は、生成した世界を消滅させたあとに残る空として、格別の深まりを持つ、と禅竹は書く。つまり、ここで問題になっているのは芸道の構造のことばかりではなく、心（精神）の展開や深まりの過程のことなのだから、これらの図像は金春禅竹的な「精神現象学」をトポロジーとして表現しようとしたものなのだとわかってくる。

いったん空（絶対精神）の外に歩み出してしまった西欧の弁証法的主体は、現象する世界の中にさまよい出てはそこで疎外を覚えて、もとの空に回帰しようとする運動を開始するのであるが、猿楽芸の主体は、（物真似表現された）現象世界のただなかにあっても、自分の背後に広がっている空虚な潜在空間の実在をたえず直観しているので、現実世界に抗う否定性を発揮して、ひたすらに始源へと向かうノスタルジックな運動に突き進むことはない。弁証法の芸態は「強すぎて」、よろしくない。後戸の空間をみずからの精神の住処とする猿楽の徒はすべからく、現実に対しては「柳に風」の心構えで、西欧思想には実現されなかったさらに根源的な真実の否定性をめざして、精進を重ねていかなければならない。この弁証法を越える、さらに根源的な否定性を象徴するもの、それが「一露」にほかならない。

天空に向かって逆矛に立てられた鋭い剣で表現されるこの「一露」は（図）、「六輪」に展開された精神の運動じたいを否定的に超越してしまおうとする。

この一露は、空と色の二つの極端に落ちるということがない。つまり空なる潜在空間にも現実世界にも、どちらにも偏らない見解をあらわしている。空からも色からも自在無碍であるので、概念にせよ物質性をもったものにせよ、一塵たりと絶対的に自由な一露の心の障害となることがないのだ。そこでこのような鋭い剣の形であらわされるのである。一露はきわめて深遠な位相を示している。雨露霜雪は皆消え果てて（溶けて）、すべての流動するものがこの一露にまとまった様子である。六輪に展開されたこれまでの精神現象の六門を、まとめて一息に切り払うのがこの一露の深遠な働きであるから、剣がもろもろの障害を切り払うのによく似ている。そこでこれを「性剣」と呼ぶのである。「善であれ悪であれ、すべての思慮をおこなうなかれ」とは『楞伽経《りょうがきょう》』の説であり、「思考の路は途絶し、言語は絶滅し」とは唯識説の文であるが、いずれもこのことを言っている。一露の妙理はまったく堅固不動であるために、不動明王の利剣であると言い、この認識を文殊菩薩の秘密の智剣と習い収める。まことに深遠にして、如実に説くことあたわざるものこそ、一露と呼ばれるこの一剣である。（『六輪一露之記』、『世阿弥　禅竹（日本思想大系24）』より引用）

流動する創造エネルギーを一つの滴に溶かし込んだものが、この一露であるので、それは宇宙全体を一滴に凝縮した状態とも言える。密教では、一滴がたちまちにして利剣に変容する様子をイメージ化する瞑想をおこなう。金春禅竹はここで、猿楽の徒もみずからの精神を、はちきれんばかりの創造的エネルギーを蓄えた神秘の滴と思考することによって、空前絶後の境地に踏み込んでいかなければならない、と語りかけている。日本の列島に生きてきた人々は、西欧的な意味での「哲学」によって自分の哲学を語ることはしなかった。そのかわりに芸能や芸術をとおして、それを表現してきた。金春禅竹のエクリチュールこそ、そのような意味での日本哲学の、極上の作品となったものなのだ。

＊　＊

『六輪一露之記』の中で金春禅竹は、猿楽の芸の本質を「幽玄」としてとらえ、それを一つのトポロジーとして表現している。そのトポロジーは第一の寿輪に始まり第六の空輪に収まるまでが、8字状をした大きな輪をなしている。しかもそれはトポロジー数学で言う「単側(側面がひとつしかない空間)」の構造をしている。どういうことかと言うと、空である潜在

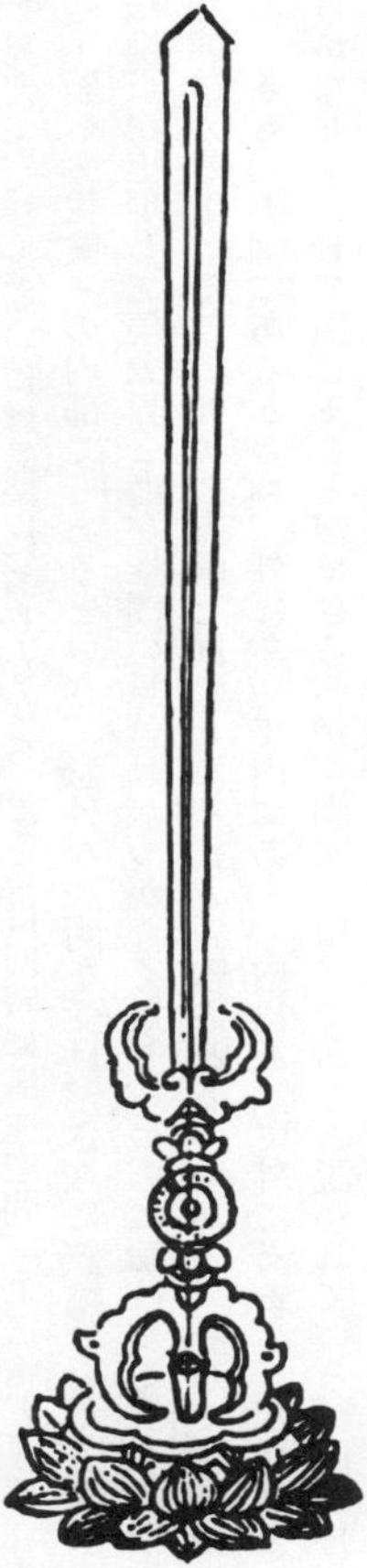

一露の図

空間から出発した精神の展開は、住輪で一つの転換点を体験して潜在空間の外に出て行ったと見えて、じっさいには像輪にありながらもそこは同時に潜在空間（上三輪と呼ばれる寿輪・竪輪・住輪）の内部でもあるという、意外な説明を受け、さらに破輪にいたるとまたも転換点が出現して現象界と潜在空間の見分けがつかなくなり、ついに輪はループして空輪の状態に入ると、そこは初めの寿輪と同じところだと宣告されるのである。そして、像輪にあるときも、破輪にあるときも、外にあって内にあり、内にあって外であるような状態をなめらかな連続として演じることができるのが、幽玄の極意であると説かれている。内と外がひとつながりであるとは、この猿楽的トポロジーが「単側」であることを示している。

こうしてみると、どうやら幽玄という概念は、メビウスの帯またはクラインの壺の構造と深い関係を持っているらしいことが、見えてくるのである。ここではクラインの壺の構造（図）にそって、「六輪一露」の説を再解読してみることにしよう。鳥の卵のような球体状の潜在空間の内部から、すべてがはじまる。ここにはまだ外はない。空間のすべてが内部で、生と死の根源であり、精神と物質の共通の土台である普遍的な力が、まったく方向性のない、完全な対称状態のままに充満している。

そこに自分にとっての「外」を生み出していこうとする運動が、この一面に広がる内部のうちに発生する。純粋な欲望たる「気」が立ち起こって、外へ向かっての極微の通路である特異点に向かって、方向づけられた力の流れが起立していくのだ。そしてクラインの壺の「口」に達すると、そこで潜在空間を満たしていた力はつぎつぎと山や川や動物や人間の現象世界を、自分の「外」に向かって吐き出していく。

世間凡庸の心は、そのようにして現象した物質世界に自分の意識を束縛されて、そこが唯一の世界だと思いこんで一生を送ることになるだろう。ところが、「物真似」を芸態とする猿楽の徒にとって、具象の世界を物真似することは、それを欠けるところのないシニフィアンとして表現するのが目的ではなく、むしろ現実世界は自分だけで完結することができないこと、生きている者と死者たちは分離できないこと、目に見えない潜在空間と現実空間を切り離すことは不可能であること、合理的な意識が無意識の領域（ラカンは無意識の領域をメビウスの帯のトポロジーに喩えている）を抑圧し否定しつくすことなどはできない相談であること、といった深い悟りを人々に思いおこさせるために、現実を真似ながらそれを同時に空にひたしていく、幽顕の出入り自由の状態として演じてみせるのである。

こうして、クラインの壺の「口」を離れて、「外」の現実世界に移った瞬間から、猿楽芸の意識は、あらためて自分が「内」なる潜在空間とひとつながりであることを強く意識して、独特の「壊し力」の実践に取りかかるのである。成熟した芸人が、破輪の位相にとりかかると、

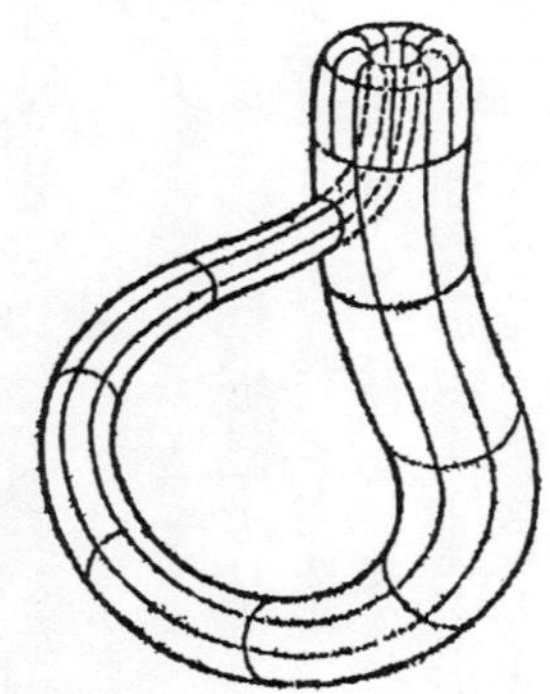
クラインの壺

いったん「外」に出たと見えた壺の表面は再び「内」に入り込んで、ついには「外」もまた「内」であったことを、ひとつながりである壺の表面の全域を踏破することによって、芸能は深く思い知ることとなる。だから、はじめの寿輪に出発した頃よりも、空輪にたどり着いた芸人の意識のほうがずっと深まっている、と禅竹は考えたわけである。

ここに、「常民の世界」とは本質的に異なる、専門的な芸能者の世界の根本的な仕組みが、トポロジーの違いとして表現できるようになる。ここではひとつ、折口信夫が「翁の発生」をそのうちに直観した沖縄先島の盆の祭りをとりあげて、その違いをあきらかにしてみよう。先祖の霊が万霊とともに島に戻ってくるという祭りの期間には、ニライからスク(底)を越えてさまざまな形をした来訪神がやってくる。来訪神たちは、森の奥や洞窟を通って、人間の世界にあらわれるのである。しかし、この期間をはずすと、来訪神はけっして現実世界を訪れてこない。この来訪神不在の期間には、村には御嶽《ウタキ》の神が常駐して、人々の日常生活を守っている。来訪神たちの出現場所とされている森の奥や洞窟は、そういう不断の時間では、恐ろしい危険な場所と畏れられていて、子供などもめったに近づかないようにしている。ニライスクへの通路は、完全に閉じられているわけではないが、人々はそれが意識に上ってこないように注意している。

こういう報告を読むと、来訪神が訪れる時間を持っているこうした島の人々の意識が、ダイナミックに変化していくトポロジーの運動としてつくられている様子が、はっきりと見えてくる。大きな、それこそ神のような大きな視点に立てば、島の人々にとっての「世界」

が、ニライという他界を抱え込んだ巨大なクラインの壺として出来上がっているのがわかる。生きている者たちは自分たちの知ることのできる世界だけで「世界」が完結できるわけではなく、死者や未来の生命の住処でもある普遍的生命の充満した潜在空間とひとつながりであることによって、はじめて豊かな全体性を実現できることが、伝統的な価値観を失っていない人たちにはよくわかるのだ。島世界の「内」は「外」にひとつながりになっている。

そのトポロジーがまざまざと人々の思考に上ってくるのが、盆の祭りをはさんだ島の夏の祭りの期間なのである。このときには、クラインの壺の「口」にあたる洞窟や森の奥の出入り口が開き、そこをとおして潜在空間の豊かな生命や時空感覚が流れ込んでくる。人々の想像力もこのときは大きくふくらんで、現実の世界がニライと一体になって「世界」は全体を呼吸していることを実感できるようになるのである。

しかし、その祭りの期間が終わるとき、内部と外部がひとつながりのクラインの壺や裏と表が一続きのメビウスの帯の形をした意識のトポロジーには、劇的な変化が発生するのだ。メビウスの帯を中心線にそってハサミで二つに切り裂いていくと、切断線は一続きで帯は二本に分かれてしまうことなく、そこにするりと表と裏をもった長い帯が出来てくる。そんなぐあいに意識のトポロジーに切断が施されることが、「祭りの終わり」を意味する。

するとそれまで一続きだった「内」と「外」が二つの領域として分離され、ニライの潜在空間は見えなくなっていく。死者の住む世界は、生きている者たちの住む島からは遠くに隔てられていく。そして、生きている者だけでできた現実の世界の空虚な中心には、日常生活を運行させるシニフィアンの秩序を守る御嶽の神が、ふたたび立ち戻ってくることになる。来年の夏の祭りに、二つに切り開かれた帯が切れ目を縫い合わされ、元のメビウスの帯に戻されて、ニライとこの世、死者と生者の世界が一続きの連続を回復するまでは、島の宇宙では二元論が支配する。二元論を支えるのは空虚な中心で、そこに鎮座する神は権力の源泉となっていくだろう。柳田国男が鋭く見抜いていたように、そこにはすでに小さな天皇制が作動し始めている。

これが「常民の世界」をつくるトポロジーの変化であるとすると、芸能民のことを、メビウスの帯の裂開やクラインの壺の変形を拒否して、現実と潜在空間がひとつながりである全体性をそのままに生きようとした人々として、描いてみることができる。金春禅竹のトポロジカルな「六輪一露」説が、そのことを明白に示す。猿楽の芸は、宿神の住むという潜在空間と現象世界とをクラインの壺状に一続きの表面でつなぐ「幽玄」の芸態を演ずることによって、現世的な権力によって「内」と「外」とに裂開されて見えなくなってしまった全体性を、ふたたび人々の直観にとらえ得るものとなそうとしている。

この全体性を守ってきたのは、宿神やシャグジのような「古層の神」であった。芸能の民はこの神とともに生きることによって、権力がこの世にもたらしてきた裂開の現場に立ち会って、その裂け目をお得意のトポロジー変形技術を駆使することによって、縫合しようと試みてきたのである。「翁の発生」はたしかに「常民の世界」でおこったのだろう。しかし、そこに発生した「翁」を宇宙の全体性の喩にまで高めて、権力が生み出されるのとは異質なトポロジーの中に保ち続けるなどというのは、猿楽の徒のような芸能民にしかなしえなかった離れ業であった。

＊　＊

こうして、いまや私たちは「哲学の後戸」の前に、いままでになく明晰な認識をもって立つことになる。そこは洞窟の入り口、クラインの壺のくびれた口、思考のマトリックスへの開閉扉、夢の時間への通路、潜在空間と現実世界との転換点、空間として表現された幽玄の概念なのである。この地点に立ってクラインの壺のような構造をした世界の全体性を、差別のない心で平等に見渡すことができれば、その人はすでに「翁」の境地にある、と「六輪一露」の説は言う。ここに『石神問答』の説を付け足せば、そこは古代において「スク」と呼ばれた境界を示すことばで徴のつけられていた領域で、この「スク」をとおして古代の人々は、神話の時空に出入りしていたのである。どのくらいの「古代」なのか。新石器（縄文）的古代、いやひょっとすると旧石器的古代かもしれない。いずれにせよ、それは思考の始源にかかわりのある場所だ。

宿神である「翁」が、この場所から永遠の寿命に満たされているという潜在空間への出入りをおこなっていた。この不思議な神話的存在が、しずしずとあらわれてくるとき、それを見ている生者たちは、自分が死者たちとひとつながりであり、植物や動物やもろもろの非人間たちとも交通自在の連続を回復していることに、気がつくのである。猿楽がいちばんに守ろうとしたのは、この場所が内包している構造なのであったことを、私たちは金春禅竹の著作から知る。そしてそのことは、独り猿楽だけに課せられた使命ではなかった。

　芸能の民だけではなく、ひろく「職人」と呼ばれた人々は、自分らの守り神として宿神を祀っていた。この列島に発達したテクネー（技術）の思想そのものが、宿神やシャグジの神の名前と結びついて理解されていた一つのトポロジー空間の構造との深いつながりを保存しながら、洗練と深化をとげてきた事実は、私たちに新しい思想史の構想が必要であることを、切実に求めているのではないだろうか。この列島ではあらゆるテクネーが、なんらかの意味での「後戸」の空間を、自分の生存の場所と定めて、そこで発達をとげてきたのである。テクネーの背後に他界が広がっている。そのことが、ここで成長をとげた芸能と技術に独特の持ち味をあたえてきたのである。

「後戸」の前には、光や啓蒙や秩序をささえる超越者たちが、神や仏の姿をして立つ。こうした超越者たちは、メビウスの帯またはクラインの壺の構造をもった宿神的空間を裂開して、それを二元論の思考の発生しやすい別のトポロジーに改造することによって、超越をめぐる思考が権力の思考と一体であるような環境をつくりだしてきた。天照大神や阿弥陀如来の清浄な光がこの世を満たす。するとそこに引き寄せられてきた二元論の思考が、汚れているもの、闇を背後に抱えたもの、カオスから生まれたばかりのものを、光の場から遠ざけておくべき、差別すべきものとして、新しく生み出してみせるのである。

　しかし、それでもこの列島の超越者たちは、「後戸」の存在そのものと、そこに成長をとげてきた芸能や技術を、排除することはしなかった。淡い光が差し込むその空間は、寺院の中でも都市の中でも、また権力の構造の内部においても、きちんとした「後戸」の空間をあたえられて、そこで独特の発達を続けたのである。無意識の欲望がなければ、どんな記号も活動することはできない。それと同じように、「後戸」の空間を振動させ、空なる潜在空間からの息吹を吹き込む「翁」のような存在がいなければ、前面に立つ光の神仏たちも、せっかくの霊力を生かすことはできないのである。

芸術にせよ、哲学にせよ、政治的思考にせよ、あらゆる活動の背後に「後戸」の空間があると理解してみると、いわゆる「日本的」な精神の構造が、異質な二種のトポロジーの二重並列的な共存としてできあがっていることに、気づかされる。背後にはクラインの壺状のもの、その前面には空虚な中心をもつトーラス状のもの（図）。背後の壺が振動をおこさなければ、その前に立つトーラス状をしたものは、しだいに元気を失っていく。空虚な中心のところに、どんなに威力ある神仏や天皇を据えたとしても、背後の薄暗い空間を激しく震わす壺の振動が加えられなければ、この列島のものはたとえ

トーラス

権力でさえ、威力を発動させることは不可能だったのだ。

猿楽の思想を凝縮し、それをあるときは神話学者として（『明宿集』を書いているとき）、あるときはトポロジストとして（「六輪一露」説が醸成されているとき）表現した金春禅竹の仕事をとおして、私たちはこれまで周到に隠されてきた、この列島の文化の秘密の領域に踏み込んでしまったようだが、さて、ここから現代を生きている私たちにとっての、本物の問いがはじまる。

第十章　多神教的テクノロジー

猿楽の「翁」は宿神である、と金春禅竹は言う。そうすると、「六輪一露」説で展開された猿楽芸の本質を説明するトポロジーは、そのまま宿神＝シャグジの住まいする空間のあり方に、結びついていくことになる。私たちはこの空間が、縄文的な文化にまで遡る古さと深さをそなえたものであり、しかもそれが猿楽をはじめとする「諸芸」の生まれ出る、根源の泉につながっているものでもあることを、確認してきた。つまり「六輪一露」として説明されたあのトポロジーは、じつは宿神が守護し、自分自身そこを住まいとしている宿神空間そのもののなりたちを示しているものとし、理解することができるのだ。

その空間からは、つぎのような考え方が発生してくる。

(1) みんなが簡単に「ある＝有」と言ってすましている現実の世界は、その「ある」のうちには根拠をもっていない。「ある」は五感ではとらえることのできない、充実しきった「空」の内部から外にむかって突き上がってくる力の動きの、その先端部分につながっている。潜在的な空間にはちきれんばかりに充満している力が、現実世界の仕組みに触れて柔らかく崩れ落ち、広がっていく動きの中から、私たちがよく知っている「ある」の世界は生まれてくる。だから、「ある」の世界は「空」に根拠をもっている。

(2)「ある」の世界の床下・お納戸・奥座敷・舞台裏・舞台の奈落・地下室などには、「空」である潜在空間にみちあふれた力が、現実の世界をつくる現象や事物に姿形を変化させていく「絶対転換」のおこる場所を見出すことができる。それを「後戸」の場所と呼ぶことができる。こういう絶対転換のおこる場所そのものを、ひとつの美の対象につくりあげようとしてきた芸能の徒が、しばしばそこをそういう名前で呼んできたからである。ここにはあまり光は差し込んでこない。いつも薄暗い、陰気な感じのする場所にそれはしつらえられているが、じっさいにはそこはさまざまな力が方々から押し寄せてきては、存在の様態にラジカルな変化がおこるダイナミックな場所なのであるから、私たちの世界にとっての原初の泉は、まさに後戸の場所に涌き出しているといえる。

(3)そういう後戸の場所は、特別なところにしつらえられているばかりではなく、心を澄ませて直観してみれば、それがいたるところに遍在しているのが見えてくる。絶対転換が瞬間瞬間に発生して、「ある」の世界がつくりだされている現場は、ここにもあり、あそこにもあり、私たちの心の中にも、それはたえまなくおこっている。だから「ある」の世界は自分の中に絶対的な根拠をもっていない。それは「空」であり「無」である潜在空間の中から出現しては、消滅しているわけだから、「ある」は「空」「無」に包み込まれていると表現することも可能だ。そういう心がけをもって日常を生きてみると、世界の様相はがらりと一変していくだろう。ひとことで言えば、世界は「幽玄」のつくりをしているのである。

(4) そのような幽玄としてつくられている世界の仕組みを表現するのが、芸能なのである。芸能の徒は、後戸を自分の表現の舞台に選び取った人々であるから、「ある」の表世界をつくっている価値や権力とは異質な原理に、忠実に生きることができなければならない。たとえ権力者に愛好されても、自らは権力からは無縁の空間に生きていることができなければならない。それに、幽玄は「真理を立てる」ような行為とも無縁であるから、宗教にも哲学にも染まることがない。いわば「非僧非俗」のままに、存在の後戸に立ち続ける人でなければならない。

宿神がこういう思考を呼び寄せてくるのである。諏訪に伝えられた古層の神「ミシャグチ」の信仰によく示されているように、シャグジ＝宿神にはこの列島に「国家」というものがまだ生まれていない頃の思考の形が、がっしりと組み込まれてある。その頃の「神」というものは、みんな宿神のような特徴をもっていたのである。「神」とか「カムイ」ということばは、動物で言えば熊や狼のような強力な森の住人のことをさしていたし、大王や天皇のように生きた人間の中に超自然的な霊威が宿っているとされた人物のことなどではなしに、この世とあの世、存在と非存在、「ある」と「空無」などの境界領域を行ったり来たりすることで、存在の様態の絶対転換をなかだちするさまざまなスピリットのことをさして、そう呼んでいた。

そういう「神」には、特別な社《やしろ》がつくられることもなく、たいがいは石や樹木や洞窟などを目印にして、人間の世界に入ってくる。人の前に出現してくるときには、かならずといってよいほど、それらの「神」の身体は揺れている。踊っているのである。内容のよく理解できない不思議な歌を、小さな声で歌いながら出現してくることもあった。自分が深くつながっている空間そのものが、こんなふうにしてゆらゆら、ふわふわ、ゆわんゆわんと振動しているので、そこから出てきたばかりの「神」の身体もまた、柔らかく振動をしているのである。

こうした宿神的な「神」さまたちは、権力の秘密というものをよく知っている。なぜならば、この世で活動している力のすべては、自分たちの出てきた潜在的な空間からでなければ出現してこられないことはあきらかであるからだ。目に見えない、物質化されない力が存在の絶対転換のおこる場所で、現実の世界をつくる力に変貌をとげる。しかし、そういう力はいずれもとの生まれ場所に戻っていくことになるので、この世で活動するどんな力も、いつかは現実世界からは消え去っていかなければならないというのが、これら非国家的な「古層の神々」の思想であったので、そうして出現した力が、いつまでもこの世に残って、人々に威力をふるう権力なるものに変貌してしまうなど、思いつきもしなかった。

ところが、国家というものが出現すると、事情は一変してしまう。それまではこの世界を構成するどんな力も、その根拠をこの世のうちに見出すことはできなかった。それは世界の外、自然の奥、あの世、空無などとして思考される場所に見出されるものだったからだ。そういう外の力を、社会の中に取り入れてしまうトリックが完成したときに、はじめて国家は出現できるようになる。そのときから、「神」と言えば、この世のなりたちを支え、その秩序を説明するために、社会の内部に持ち込まれたうえで神棚に上げられた力のことばかりが、もっぱらその名前で呼ばれるようになった。そうなると、かつてこの列島上でさまざまな偉業をなしてきた「古層の神々」は、諏訪信仰圏のミシャグチのような例外を別にすれば、あとは路傍に立ちすくんだり、古びた小さな祠をもらってひっそりと森の脇に鎮座しているだけの地位に甘んじなければならなかったのだった。

しかし、芸能の徒だけは違った。彼らはいつまでも「古層の神々」の一人である宿神を守り、宿神が住まうあの不思議な空間のなりたちそのものを、芸能のかたちに洗練してみせることで、すっかり国家的な力の結構に覆われてしまった列島の中を移動しながら、非国家的な思考の輝きの残映を、いつまでも伝え続けようとしたのだった。とはいえ、それはけっしてめざましい表現形態をとったわけではない。人間が動物や霊的存在のしぐさを真似る物真似の芸（猿楽）、その逆に猿のような動物が人間のすることを真似てみせる芸（猿曳き）、身体をすっかり機械にしてしまう見世物の芸、お笑いと祝福の芸……宿神に守られながら、彼らは手にしたささやかな芸をもって、落ちぶれたとはいえいまだに自由な息吹を失っていない国家以前の野生の思考の残滓を、いまに伝えてきたのである。

＊　＊

たしかにこう考えてみれば、「諸職」の芸能者たちのおこなった技を子細に観察してみると、それらの根底に「六輪一露」説とまったく同じつくりをしたトポロジーを、見出すことができそうである。蹴鞠についてはすでに見た。鞠を一度も地面に落とさずに空中に蹴り上げ続けるこの芸能では、空と地面のちょうど中間に、躍動的に膨らんだり縮んだりする目には見えない可塑的な空間が出現することになる。

蹴鞠の「職人」の伝えるところによれば、そのときその中間的空間には、猿のようなかっこうをした半神半人の宿神が宿って、楽しげにその空間と戯れているというのである。その柔らかく振動する空間は、蹴鞠の庭の樹木をとおして、背後の森につながっていき、そこで宿神たちのほんとうの住まいである潜在空間にたどりついていくという。猿のようなかっこうをした宿神は、樹木と庭の間を行き来しながら、空間の様態をめまぐるしく転換させているのだった。

立花僧や山水河原者《せんずいかわらもの》は、さらにストレートなやり方で、この宿神的思考を表現してみせていた。「なにもない」と観念されたところに、花を生け、石を立てることによって、これらの職人は宿神的構造をした空間そのものを、そこに出現させようとしていたからである。花を生ける芸能では、宿神は古代以来なじみの深い植物の世界を潜在空間として後に抱えながら、出現を果たすのである。植物の枝じたいを絶対転換のおこる媒介にしながら、生け花の芸能は生きて振動する空間をつくりだす技に打ち込んできたわけである。

立石僧や山水河原者は、庭園をつくる職人だ。彼らのおこなう芸能では、ことはさらに抽象的に深められている。庭園の職人たちは、西洋のジャルディニエたちのように、いきなり空間の造形にとりかかるのではなく、空間の発生する土台をなす「前‐空間」を生み出すことから、彼らの仕事を開始する。「なにもない」と観念された場所に、庭園の職人はまず長い石を立てることからはじめる。この石は伊勢神宮の「心の御柱」や「六輪一露」説に言う輪に突き出た短い杭と同じように、潜在空間からこちらの世界のほうに突出してきた強度（力）の先端をあらわしている。この先端の向こう側には、存在への意志にみちみちた高次元の潜在空間が息づいている。そして、この先端のこちら側には、人間が知覚できる三次元の現実世界が広がっている。庭園職人が「なにもない」空間に打ち立てるその立石は、まさに絶対の転換点となって、空間そのもののはじまりを象徴する。

空間に突き出した猿田彦の鼻のようなこの立石が、「前‐空間」を出現させる。立石の下には、宿神の潜在空間が揺れている。その揺れの中から、三次元をもった現実の空間の原型が押し出されてくる。そして、「六輪一露」説における像輪さながらに、この空間の原型を素材にして、庭園の職人たちはそこに、起伏や窪みや水流や陰影や空気の流れなどでみたされた、現象の世界の風景を造形するのである。

しかし、金春禅竹が像輪についての説明の中で語っているように、そうしてできてくる現象としての風景には、いたるところに「空」が滲入しているのでなければならない。庭園は目で見ることもでき、手が触れることもできる現実の空間にはちがいないのだけれど、その全体が宿神の潜在空間に包み込まれ、細部にいたるまで「空」の息吹が吹き込まれているために、向こう側のものでもないこちら側のものでもない、不思議な中間物質として、蹴鞠の鞠のように、どこか空中に浮かんでいるような印象を与えるのだ。

たいがいの西洋庭園とちがって、このような宿神的庭園では、風景の全体を見通すことができないように、特別な工夫がこらされている。宿神の創造する空間は、つねに生じてくるようでなければならないからだ。そのために、それは出来上がった空間として、全体を見通せるようなものであってはならない。一歩歩むたびに、新しい小道が開け、新しい風景が眼前に生じてくるようでなければ、それはけっして宿神的空間とは言えないだろう。植物は人に見られるものではなく、逆に人が植物によって見られるようになる。前-空間では主客の分離がおこりにくい。その影響が庭園のすみずみまで浸透しているので、このタイプの庭園を歩いていると、人はだんだんと主体としての意識を薄くして、瞑想的な静けさの中に入り込んでいくようになる。たしかにこれも「六輪一露」に説かれていたとおりのことではないか。

このように宿神を家業の守り神とする「諸職」の職人や芸人たちのつくりあげてきたものは、どれも空間として特異な共通性をそなえているように見える。運動し、振動する潜在空間の内部から突き上げてくる力が、現実の世界に触れる瞬間に転換をおこして、そこに「無から有の創造」がおこっているかのようにすべての事態が進行していく、そういう全体性をそなえた空間を、職人や芸人たちは意識してつくりだそうとしてきたようなのだ。

こういう特徴は、この列島で育てられてきたほとんどすべての技術の思考のうちに、形を変えて浸透している。とくにそれは流体を扱う技術に顕著である。たとえば、日本に最初に生み出された体系的なマニュファクチュア（手工業）である捕鯨を取り上げてみることができる。この技術は江戸時代はじめの頃の紀州・太地《たいち》でつくられた。太閤秀吉の「海上平和令」によって活動の場所を失った水軍技術の伝承者たちがその技術を、水中の偉大な運動者である鯨を捕獲する技術へと転用しようとする試みの中から、それはおこったのである。

水中を悠々と行く見えない相手を、なんとかして海上に引き上げること。捕鯨の技術を開発することで水軍の末裔である漁師たちが実現しようとしたことは、金春禅竹が「六輪一露」によって描いた芸能の構造と、完全な鏡像関係にある。猿楽をはじめとする芸能は、目には見えない潜在空間の内部から自分の意志によって存在のほうに向かって突き上げてくる力を、繊細にもてなし、受け取ることによって、現実の世界への美的な出現をかなえようとするのである。これに対して捕鯨の技術では、水中の生を楽しんでいる鯨に挑発を仕掛け、戦いを挑んでいくことによって、それを海中の外に引き出そうという試みである。

ハイデッガーならば、芸能は「ポイエーシス」のやり方で、存在のあらわれを受け取ろうとする行為だが、捕鯨は同じことを「テクネー」の挑発的な手法によって、存在を無理やりに引き出そうとする行為であると言うだろう。しかしこの日本の古式捕鯨を、アメリカで発達した搾油を主要な目的とするモダン捕鯨の形と比較してみるならば、古式捕鯨の「芸能性」がきわだってくるのではないだろうか。

古式の捕鯨をおこなう漁師たちは、たしかに「テクネー」の手法で鯨を挑発する。水軍の技術がこのとき有効に利用される。高速走行船で船団を組んで、はるか沖合を泳いでいく鯨を包囲してしだいに追い込み、その巨大なからだに銛を打ち込んでいく。最後には勇敢な若者が海中に飛び込んで、直接鯨の体にしがみついて、トドメを刺す。

しかしそのときである。断末魔の鯨がまさに最後の呼吸を終えようとするその瞬間、古式捕鯨は自分が無の領域から有を引き上げる、転換の技にしたがっていたことを、はっきりと自覚するのである。古式捕鯨はどこまでいっても、芸能としての全体性を失うことがないのだ。陸に曳き上げられて、とうとう髭一本までも無駄にすることなく鯨の身体を利用し尽くしていくその最後の作業の工程にあっても、沖合に広がる深く広い潜在空間としての海の中を悠々と進む、目に見えない巨大なる「強度」の存在が、漁師たちには強く意識されているからである。

漁師たちの守護神はエビス神である。この神はしかし、無の潜在空間の中から富を取り出してくる福神として、宿神との深い結びつきをそなえている。捕鯨の技術は、無から有を引き出す技として、まぎれもない芸能性をそなえたものとして、職人の技術となじみやすい性質をもつ。そのために、じっさい太地《たいち》で発達した捕鯨のマニュファクチュアの体系は、機織りのマニュファクチュア化にそっくり転用されて、京都西陣にひとつの産業を生み出すことさえしたのである。

こういう事例を積み重ねているうちに、私はしばしば、この列島で発達した技術的思考の深層の部分には、いまもこのような「宿神的思考」のエッセンスが生き続けているのではなかろうか、という思いにかられる。ソニーやホンダや島津製作所や浜松ホトニクスなどの技術のもっとも創造的な部分に、「宿神的なもの」が潜んでいる形跡はないか。現代テクノロジーの先端で、「六輪一露」のトポロジーが有効な働きをおこなったたしかな痕跡はないか。私は目を凝らして観察を続けているのだ。

日本のマニュファクチュアの基礎をつくったと言われる「古式捕鯨」の例を見てもわかるように、その体系は動きも思考も生理も違うさまざまな異質領域の間を、つぎつぎに「接続」していくインターフェイスのつながりとしてできている。舟を操る水夫《かこ》の身体の動きは水中を猛スピードで泳いでいく鯨の動きに合わせて、たくみに変化していく。水中に飛び込んで鯨にしがみつく若者にいたっては、自分の存在のすべてを鯨の動きにゆだねてしまっている。つまり、そこでは鯨の運動をいきなり銛銃で打って停止させてしまう近代捕鯨の思考とは異なり、まず人間と鯨の間に柔軟に変化するインターフェイスをつくりあげたうえで、おもむろに鯨の動きを停止させていこうとする思考が優先されている。そして髭の加工にいたるまで、つぎつぎと性質の異なる行為を、たがいの異質性をある程度保ったままつないでいくインターフェイスの体系として、このマニュファクチュア体系はつくられている。

このような視点に立って、日本人が得意としてきた技術の世界を見直してみると、そこに

「一神教的テクノロジー」とは、根本的に違う思考法が有効に働いてきたことを確認できるのである。性質の違うものを、単一の原理に無理やり従わせて均質にならしてしまうのが「一神教的テクノロジー」のやり方であるとするならば、異質なものの異質性をたもったまま、おたがいの間に適切なインターフェイス＝接続様式を見出すというこの列島で発達したやり方は、「多神教的テクノロジー」とよぶことができるかも知れない。

テクノロジーはけっしてひとつではないのである。人間が頭で考え出したプログラムにしたがって、自然の側を制圧し、変化させてしまおうとするテクノロジーばかりではなく、自然の側からの反応や手応えを受けつつ、人間の行為の側を変化させていくことによって、人間と自然の対称的な関係にもとづく、対話の様式としてつくりだされるテクノロジーというものもある。金春禅竹がはっきりと取り出して見せた宿神のトポロジーは、まさにこのような構造をしている。いま私たちが「職人」の精神を再発見する必要を痛切に感じ始めているのは、まったくこうした理由によるのである。

＊　＊

それにしても、宿神＝シャグジの空間はプラトンの言う「コーラ chola」というものに、そっくりである。概念としてのその成り立ちといい、おたがいが言わずもがなの対抗者と考えている相手といい、そこから生まれてくる芸術や技術のタイプといい、宿神とコーラはまるで兄弟のように親しい間柄に見える。

じっさい紀元前五世紀頃（日本列島に展開した縄文文化は、このときすでに晩期に入っている）のギリシャで、プラトンが『ティマイオス』を書いた当時、コーラに似た概念はおそらくスピリットの働きを思考するために、ユーラシア大陸の広い範囲でじっさいに使用されていた「野生の思考」の知的道具なのであろうと推測される。プラトンはそれをいかにも唐突なやり方で問題にするのであるが、その口ぶりを見ていると、どうもその概念はギリシャかその周辺地帯の古い伝統の中で使われていて、プラトン自身か弟子のうちの誰かが耳にして記憶しておいたものを、『ティマイオス』というそれまでのプラトンの著作の流れからすると「異端」的な作品をものするにさいして満を持して持ち出してみせた、という印象を受ける。

それほどまでにコーラは異形な概念なのである。プラトンはそれまで「善なるイデア」の概念を中心にすえて、思考を展開してきた。ディオニソス祭が古代ギリシャに持ち込んだ〈一なるもの〉という一神教的な概念は、女性たちのトランスの最中に直観される神秘的な概念であったために、ポリスの伝統である社会における個人の「責任」という問題を、根底から動揺させた。そこでプラトンはこの〈一なるもの＝イデア〉の本性が善であると考えることによって、ギリシャ世界の危機を思想のレベルで乗り越えようとしたのである。「善なるイデア」はすべての人間に分有されている。こう考えれば、超越的一者と個人の責任の問題との間に、たしかな結合をつくりだすことができるだろう。

しかし、コーラはこのような「善なるイデア」とは、まったく異質なつくりをしている。

イデアは転写によって、父から子に伝達される。モデルがコピーされるやり方で、この「善なるイデア」はあらゆる人間によって分有されるものとなるのであるが、コーラにはこのような父性的な本質がいっさい欠如しているのだ。コーラは「母」である、とプラトンはいきなり宣言する。そして、それは「父」とも「夫」とも「子」とも関わりのないやり方で、自分の内部に形態波動を生成する能力を持ち、その中からさまざまな物質の純粋形態は生まれてくるのであるとして、つぎのように語るのである。

> それは、あらゆる生成の、いわば養い親のような受容者だというのです。……そのものは、いつでも同じものとして呼ばれなければなりません。何故なら、そのものは、自分自身の特性（もしくは機能）から離れることがまったくないからです。――何しろ、そのものは、いつでも、ありとあらゆるものを受け入れながら、また、そこへ入ってくるどんなものに似た姿をも、どのようにしてもけっして帯びていることはないからです。というのは、そのものは元来、すべてのものの印影の刻まれる地《じ》の台をなし、入ってくるものによって、動かされたり、さまざまの形を取ったりしているものなのでして……。（『ティマイオス』種山恭子訳）

万物の「母《マトリックス》」であるコーラは、プラトン哲学のいわば「後戸」に出現を果たすのである。この哲学の体系の前面には、光と輝きにみちた「善なるイデア」が据えられている。イデアは同一性をつくりだす。その内部には動揺や差異がセットされていないから、モデル－コピーの関係を通じて同一性の伝達はおこなわれるけれども、みずから変化や運動をおこすことはない。

ところが、コーラはたえまなく動き、変化している。そのためにありとあらゆるものを自分の内部に受け入れながら、そこに入ってくるどんなものとも似ていない。コーラはたえまなく揺れ動いているから、いたるところに不均質な力線が充満している。このようなコーラを、プラトン（とその思考の背後にある野生の思考の伝統）は、母なる受容器と呼ぶ。私たちになじみの深い言い方でこれを言いかえると、コーラとは「胞衣」なのである。

コーラはこのように、私たちの宿神ときわめて多くの共通点を持つ。まずどちらも、光の原理をあらわすさまざまな概念や神々のイメージの「後戸」に、いつも立っている。コーラは「善なるイデア」の後戸に立って、同一性のうちに静止していこうとするその光の概念に、背後から動揺と振動を加えることによって、いわば観念にマテリアルな運動性を注入しようとしている。プラトン哲学の体系では、「善なるイデア」とこのコーラとのつながりが、いまひとつ考えぬかれていない嫌いはあるが、それでも同一性の思考の後戸に立つ、この絶対的な差異と生成の原理がなければ、イデアと物質との間のつながりを思考することさえできなくなってしまうだろう。

宿神もさまざまな神仏の後戸に立つ。宿神の申し子である芸能の徒は、じっさいに造形された後戸の空間で、身体をもって舞い、歌うことによって、その空間を振動させ、動揺させることによって、前面に立つ仏や神の霊力を励起させるのだ。宿神の前面に立っている神仏は、列島に国家の思考が入ったのちに出てきたものであり、宿神はそれ以前の非国家的な思考の伝統を伝えている。吉本隆明の言い方を借りれば「アフリカ的段階」をあらわす宿神の前面には、「アジア的段階」を象徴する神仏が立って、ひとつの宗教的複合体をつくっている。この複合体の中で、「アジア的段階」の神仏は自分自身で霊力を発動させることはできない。後戸の場所で激しく振動しながら霊力を発動させている「アフリカ的段階」の宿神的なスピリットの働きがあってはじめて、この複合体の全体は生命をもって人々に恵みを与えることが可能になる。

コーラは子宮《マトリックス》であると言われている。同じようにして、宿神もミシャグチも子宮であり、胞衣だと考えられていた。その中には「胎児」が入っていて、外界の影響から守られている。つまり、コーラは差異と生成の運動を同一性の影響から守り、宿神は非国家的な身体と思考の示す柔らかな生命を、外界を支配する国家的な権力の思考から守護する働きをおこなってきたのだ。

こうして私たちは、プラトン哲学の後戸の位置にコーラの概念を発見するのである。この概念は、極東の宿神＝シャグジの概念との深い共通性を示してみせるのだが、それはおそらく、かつてこのタイプの存在をめぐる思考が、新石器的文化のきわめて広範囲な地域でおこなわれていたためだろう、と考えるのが自然ではないか。コーラという哲学概念のうちに、私たちは神以前のスピリットの活動を感じ取ることができる。西欧ではいずれこのコーラの概念を復活させる運動の中から、現代的なマテリアリズム（唯物論）の思考が生まれ出ることになる。その意味では、マテリアリズムそのものが哲学すべてにとっての「後戸の思考」だと言えるかも知れない。

＊　＊

宿神とコーラはほんとうに近い、ということがわかった。すると奇妙なことに、西田幾多郎と田邊元によるいわゆる「日本哲学」と宿神的思考との近さという、思ってもみなかった新しい問題が浮上してくることになる。

西田幾多郎が日本に最初の「近代哲学」をつくりだそうとしたとき、自分の直観する思想を概念として創造するために、彼は進んでプラトンのコーラを概念創造のためのお手本にしたのである。そのあと、田邊元が西田の影響を受けながら独自の思索を開始したときにも、コーラは西田のケース以上に決定的な重要性をになうことになった。そして、最終的な形に整った「田邊哲学」をよく見てみると、そこには金春禅竹が表現したような「宿神哲学」とそっくりの思考の身振りを、いたるところに発見できるのだ。コーラの概念をなかだちにしてみるとき、「日本哲学」の意外な本性があきらかになってくる。

西田幾多郎は『場所』という文章のはじめに、こう書いた。「私がこれから考えようとしているのは、プラトンのコーラにたしかに関わりはあるが、私はプラトンと同じことをするつもりはない」。この論文で、彼は「無の場所」という新しい概念を打ち立てようとしたが、そのさいに「存在の母なる受容器」と呼ばれるコーラの概念から、じつはきわめて大きな影響を受けているのだ。

西田の思考は、ファルスによって支配されないロゴスの働きを求めていた。父性的なファルスが「主語面－述語面」からなる何かの命題を語るとき、そこにはつねに語り残されるものが発生する。そこで思考はその語り残されたものの跡を追って、述語面の奥底へと分け入っていくことになろう。そして述語面の底にたどりついて、そこから超越を果たすと、新しい平面があらわれてくることになる。その平面でもまたファルスは「主語面－述語面」からなる命題を語り出すのだが、西田的思考の欲望はここでもつぎなる「述語面への超越」をおこなって、さらに深い平面を開いていこうとする。

こうしてロゴスは「述語面への超越」を繰り返した果てに、いつしか「無の場所」にたどりつくのである。「無の場所」はすべての存在の述語面として、いっさいのものを包摂する受容器となる。「無の場所」ではもはやファルスが真理を語り出すのではない。名付けることもできず、言表することもできない、優しい光の充満するその「場所」で、同一性に捕獲されることから逃れ続ける差異の群れ（絶対矛盾）が、たがいを照らし出し合うことのうちから意味が発生する、永遠のプロセスが繰り広げられていく……。

西田幾多郎はここでたしかに「プラトンと同じこと」はしていない。しかし、プラトンと別のものを対象としているのではない。彼が語りたいと欲望しているのも、やはりコーラなのだ。それをプラトンとは違う流儀で論理的に語ることによって、西田はこの列島に土着してきた一つの思考様式の本質を、明確な形で取り出そうと試みた。「場所の論理」は「コーラの思考」と深層でつながっている。そして、「コーラの思考」はと言えば、同じ野生の思考の仲間として、私たちの「宿神的思考」とは兄弟の関係にある。するとこうなる。西田哲学の「場所の論理」は「宿神的思考」の異文《ヴァリエーション》の一つにほかならない。

このことが田邊元の哲学的思考になると、もっと露骨にあらわれてくる。西田幾多郎はコーラ的な概念のもつ包摂者、受容器としての側面に注目した。これに対して田邊元は、その受容器＝胞衣の内部で激しく振動しながらたえず変化を生み出している質料《マテリアル》の示すカオス的運動のほうに、自分の哲学の力点を置いた。田邊は受容器＝胞衣の中から出現して、有と無の激しくせめぎあう境界領域でくりひろげられる概念の舞踏こそが、コーラの本質であると考えたのだ。彼は自分と西田幾多郎の哲学との違いを、こんな風に表現している。

私は宗教に関して語る資格の最も乏しき者であるが、想うに宗教の立場というのはこのごときものではあるまいか。西田先生が絶対無の自覚と呼ばれたのはかかるものであると思う。もし果たしてしかりとするならば、哲学と宗教とはその本性上合一すべからざるものといわなければならぬ。何となれば、宗教はすべての動を包む絶対の静であるに対し、哲学はあくまで静を求むる動だからである。前者はすべての動を静化する立場であるに反し、後者はかえって静を暫定化して常に動に転ずる立場である……しかるに哲学を宗教化することはこの区別を没し、単に極微の方向動性としてでなく積分的全体として、超歴史的絶対的なるものを体系の principium とし、その限定によって歴史的相対的なるものを秩序づけ組織することに帰着する。私が西田先生の哲学にたいして懐く根本の疑惑はこの点に関するのである。(「西田先生の教を仰ぐ」)

西田哲学の語る「絶対無」の寂光の背後で、田邊の思考は激しい動勢に身をゆだねる決意を固めている。この時点ですでに、田邊哲学は西田哲学にとっての「後戸の思考」としての特質をあらわにしている。自分がそれを生きている土着の思考に、確実な哲学的表現をあたえようとした西田幾多郎は、本能的にプラトンのコーラの概念に着目したのである。コーラの概念は、西欧哲学の内部に取り残された、野生の思考のかすかな痕跡なのであった。西田はその不思議な概念のうちに、自分の抱えている思想的課題を解くための、重要な鍵を見出して、それを「無の場所」と名づけて、土着思想の組織化の仕事に乗り出したのである。

しかし、「無の場所」が空間としての特質を強くもつようになると、すべてを包摂する受容器としての側面が強調されるようになった。こうして創造的概念として生み出されたものが、しだいに「静化」の態勢に向かうとともに、西田哲学は全身をもって寂光の中に進み出ることになってしまった、と田邊元は考えた。

そこで彼は自ら進んで、寂光を放つ西田哲学の後戸の場所に立て籠もったのである。そこで彼は激しい思考の舞踏をもって、その後戸の場所を振動させようと試みた。コーラ的な思考に静態への傾きを持ち込みかねない「絶対矛盾的自己同一」ではなく、あらゆるレベルで有と無がめまぐるしい転換を繰り返す「絶対転換」をもって、後戸の空間の原理とするのだ。自分の立っている空間の前では、光充ちるお堂の中で、すべてを包摂する哲学の真理が語り出されている。しかし、薄暗い後戸の空間に依拠する自分は、そこで思考の鈴を激しく振動させながら、むしろ哲学ならぬ「非哲学」を語り続けよう。ここはいったいコーラなのか。そうでもあり、そうでないような気もする。しかし、この後戸の場所がひとつの普遍に通じていることだけは、間違いあるまい。

興味深いことに、近代に誕生した「日本哲学」は、生まれてまもない頃に、すでに芸能や宗教の領域で実現されてきたあの二重構造をとることになったのである。前面には「正しさ」や「威力」や「真理」を体現する者たちが、寂光の中に立つ。ところがその背後には、後戸と呼ばれる空間がそなえつけられて、そこで質料《マテリアル》をそなえた身体と思考が、有と無がめまぐるしい勢いで転換をおこしながら、激しい振動を発するのだ。

田邊元の哲学的思考がそこで、「後戸の芸能」ならぬ「後戸の哲学」としての実践をおこなった。真理を語るのが哲学であるとすれば、「後戸の哲学」はもはや出来上がった真理を語るのではなく、真理そのものが生まれ出てくる前哲学的な空間を、実践的につくりだそうとするという意味で、ひとつの「非哲学」であると言うことができるだろうが、それこそ、これまでの哲学者は世界をただ解釈してきただけであるが、我々は世界を変える実践をおこなうのであると言ったマルクスの「非哲学」に、これはつながっていく思考である。

田邊元は哲学における猿楽の、みごとな演者であったのかも知れない。その思考は偉大な西田幾多郎の哲学思考をミミックしながら、それを別のものに変容させてしまおうとしたからだ。もしも田邊哲学に守護神などというものがいるとしたら、それはまちがいなく宿神であろう。

第十一章　環太平洋的仮説

宿神をめぐる私たちの旅は、大きな円環を描いて、ここでふたたび出発点に戻ってくることになる。ここまでやってきてふと立ち止まってみると、一つの伝説が不思議な光彩を放ちながら、あらためて私たちの前に立ちあらわれてくるのである。

ご記憶の方もいらっしゃるだろう、大和猿楽四座の中でもっとも古い歴史を持つと言われる金春座（円満井座）には、自分らの先祖を聖徳太子の頃の有能な財務官僚であった秦河勝にさかのぼろうという、一族の伝承が残されている。それによると、昔、欽明天皇の時代（六世紀中頃）に初瀬（泊瀬）川に大きな洪水があり、濁流とともに川上からひとつの壺が流されてきた。これを発見した人々が不審がって、磯城《しき》島《しま》のあたりで拾い上げてみると、中からきれいな生まれたばかりの男の子が出てきた。抱き取ってみると、その子は特殊な能力を使って、そばにいた大人の口にこう言わせた。「ぼくは中国の秦の始皇帝の生まれ変わりなんだよ。日本に生まれる因縁があって、こうしてやってきました。急いでぼくのことを宮廷に報告してください」。こうして子供は天皇のもとに届けられ、その庇護のもとにすくすくと成長して、のちには上宮（聖徳）太子の信任厚い政治家となった。猿楽の芸態そのものをはじめて確立したのも、この秦河勝であったのである。猿楽でもっとも重要視される「翁」は、この河勝の姿を表現したものだとも言われている。

この伝承に、朝鮮半島からの渡来民であった「秦氏」の存在が、何重もの意味で大きな影を落としていることは、すでに話した（第二章）。世阿弥や禅竹の頃には、初瀬川の流域、磯城島（いまの磯城郡）のあたりを中心にして、「長谷川党」というなかなか有力な武士団が活躍していたが、この武士たちのもともとの出身は秦氏で、しかも猿楽の円満井座とは先祖を同じくしていたのである。そのため長谷川党の人々は、金春座や観世座の芸能活動に、強力な援助を与えてくれていた。

壺が濁流に飲まれたあたりは、初瀬川の水源に近いあたりで、宿神としての性質を大いにそなえている十一面観音が祀られている。そこから初瀬川は、東から西へと流れを変え、三輪神社の奥山である巻向山の麓を流れていくが、そのさきに、壺が流れついたとされる磯城島がある。じつはこの磯城島こそ、奈良盆地における秦氏のもっとも重要な開発地だった。このあたりには秦氏と関わりの深い「多庄《おお》」や「秦庄」などの地名が、いまも残されていて、そこにはかつて秦氏の氏寺であった秦楽寺がある。文字どおり「秦の楽人の寺」の意味である。秦氏の出身者は律令制度の中で、音楽を専門とする「楽戸」に属することが多かった。この秦楽寺はそうした楽戸の集会所として機能していたのではないか、と推測されている。

幼児の姿をした秦河勝をつめた壺が、秦氏の開発地の中を初瀬川にそって流れ下りていったわけである。そして壺が拾い上げられた地点は、のちに秦氏の楽人や猿楽者たちが多数住みついたあたりであり、なにからなにまで秦氏の開発史と関わりをもつ伝承だということは、はっきりしている。そればかりか、壺から出てきた不思議な子供は、自分は秦の始皇帝の生まれ変わりだと宣言している。秦氏は古くから、「秦」という名前が秦の始皇帝とつながりがあると主張してきた。その点からすると、この不思議な子供の宣言していることは、後世の秦氏の人々の主張と完全に一致している。つまり、なにからなにまで、猿楽の祖秦河勝をめぐる伝承は、秦氏の所有物としての特徴をしめしているのだ。

このことは、私たちに興味深い問題を突きつけてくる。たとえば、猿楽伝承に言う、不思議な子供を詰めたまま水中を流れてきた「壺」である。私たちはすでに、この壺の持つ意味を、ミシャグチ＝宿神との関わりの中で理解しようとしてきた。ミシャグチの神をめぐる伝承においても、芸能者の伝える宿神の伝承においても、卵のような形をした、なにかの容器状のものに包まれて出現する童子のイメージが広くゆきわたっている。

このような容器はしばしば新生児を包む胞衣として描かれることが多く、この胞衣の内部に、現実の世界とは異なるドリームタイム状の時空間が、柔らかい運動を続け、その中に不思議な童子が守られているというイメージである。このようなイメージは、縄文文化との深い連続性を保ちながら発達をとげてきた諏訪信仰圏の神ミシャグチにも、はっきりと認めることができる。つまり、秦氏系の古代朝鮮文化とは直接の結びつきを持たないところにも、中空の容器に入った子供の神をめぐる神話的思考を、たしかに認めることができて、しかも、秦氏が伝えた古代朝鮮の神話的思考と、ミシャグチ的な「古層の神」をめぐる思考とのあいだには、とても偶然とは思えないような深いレベルでの共通性が存在しているように思えるのである。

後戸の空間は、どうやら時間の軸を遡行したり、存在の構造を底のほうに向かって潜っていったりするだけではなく、民族や国家の壁を自在に越えて行き来できる能力を備えているらしい。「翁は宿神である」、金春禅竹がこのように断言したとたんに、能＝猿楽をめぐるナショナルな幻想はぐらぐらと動揺をはじめる。「古層の神」としての本質をもつ宿神という存在が、猿楽を日本文化のアイデンティティの向こう側に広がる、広大な人類の神話的思考の領域に連れ出していくのといっしょに、それを東北アジアの古代文化に、さらには環太平洋神話学の広大な世界へと押し広げていってしまうのである。お納戸のような薄暗い後戸の空間の向こう側には、じつに広々とした世界がひろがっているのだ。

＊　＊

『日本書紀』皇極天皇三年の記事として、秦河勝をめぐるこんな話が載せられている。東国の富士川のあたりに大生《おほふ》部多《べのおほ》という男がいて、「養蚕《かいこ》」に似た大きな虫を神様としてお祀りすることを、村人に勧めた。多はこう語った。「これはただの虫にあらず。常世の神である。この神は威力のある福神であるから、これをお祀りする者には、富と長寿があたえられる」。虫の姿をしたこの常世の神は、駿河の国にたちまち大流行した。人々は常世の虫をいただいてきて、清浄な祭壇をつくってそこに安置し、この祭壇のまわりで歌を歌い舞いを舞って狂乱した。それればかりか、より多くの富を得るにはまず財産を捨てる必要があるというので、わざわざ貴重品を捨てたり壊したりする過激な行為に走ったのである。そこで「葛野の秦造《はだのみやつこ》河勝、民の惑はさるるを悪《にく》みて、大生部多を打つ」という事件に発展したのである。

駿河国には秦氏の開発地があった（天平時代の駿河国の納税記録帳に、秦忌寸粟という人物の名前が出ている）。それに「多」ないし「大」という名前からも、この事件の当事者である大生部多が秦氏の関係者であったことが推測される。その多が蚕によく似た虫を、富と長寿をもたらす「常世神」に仕立て上げたのである。虫の姿をしたこの常世神には、私たちのミシャグチ＝宿神との類似点を、たくさん認めることができる。

蚕は幼虫のときには、芋虫のように地面を這う虫である。それが十分に成長すると口から糸を吐いて、自分のまわりに繭の殻をつくって、その中に籠もること数週間、繭の内からあざやかな色彩をした羽根をもった蛾があらわれてくる。この虫は、ミシャグチのように、殻に包まれて守られている間に、見えない殻の内部で劇的なメタモルフォーシスをおこなって、現実の「見える」世界の中に出現、「みあれ」するのだ。これは諏訪信仰圏で、ミシャグチが胞衣の中で成長して、童子として出現すると考えられているのと、よく似た考え方である。秦氏系の多は、このような虫を神にして、新興宗教をはじめたが、それが大流行して過激なポトラッチにまで発達してしまったところで、社会的に危険な運動になりはじめていた。そこで、秦氏全体にとっての首長格の存在であった秦河勝が、多を処罰することによって、この新興宗教騒動に終止符を打ったというわけである。

ここには、興味深い共鳴現象がおこっているようである。蚕の中で不思議なメタモルフォーシスをとげる虫を、富を増殖させ、長寿をもたらす常世の神とする思考は、虫の吐く繭から絹糸を取る技術をこの列島にもたらした、渡来系の秦氏の伝統の中に潜在している神話的思考なのであろうが、その考え方に触れた東国の人々が、この虫を即座に神として認め、それをおおいにもてはやしたという記述には、おそらくは縄文的な思考伝統を持つこれら東国の人々にも、同じ思考法が共有されていた事情を物語っている。

人は自分の思考法の中に潜在している構造と同じ形をした思考に出会うと、すぐさまそれを自分のものとして認める傾向がある。大生部多がこれみよがしの口上とともに、おごそかにご開陳してみせた蚕の姿をした常世神というものを見たとき、縄文的思考はそこに自分の抱いてきた神話的思考の、真新しい形態をした目に見える表現者を認めて、即座にそれを自分たちのものとして受け入れたのではないか。縄文的な思考の中からは、ついぞこのようなユニークな表現者はあらわれたことはなかっただろうが、いったんそれを見たとたんに、それが自分たちの思考に潜在している重要な構造を、じつにスマートに表現してみせていることに気づいて、人々は多の主張していることを真として、認めたのである。ミシャグチを生む潜在的な思考が、蚕の姿をした福神＝常世神のうちに、いままで実現されたことのない自分の可能性を発見して喜んだのだとも言える。

このとき大生部多が利用したのは、秦氏の伝統が伝える朝鮮半島に発達した神話的思考の

構造である。新羅《シンラ》の始祖王は「赫居世《カクキョセイ》」とも「閼智《アチ》」とも呼ばれる。この王は天から卵として降臨している。閼智の「アル（알）」は朝鮮語で卵を意味することばであり、この「アル」は輝かしい子供を意味する「アキ」に通じている（三品彰英『日鮮神話伝説の研究』など）。この神話から推測されるのは、卵や玉や蚕のようなかっこうをした、密封された狭い空間の中に威力あるものが宿り、それが内部で変態をおこして、一定期間がたつとその中から聖なる力が小さ子の神として出現するという思考が、そこでも大きな働きをしていたことである。

また新羅第四代の王「脱解」にも、水界の女性とのつながりを与えられた同じ卵生のテーマが、『三国史記』にはこんなふうに語られている。

　脱解は本多婆那国の生まれである。その国は倭国の東北一千里のところにある。はじめその国の王は、女国の王女をめとって妻とした。さいわいにして王女はほどなくして懐妊した。しかし、子供はなかなか生まれない。七年も妊娠を続けて、ようやく産み落としたのが、巨大な卵であった。王は驚いてこう言った。「人間が卵を生むなぞというのは、まことに不吉なことだ。すぐに捨ててしまいなさい」。しかし、王女はその卵を捨てることの悲しみに耐えきれずに、絹でその卵とほかの宝物をいっしょにくるんで、密封した箱船に載せて、海に流すことにした。うつぼの箱船は波に乗っていずこともなく流されていった……卵を載せた箱船は辰韓の阿珍浦口に漂着した……そこへたまたま通りかかった海辺の村のおばあさんが、縄を箱船に投げかけて、海岸に引き上げた。おばあさんは船を開いてみてびっくりした。中にかわいい男の子が乗っていたからである。おばあさんはこの子供を拾い上げて、育てることにした。(金富軾撰『三国史記』)

朝鮮のモーセは巨大な卵として生まれ、穴のない密封された船に乗って海上をさまよう間に、劇的なメタモルフォーシスをとげて、人間の世界に出現している。この卵を蚕の殻や胞衣のように見立てることもできる。すると、未来の新羅王は蚕の幼虫や宿神のように、外部の影響から護ってくれる保護膜に包まれたまま、母親の羊水のような海の中を長い間漂流しつづけ、その間にサナギのような変態を繰り返したあげくに、ようやく殻を破って外へ出てきたのだと言える。閼智も脱解も、密封された空間に包まれて生まれている。おまけに脱解をつめたうつぼの容器などは、延々と水中を流されて、人の世界にたどり着くのである。

このような新羅建国神話の結構をそっくりそのまま利用しているのが、秦河勝の出現を描く猿楽の徒伝承の物語であることは、ここまでくるともう疑うことはできない。秦氏は自分たちの先祖の偉大さを描くのに、王の誕生をめぐる新羅や加羅に伝承されていた神話の構造をたくみに利用したのである。そのとき卵は壺に変化している。その変化にはおそらく、秦氏の世界にいた巫女たちが、霊力《タマ》をつめる容器として、しばしば壺を使っていたことが影響しているのだろう。この問題を追求した大和岩雄は、つぎのように書いている。

「蚕《かひこ》」と「卵《たまご》」について折口信夫は、「かひは、密閉して居て、穴のあいて居ないのがよかった。其穴のあいて居ない容れ物の中に、どこからか這入って来るものがある、と昔の人は考へた。其這入って来るものが、たまである。そして、此中で或期間を過すと、其かひを破って出現する。（中略）其容れ物にうつぼ舟・たまご・ひさごなどを考へたのである」と書いている。このように、「魂《たま》」の入った「児《こ》」が「蚕《かいこ》（殻児）」「卵《たまご》（魂児）」なのである……。

世阿弥（秦元清）が書いた『風姿花伝』（第四神儀）に、

> 欽明天皇の御宇に、大和国泊瀬の河に洪水の折節、河上より、一つの壺流れ下る。三輪の杉の鳥居のほとりにて、雲客此壺を取る。中にみどり子あり。かたち柔和にして、玉の如し。是降人なるが故に、内裏に奏聞す。（中略）秦河勝是也

とある。天から降臨した「降人」が卵であったという加羅・新羅の始祖王伝承がそのまま秦河勝生誕伝承になっている。卵が壺になっているが、壺は「かひ」「うつぼ舟」で、その中に「みどり子」が入っている壺は「かひこ」である。

折口信夫は、「秦ノ河勝の壺・桃太郎の桃・瓜子姫子の瓜」などは同じ漂着譚とみる。しかし、秦河勝が特に壺の中に入っていたとするのは、朝鮮との関係をぬきには考えられない。三品彰英は、河勝の壺にはふれていないが、「朝鮮の巫女が祭壇に壺を奉安し、それを神霊の依代ないしは容器としていること」「敵意を持つ神霊を逐い払う時、神竿（神

将竿ともいう）をもって逐い迫り悪霊を瓶や壺の中に追い込んで、これを封じて土中深く埋めたり河に流してしまう呪儀」があること。また朝鮮に近い「対馬では社殿のない神社が多く、村はずれの丘や小山の上に壺や瓶を御神体として奉安している実例の多いこと」などをあげて、こうした霊威の伝承や実例は、朝鮮の呪儀とみている。

壺に入って示現した秦河勝について、『風姿花伝』は、更に次のように書く。

彼《か》の河勝、欽明・敏達・用明・崇峻・推古・上宮太子に仕へ奉る。此芸をば子孫に伝へ、化人跡を留めぬによりて、摂津国難波の浦より、うつほ舟に乗りて、風に任せて西海に出づ。播磨の国坂越《しやくし》の浦につく。

ともあり、ここでは「うつほ舟」が登場する。（『秦氏の研究』）

こうしてみると、蚕の幼虫を常世神に仕立てて、駿河国で新興宗教を興した大生部多にひらめいた天才的な詐欺師的思考と、その彼を処罰することによって社会の安定を維持しようとした中央官僚秦河勝の人生を深層で突き動かしていた神話的思考とは、ほんらいが同じ根のところから生まれた同型の思考なのだ、ということが見えてくる。多を動かしていた思考とは、こうである。ドリームタイムの構造をした常世から来訪してくる神は、卵のような「かひこ」に包まれて、現実の世界にあらわれる。「かひこ」に包まれた小さな神は、外界の影響から護られながら、密封された空間の中でメタモルフォーシスをおこない、みごとな成虫となって羽ばたき出る蚕＝蛾のように、変化と変態と増殖を実現する霊的な力の表現なのだ。この力を神として祀ることによって、人は富と長寿を得ること、まちがいがない。

秦河勝のイメージは、それとよく似た思考によってつくられている。ドリームタイムの構造をした空間につまった威力が、この世界に出現してくるときには、卵のような容器に密封されて出てくる必要がある。しかもふつうの人間よりも、ずっと長い時間を、そうした空間の中で過ごすのだ。密封された空間は壺や船のイメージに変容する。母親の子宮の中の、羊水の海を長いこと漂っている、胞衣に包まれた胎児のようにして、この壺船も水中を漂流したあげくに、ようやく人の世界に拾い上げられることになるだろう。その中からあらわれた霊威にみちた子供は、きっと強力の業をおこなって、人々を驚嘆させるにちがいない――たしかに多と河勝は、同じ形をした夢を見ていたのだった。

朝鮮半島からもたらされたこのような神話的思考が、この列島にやってきて、そこに自分の同類を発見したのである。サクチとかシャグジとか呼ばれる独特の精霊が、そこでは縄文時代以来、すなおで生き生きとした活動をおこなっていた。列島土着の人々の話を聞いてみると、シャグジの精霊は胞衣に護られた童子の神であり、母神と一体になって不思議の業をおこなうというのだ。こういうとき、神話的思考はすぐさまブリコラージュの有能さを発揮してみせる。相手の中に同型の思考を認め合った人々は、そこでおたがいの特徴を出し合いながら、新しい概念の創造をおこなうのである。猿楽と日本の技芸の多くは、そのような創造的なプロセスをとおして形成されてきた。

秋の一日、播州赤穂の坂越の浦（兵庫県赤穂市坂越）に立った私は、対岸の生島《いくしま》のうっそうとした原始林をうっとりと見つめながら、ひとつの幻覚を見たのだった。白い陶器で出来た葉巻のような形をした船が、静かに生島に近づいてくる。船にはどこにも窓がない。美しい潜水艦のようなさなぎが、ゆっくりと島に接近してくるのだ。突然、中からハッチが開いて、小猿のように敏捷な身動きをする小さなものが飛び出してくる。大陸風の衣装を身にまとったその小猿は、島の突端に突き出た岩に飛び移り、そこからするするとあたりの樹木の枝につかまって、ゆらゆらと枝を揺らしながら、私に向かって話しかけてくる。小猿のようなその人物は、私に向かって、ぼくがあなたのお探しの秦河勝だよと告げた。それっきりである。

＊　＊

しかし、この幻覚を見て、私の夢想はふくらんでいった。

そのころすでに七十歳を越えていた秦河勝が、本拠地であった山城国太秦《うずまさ》の土地を脱出して、遠く海上をさすらったすえにたどり着いたところが、この坂越だった。聖徳太子の死後、急速に権力を集中しはじめた強力な政敵である蘇我氏の最近の動向に、生命の危険を察知したからである。げんに太子の皇子である山背大兄王とその一族全員は、対応を誤ったために、口実を得た蘇我氏に攻め滅ぼされてしまったではないか。彼に残されていたのは、播磨国の千種川の流域に土着して古くからそのあたりを開発してきた、遠縁にあたる秦氏の一族の親切な申し出を受けて、僻遠の土地への亡命をおこなうという、困難な道だけだった。ひそかに太秦を脱出した河勝の一行は、難波の津から、周囲を厳重に覆って中を見えなくした船に乗り込んで、西の海に出たのである。

数日して、船はゆっくりと坂越の浦に入った。出迎えに出た土地の秦氏の人々が、小舟で近寄ってくるのを見ると、秦河勝は驚くべき身の軽さで、小舟に飛び移り、そのまま原生林生い茂る生島に上陸したのだった。彼はこの島にみちみちている霊気に感動した。「このあたりのカミはなんという」。河勝は出迎えの人たちにたずねた。すると土地の秦氏の長老はこう答えるのだった。

「サクチというカミです。このカミは百年以上も前に、私どもの先祖がこの土地に入植した頃、もともとそこで生活していた土着の人たちによって、すでに祀られていたカミです。はじめのうちは、私たちもこのカミの威力を警戒していました。しかし、土着の人々との間の結婚もたくさんおこなわれるようになり、おたがいの秘密を知り合うようになってから、私たちはおたがい頑なな気持ちを捨てるようになりました。なぜなら、彼らが信じているサクチは、私たちが信じているアルチ（archi）と、あまりにもよく似ていることがわかったからです。私たちのアルチは母神に抱かれた童子の神ですが、サクチも母親の胞衣に護られた童子のカミなのです。どうしてこんなことがおこるのでしょう。この島に土着してきた人たちと私たちとのあいだには、その昔どんなつながりがあったというのでしょう。そんなわけで、私たちもこのあたり一帯をサクチと呼んで、神聖な土地として護っているのです」

「おもしろい話を聞いたものだ。アルチの兄弟がこんなところにいたのか。私もそのサクチとやらと親しくしたいものだ。そのカミはどんな踊りをするのか。どんな歌を歌うのか、くわしく教えてくれないか。どうやら私はこの土地が気に入ったぞ。どれ、お前たちのつくった村を、私にも見せておくれ」

そののち、秦河勝は死ぬまでこの土地を離れなかったという。いまでは彼のことは「オオサケ」の神と呼ばれて、ここの大避神社に祀られている。彼自身がサクチのカミとひとつになってしまったのである。

＊　＊

もっともこのようなことが言われるためには、弥生時代が古墳時代に移り変わる頃に、いちおうの原型をなしたと推測されるシャグジ（サクチ）の概念の、さらに原型をなしたと考えられる縄文時代の思考法の中に、すでに「ドリームタイム的時空を包み込む容器の中から生まれ出る子供神」のような考え方が、見出されているのでなければならない。そうでないと、穀霊的な側面をも持つシャグジの概念の痕跡が、東国のきわめて広い範囲で見出されてきたことの理由を、うまく説明することはできないだろう。

その頃語られていた神話が今日に残される可能性のまったくない縄文時代の人々の思考について、このような探求をおこなうことは、ほとんど希望がないようにも思える。しかし、考古学者の中には大胆な人々がいて、発掘された土器に描かれた図像や、住居の配置構造、石器の置かれている状況などから、その世界でおこなわれていた縄文時代の「野生の思考」を探り出そうとしているのである。さいわいなことに、そういう大胆な探求をおこなっている考古学者たちを、八ヶ岳山麓から諏訪湖にかけて広がる豊かな縄文中期遺跡群をフィールドにしている人たちの中に、幾人もみつけることができる。

彼らはみな藤森栄一の後継者たちだ。藤森栄一は縄文文化の頂点をつくりだした中期の文化の分布圏が、そのあとに続くミシャグチ文化の分布圏とほぼ完全に重なり合っていることに注目していた。縄文の人々の思考と古墳時代以降におもてだった形をなすにいたったミシャグチの思考との間には、たしかな連続性があるにちがいないとにらんでいた藤森栄一のあとを受けて、こうした考古学者たちは発掘された遺物をとおして、その見えなくなってしまった連続性を復元しようと試みてきたのだ。

そういう試みの中から、ここではひとつの実例をとりあげることにしよう。勝坂式として分類されている縄文中期の土器の表面には、図のような模様をしばしば発見することがある。

こうした土器は、日常の用具とは別物として、特別な扱いを受けていたようで、実用に供するのではなく、むしろ思考を表現するためにつくられたものと推測されている。

この土器の表面の図を、考古学者・小林公明の説明によって、くわしく見ていくことにする。このあたりで発見される土物の土器の面によく描かれる図像の例から判断して、土器を抱きかかえるようにしている動物は、蛙であることがわかる。この蛙の背中がぱっくりと割れて、そこから生まれたばかりの子供が、顔を出している。ということは、蛙の背中は女性の性器で、そこから新生児が誕生しようとしている瞬間をとらえたのが、この図像だということになる。小林はそこでこう書いている。

なんと、人面は蛙の背中から顔を出している。だが、すでに見てきたごとく、蛙の背が女性器として表される場合のあることを思えば、怪しむに足らない。したがって、いま蛙より生まれ出ようとする人面は、蛙の子ならぬ月の子であり、新月の光りに譬えられる存在だと看取される。

そして、前後どちらから見ても、この蛙の頭上に人面が戴かれているわけである。すると、これもやはり蛙、つまりは朔月に属す人物であって、月の子に対して母というべき存在、すなわち月母神の姿であろうと解釈するほかない。土器全体としては、月神の体が蛙であり、ふっくらとした器体がその胎内に擬せられているのである。(『富士見町史』)

この解釈が正しいとすれば、ここでも土器でつくられた「壺」そのものが、新しい生命を生み出すマトリックス(子宮)として思考されていたことになる。その表面には、水棲生物である蛙の姿が造形されている。蛙は死の要素をはらんだ両義的な存在であり、月と同じように死と生の要素を渾然一体としながら、おびただしい数の生命の増殖をおこなうのである。つまり、蛙に抱きつかれた壺の内部には、死と生とがひとつになって、まっ暗になった

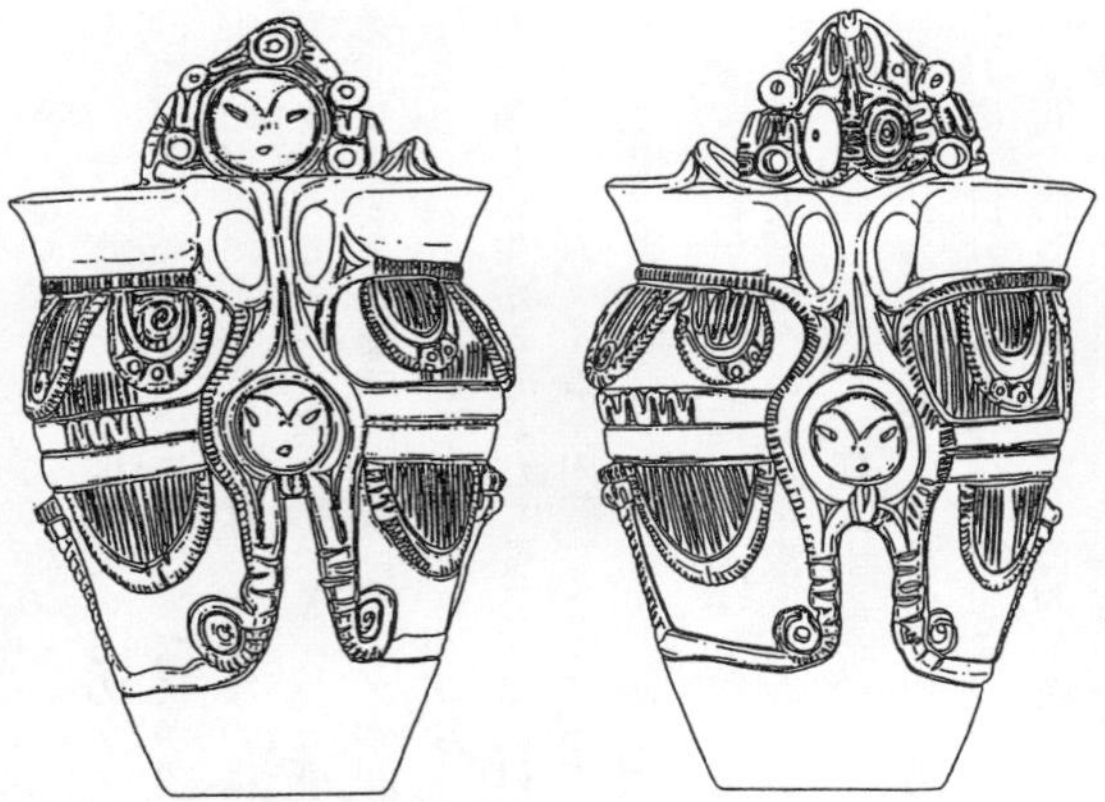

須玉町御所前出土土器（顔面把手付深鉢）

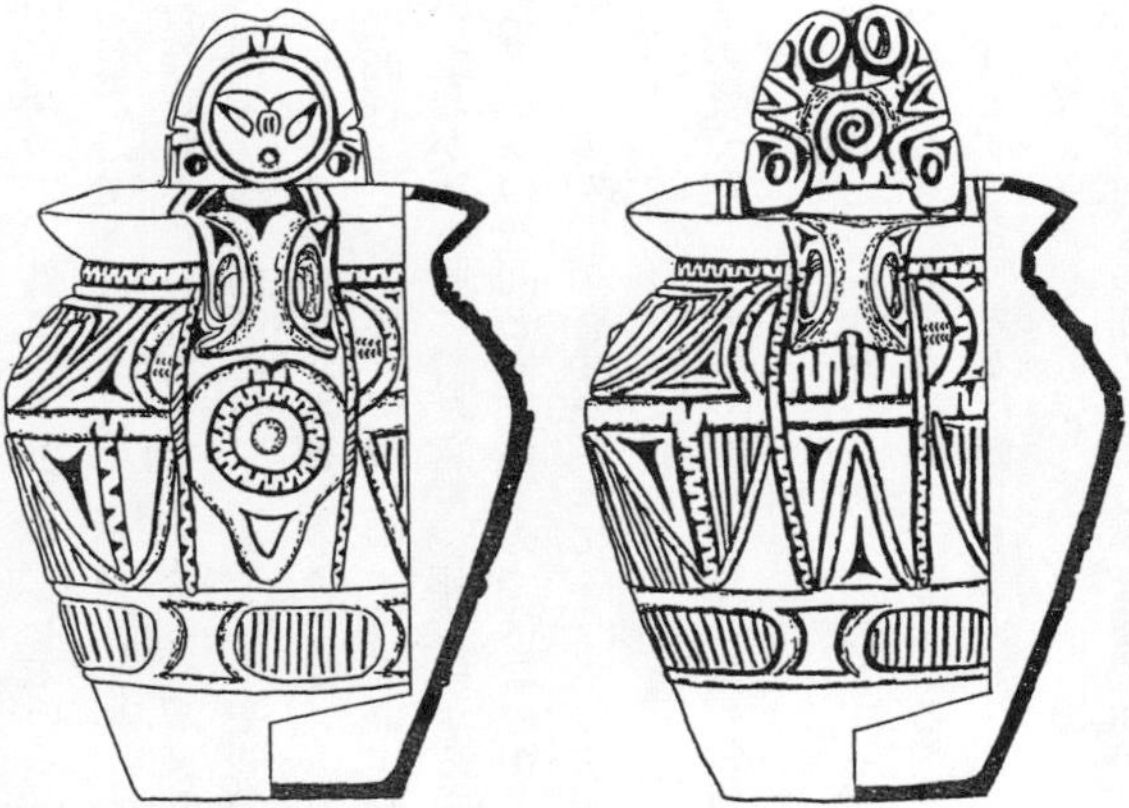

伊那市月見松出土土器（人面装飾付深鉢）

空に新月がまた輝きだすようにして、新しい生命をこの世に送りだそうとしていることになる。不思議の童子は、この壺の中から、蛙の背中を割って、外に顔を出そうとしている。そして、その童子を抱き取っているのが、母である月なのである。

このような壺を祭壇に置いてなにかの観念の行為がおこなわれていたとすると、縄文的な野生の思考にとっていちばん重要なのは、土器で出来た壺の内部に封じ込められた空間の性質であったことが、考えられる。生と死がひとつになってやわらかな運動をくりかえしながら、リズミカルな呼吸を続けている空間。この空間は、「クラインの壺」のようなトポロジーをしている。内部と外部の区別がなく、生はいつしか死の中に溶け込み、死の中からふたたび新しい生があらわれてくる。これはドリームタイムの空間と同質のものではないか。これはドリームタイムを内蔵した壺である。この高次元の空間の背中を割って、子供は現実の世界に出て来るのだ。

この縄文土器の表面に表現されているものとまったく同じトポロジーを利用して、後世のシャグジ=宿神をめぐる宗教と芸能の思考がおこなわれていたことを、私たちはすでにはっきりと見届けてきた。縄文土器をつくりだしていた世界と、シャグジを神の形態とする世界とでは、社会の構造も、経済の仕組みも、技術のレベルも、大きな違いを示している。それなのに、自分たちの存在の根源について思考しようとすると、人々は同じドリームタイム状の空間の構造を利用して、目的を達しようとするのである。

縄文的な野生の思考と、シャグジ的な宗教と芸能の思考との間に、たしかな連続性が存在

顔面把手付深鉢（山梨県須玉町御所前遺跡　縄文・中期　須玉町教育委員会所蔵）

していることを、この例は教えてくれている。柳田国男の『石神問答』があきらかにしたように、このような思考が、かつてはこの列島のいたるところでおこなわれていたのである。朝鮮半島に発達していた神話的思考を携えてこの列島に渡ってきた人々は、そこで縄文社会からの連続性を保ち続けているシャグジ的思考と出会い、両者の間の共通性と差異をたちまちにして了解し、その相互作用の中から、新しい創造が何度も試みられたのだ。後戸の神の来歴を探っていくとき、私たちの前には、東北アジアの全域を巻きこんで展開した、深く大きな思念の全体運動の姿が、浮かびあがってくることになる。

＊　＊

古代の朝鮮半島で発達した神話では、未来の王ともなるべきすぐれた特質をひめた子供が、大きな（ときには金色に輝く）卵の中から生まれてくるという主題が、美しく語りだされていた。この卵を生み、護っていたのは「アル」という音であらわされる母性的な存在であり、その卵の中から出現してくる輝かしい子供もまた、同系統の「アルチ」または「アキ」の音で呼ばれる名前を持ったのだった。

卵が水界との深いつながりを持つことも、これらの神話では強調されていた。卵が海に流されて漂流したり、水源の主である龍によって護られていたという形で、卵と水界のつながりが表現されていた。ここには、あきらかに母親の羊水の中で長い時間を過ごさなければならない私たち人類の、その期間の無意識に蓄積された膨大な記憶が反映されている。

日本の列島に展開した新石器文化である縄文文化の中でも、保護膜に包まれた子供の霊力をめぐる神話的な思考の痕跡を、さまざまな形で発見することができる。みごとに造形された土器の表面に描かれた図像を分析した考古学者たちは、そこに壺＝土器を子宮として、その中からいままさに出現しようとする子供の姿を見出してきた。

祭祀に用いられたと考えられるそれらの壺が、単純な「壺の内と外」という構造ではとらえきれない、複雑なトポロジーの変形を含んでいることに、彼らは気づいてきたのだ。神話的思考の中で、そうした壺は「クラインの壺」としてのトポロジーを与えられている。縄文人の思考が、内部と外部、生と死などがひとつながりになって運動している高次元の空間を、壺＝土器の中に見出しているのでなければ、こういう表現は生まれることはないだろう。

またその社会では、胞衣にたいする異常なほどに高い関心がある。土器の表面に、胞衣をからだの外に流している出産中の女性の姿を描いたリアルな像も残されているし、多くの家屋では、新生児とともにこの世にあらわれた胞衣を壺状の土器に入れて、家屋の入り口付近や敷居の下に埋蔵する習俗も、さかんにおこなわれていた。縄文人が胞衣というものをどのように考えていたかは、ついこのあいだまで人々は出産のあと胞衣を容器に入れて敷居の下に埋めていたという民俗学の報告を読んでみると、だいたいのところ推測がつく。胞衣はあの世とこの世を媒介する中間的な存在だから、畏れられたのである。そうしてみると、縄文人の思考においても、「クラインの壺」の構造を持つ子宮としての壺と、新生児といっしょに流れ出てくる胞衣とが、きわめて密接なつながりをあたえられていたであろうことは、十分に考えられることだ。

このような思考をベースにして、組織的農耕の技術を取り入れた縄文的な社会で、ミシャグチの概念はつくりだされていったのである。ミシャグチは胞衣のような保護膜によって、前の段階（これを「アフリカ的段階」といってもいい）のものである神話的思考を護っている。「クラインの壺」として世界を思考するやり方は、この列島に国家というものが出現してからは、維持することが困難になった。ましてその壺状の空間の内部に宿るドリームタイムの時空間などを、国家の思考は好むと好まざるとにかかわらず、その本性によって破壊してしまうからだ。

シャグジは、そういう国家の思考に直面した土着の人々によって生み出された創造的な概念である。縄文の壺の中に宿っていたスピリットは、いまや農耕にとって重要な水源の樹木の内部に宿るスピリットへと、自分の姿を変化させた。人間と動物は違うものだという考えが広まり、おたがいの間の自由な行き来など不可能になりはじめていた社会の中で、シャグジの思考は、小猿になったり河童になったり狐になったりして、人間と動物の間をつなぐ中間的なカミの姿を、すすんで身にまとうようになった。こうして、ミシャグチという概念が創造されることによって、「日本」という国号を持つようになったこの列島のいたるところに、とてつもなく古い来歴を持つ「非国家の思考」の無言のネットワークが張り巡らされることになったわけである。

猿楽はそこから生まれた。五世紀初頭にはすでにはじまっていた朝鮮半島からの移住の波の中でも、秦氏の存在はとりわけ堅実さと豊かさで、抜きんでたものであった。彼らは高度な鉱山開発と金属精錬の技術を伝え、養蚕と機織りの技術の移植に力を尽くしてくれた。さらに彼らは洗練された芸能を、ひとつの技芸としてこの列島にもたらしたことによって、誉れ高い一族となった。その芸能は、朝鮮半島と中国大陸に発達していたさまざまな思考の様式をもたらしてくれたが、彼らの宗教であるシャーマニズムの根本神話のひとつである「卵生の王」の神話も、その中にあった。

神聖な威力にみちたものは、卵や中空の船によって保護されたまま、童子の姿でこの世界に出現するという神話である。この童子は、現実の力の影響の及ばない、存在の最深部から出現を果たす。つまり、そこは朝鮮版のドリームタイムの時空間なのだ。またそこは先祖の知恵の収蔵場所でもあるから、童子の姿をしてあらわれてくる王は、じつは数万歳の老人でもあることになる。翁にして童子、そのような存在が中空の「かひこ」に包まれて、この世にあらわれるとき、私たちの世界ははじめて「生まれ浄まわり」としての新生を実現することができるという思想である。

猿楽の「翁」の中で、この「卵生の王」と「縄文壺の中の童子＝シャグジ」とが、ひとつに溶け合うのである。堅実な性格をもった秦氏の人々の多くは、中央政治に強力に関与することは、好まなかったようだ。そのかわり、彼らは産業と技芸をつうじて、この列島の暮らしに深く浸透しながら、文化において本質的な創造をおこなった。土着の文化の創造原理と高度な技芸的思考を結合して、列島にも半島にもそれまで存在することのなかった、新しいものをつくりだすのが上手だった。そういう創造的な作品の中でも、とりわけ猿楽＝能の創出は抜きんでている。「翁」がその創造性の象徴だ。

こうして、私たちはあらためて、「翁は宿神である」という金春禅竹のことばの含蓄するものの深さに、驚かされることになる。翁が宿神であることによって、私たちの文化はいっきに東北アジアの過去・現在・未来にわたる数万年の記憶を収蔵した未知の空間へと、押し広げられていく。ここからさらに仮説は膨らんでいく。

最近のDNAを用いた遺伝子考古学は日本人とそのまわりの民族の移動の経路について、正確な方法論によって、思いがけない結果をつぎつぎとあきらかにしつつある。それによると、縄文時代に日本列島に暮らしていた人々の遺伝子組成は、今日バイカル湖の周辺に生活する「古アジア」系と呼ばれる人々と、きわめて多くの共通点を持つと言う。そして、この古アジア人の一部が日本列島に渡ったと思われる時期には、今日の朝鮮半島にも古アジア系の住民が暮らしていたのである。

朝鮮民族の起源についても諸説があるが、その中でも有力な説として、北方のツングース系の人々が古アジア人の住む朝鮮半島に移動してくる過程の中から形成されていったという仮説が考えられている。この考え方が正しいとすると、今日の朝鮮民族よりも早い時期に、日本列島には縄文文化の基礎をつくった人々の移住がおこっている可能性が大きい、ということになるし、朝鮮の卵生神話が国家の創設に関わっているのにたいして、ミシャグジ神など列島の胞衣神たちは、どれも国家以前の思考に深い関わりをもっているという違いを、このことは説明しているのかも知れない。こうしたことからも、シャグジの神ないし精霊をめぐる思考のようなものが、日本と朝鮮の古代文化に少しだけ形を変えて共有されていた可能性を考えることには、ある種の現実性がある。

しかしここでさらに問題を複雑にしていることがある。日本列島の縄文文化の形成には、南方の海洋民族の存在も、大きな働きをしている。またそこには、南中国の揚子江のあたりで発達していた高度な稲作的文化からの影響も無視することのできない重要性をもっている。ところで一方、今日では中国東北部からシベリアにかけての寒冷地に生活しているツングース系の人々は、もともと北方に暮らしていたのではなく、紀元前四千年頃にはずっと南方の中国揚子江流域を源郷としていたという考え方も、提出されているのである。つまり、ツングース系の文化の深層に、中国の少数民族などとも共通の南方的要素が入り込んでいる可能性すら、否定することはできない。シャグジの開く問題は、日本列島や朝鮮半島にさえ、閉じ込めておくことはできないのだ。

シャグジ＝宿神を、このように環太平洋的な広がりをもった思考としてとらえ直してみると、私たちの前に思いもかけなかった可能性が開かれてくる。宿神的思考の記憶は、南北アメリカ大陸から東北アジアをへて中国少数民族の世界へ、かつてのスンダランドに属する島々やポリネシアへと広がっていく、広大な環太平洋圏を舞台にしておこなわれる未来の神話学のなかに、正確に位置づけることさえ可能である、と私は思うのだ。

「翁」の出現する後戸の空間をとおして、私たちの思考は自分の独自性を失うことのないままに、人類の記憶の収蔵体につながっていくことができる。「翁は宿神である」、このことばによって金春禅竹は、未来の私たちの思考に、莫大な価値を持つ未知の贈与をおこなったのである。

エピローグ　世界の王

『明宿集』の中のとりわけ印象的な一節で、金春禅竹は猿楽の「翁」は北極星であり、それゆえ「王のなかの王」であると述べている。この文章を読んで、私は不思議な共鳴現象に驚くのである。

フランス十二世紀後半の作家クレチアン・ド・トロワの書いた有名な『ペルスヴァルまたは聖杯の物語』は、古いケルトの伝承であるアーサー王と円卓の騎士の物語と、これも古い起源を持つキリストの聖杯をめぐる伝承とをひとつに結びあわせて、長く人々の心を虜にするすばらしい物語を書いた。アーサー王はブリテン島を拠点にするケルト族の王であり、この島に侵入を試みるサクソン人と果敢に戦ったことで知られる実在の王である。この王は城を構えず、いつも天幕を王宮にして、移動しながら統治をおこなっていたと言われる。彼のまわりにはガラハド卿やペルスヴァル卿をはじめとする、十二人の忠実な騎士たちがいて、大きな石でできた円卓を囲んで座り、おたがいの忠誠を誓っていた。

この円卓の騎士の一人ペルスヴァル卿が、聖杯探究の物語の主人公である。古いヨーロッパの伝承によれば、十字架上のキリストの血を受けた杯であるこの聖杯は、その後アリマタヤのヨセフという人物によってひそかにエルサレムから持ち出され、マルセイユを経由してヨーロッパに持ち込まれたあと、すぐに行方が分からなくなってしまった。一説にはケルト世界に運ばれて、そこで秘密裏に保管されてきたという。この聖杯について適切な質問をおこない、正しい理解をもった者があらわれるとき、大地には水と緑と生命力がみちあふれ、あらゆる病気は癒されていく。聖杯は現実の世界から隠された「力の源泉」をあらわしているのである。

この物語は、つぎの二つの点で私の興味を強くひく。まず、アーサー王という人物そのものが、熊との深い結びつきを持っている点である。現代の神話学者フィリップ・ヴァルテルの研究（『アーサーまたは熊と王』など）によると、アーサー王のイメージには「熊のジャン王」というケルト伝承圏での原型があり、多くの点でアーサー王と森の王である熊は深い結びつきを持っている。そして天空を見上げるとそこには大熊座（北斗七星）と北極星がある。英語圏でいう「アーサー」はフランス語圏では「アルチュール Arthur」であるが、この言葉はもともと「熊」を意味するケルト諸語に由来している（例、ブルトン語 arzh、ガリア語 artos、ウェールズ語 arth）。これが変化して Arthur となったのである。こうして、アーサー王、熊、北極星は、神話的思考において、ひとつの体系をなしていることがわかる。

北方世界における熊の存在を考えてみるとき、アーサー王の名前にはきわめて重大な意味が隠されている。その世界で熊は偉大な「森の王」であったからである。力（主権）の源泉は人間の世界にはなく、人間の力を越えた自然の中に潜んでいるものだと考えられていたが、熊こそがそのような「超越的な主権」の体現者にほかならない、と考えられていたのだ。天体においては大熊座とその中心である北極星が、「天上の熊」とみなされていた。しかも北極星は動かない。すべての天体が、この星を中心に廻る。人間の世界の外、そして人間の手の届かない遠い所あるいは次元の違う領域に、真実の意味で世界を司っている存在がいる。まさに熊こそは、北方世界における「世界の王」だったのである。

神話的な熊としてのアーサー王は、そこから神秘的な力を得ていたのである。アーサー王は、現実の世界の権力者たちと同列にならぶ王ではないことが、そこには暗示されているからだ。世俗の王たちは、王権やその象徴《レガリア》のまわりに組織された空間に、王の主権は実在すると信じている。つまり、王の権力の源泉が人間の世界にくり込まれている、あるいは、王権は天上界の神から人間にもたらされたと考える。ところが、そのような「天上界」は人間の幻想に所属しているものであって、結局はそういうやり方で人間の世界の内部にくり込まれてしまっている。

ところがアーサー王は「世界の王」でありながら、人間の王を越えている。この王の「超越的主権」のあり場所は、国家を持たない北方の狩猟民にとってと同じように、人間の世界の外、自然の内奥にひそんでいると考えられている。神話的な熊であるアーサー王は、人間の世界に二次的な王、偽の王たちが出現してくる以前の、真実の「主権」のあり方をあらわしている。つまり、彼こそが二次的な王たちの出現と同時に見えない存在となってしまう「王のなかの王」であり、真実の「世界の王」としてこの世界のどこにもない空間を、天幕の王宮と一緒にたえまなく移動しつつある存在なのである。

したがって、クレチアン・ド・トロワの出現を待つまでもなく、アーサー王と聖杯の伝説は結びつくべくして結びつく因縁を持っていたと言えるだろう。「カイサルのものはカイサルに、神のものは神に返しなさい」と語ったキリストの血を受けたその杯には、どのような意味であれ人間の世界に持ち込まれた「主権」を承認しなかったお方の思想が、深く染み込んでいる。聖杯は、地上のあらゆる権力の正当性ならびに正統性を否定する思想をはらんでいるのだ。

聖杯こそが真実の力の源泉なのである。そこには大地を潤し病を癒す無限の豊饒力が宿り、それに触れた者は地上の権力者たちを超越した、真実の「世界の王」となる資格を得ることになるだろう。しかし、この聖杯は人の目に触れることのない異空間に隠されてしまった。偽りの力が世界を支配し、その力のまき散らす虚偽によってすっかり目を眩まされてしまった人々には、けっして見ることも触れることもできない異空間に、聖杯は隠れてしまったのだ。そこに入り込んでいける資格を持った者は、人間の世界を支配する力への欲望や嫉妬や愚かさから自由になれた、アデプト（精神の達成者）でなければならない。つまり、精神の探求における真実の「騎士」でなければ、聖杯に近づくことは許されない。

アーサー王伝説と聖杯伝説は、このようにはじめから内密のつながりを持っていたわけである。北極星、熊、聖杯は、いずれも人間の世界の外にある「超越的主権」のあり方を象徴している。そこに、移動する天幕を王宮として、世界に堕落をもたらす外敵の侵入と戦う王の姿や、失われた聖杯城を求めてあくなき探求を続ける気高い騎士のイメージが引き寄せられて、ペルスヴァル（パルシファル）の物語が誕生した。この物語を、中世ヨーロッパにおける「主権」思想の新しい表現として、とらえ直してみることができる。そこには「ケルト」によって象徴される国家を持たなかった人々が抱いていた、「主権」をめぐる思想の復活が試みられているとも言うことができるだろうが、それが十二〜十三世紀という資本主義の勃興期に生まれたということには、何か大きな意味が隠されているような気がする。

＊　＊

アーサー王＝聖杯伝説を、金春禅竹の記述する「翁＝宿神」と比較してみると、あまりの近しさに驚かされる。宿神である「翁」は北極星として、天体全体の運行ばかりか、その運行に影響される人間世界の秩序のことにまで、気配りのきいた支配をおこなっている、とそこには書かれているが、この実質的な「世界の王」は王としてのたたずまいをもって表面に出てくることをしないで、石の神の姿をとったり、温泉の熱湯として出現したり、一見みすぼらしい塩焼きの老人として示現しているので、愚かな常識に縛られている人には、目の前に大変なものが出現していることさえ見えない。しかもケルト世界の妖精たちのように、宿神の住む特別な空間は、胞衣の防御膜で遮られていて、世間の人の目から隠されている。「王のなかの王」である宿神＝北極星の住む王宮は、ふつうの人の目からは隠されているのだ。

また「翁＝宿神」の内部には、イニシエーションの儀式を司る「人食いの王」のイメージが隠されていることも、私たちはすでに見てきた（第六章）。中世の摩多羅神である。人は生まれたまま、そのまま素直に成長をしても、世界の表面から隠されている真実を見ることはできない。その心が常識でがんじがらめにされているからだ。イニシエーションは、常識によってつくられた心の状態を作りかえて、いままで見えなかった真実を見えるようにしようという、慈悲深い儀式なのである。そのとき、イニシエーションを受ける者の前に、暗闇のなかからさまざまな姿をした「人食いの王」が出現する。

この「人食いの王」は、イニシエーションを受ける者の古い自我を食い尽くして、破壊する。北方の狩猟文化では、しばしばこの役目を神としての熊がつとめた。熊こそが、死の領域の支配者であるからだ。熊は古い自我を抱えた人間をずたずたにひき裂いて、そこから真実を見る目を備えた新しい主体を生み出すのである。この事態は、イニシエーションを受ける者の側からすると、荒々しい自然力にさらされながら、真実の「主権者」の姿を見届けることによって、認識の構造を根底から作りかえられることを意味するだろう。力と認識力の源泉。「翁＝宿神」はそのままで、別の形をした「聖杯」なのである。

そして、重要なことは、アーサー王の王宮にせよ、キリストの血を受けた神秘の聖杯にせよ、また宿神としての「翁」にせよ、世間の目から隠されている特別な時空間に潜んでいるということだ。「王のなかの王」は、世俗の王たちのように人の目に自分をさらすことで権力を得ようとはしない。社会の周辺部、移動しつづける空間、壺や胞衣のような防御膜の内部などに隠れて、この世の「主権」の真実の体現者である「世界の王」は、じっと私たちの世界を見守りつづけているのである。

こうした神話には、現実の世界の国家と王権というものの正当性に対する、根本的な懐疑が表明されているのではないか、と私は考える。国家を持たなかった社会では、真実の「主権者」は自然の内奥にひそんでいると思考されていたから、人間の首長などが自分には「超越的主権」が授けられたのだなどと主張しても、誰もそんな主張を認めようとしなかった。そうやって実際、新石器的な文化を守ってきた社会では、国家も王も生まれなかったのである。熊のような偉大な自然界の主のものであった「超越的主権」を、人間の王が保有していると主張しても、それを嘘としてまともには認めない「知恵」が、その社会には残っていたからである。

そのために、国家というものが生まれてからしばらくの間は、王たる存在は、「超越的主権」のもともとの正統な所有者である自然の内奥にある者の手から、どうして自分はそれを手に入れることができたかを説明するために、動物に変身したり、暴虐な自然の主と戦ったり、近親相姦を儀式的におこなって自然の状態に近づいたりすることによって、その「主権」を正統なやり方で自分の手中におさめたことを、神話や儀礼によって表現しなければならなかった。アーサー王伝説などには、王がまだ自分の内部にいわば「熊の身体」を宿していた時代の記憶が、濃厚に残されている。そのため、いろいろな時代に、さまざまな形態で現実の権力者の正当性を認めない「反権力」的な運動がおこるたびに、アーサー王と聖杯の伝説はくりかえし新たな生命を得て、よみがえってきたのだった。

ヨーロッパでは比較的早い時期から、王権からのこの「熊の身体」の切り離しが実行に移されている。その結果として、王という存在は永遠に続く王権の表現である「王の社会的身体」と、個人としての王の持つ病気したり死んだりする「王の自然的身体」の結合として、王権というものを思考するようになった。ここからヨーロッパの近代が開かれてきたのである。

ところが日本の王権である天皇にあっては、律令制という合理的なシステムが導入されるようになってから以後もずっと、自然の内奥との深い結びつきを主張する「王の熊の身体」あるいは金春禅竹的な言い方をすれば「王の宿神＝翁的身体」を、さまざまな宗教儀礼や神話的な観念をとおして、維持しつづけようとしてきた。とくに古代的な天皇の復活をめざした後醍醐天皇による建武の中興にあたっては、おもに密教の道具立てを使って、自然の内奥から「超越的主権」を取り出してくる異形の王としての天皇、という存在の大規模な演出まで試みられたのである（網野善彦『異形の王権』が主題にしていたのはこの問題である）。

後醍醐天皇の残したトラウマは、室町政権に最後まで深刻な影響を及ぼし続けた。武士という職人のつくる王権である「室町幕府」は、その「主権」の正統性をいったいどこに見出していったらよいのか。この問題に直面した室町将軍たちは、天皇王権の秘密をその「宿神＝翁」としての構造のうちに発見したのである。後醍醐天皇が身をもってしめしてみせたように、天皇の持つ「主権」の正当性は、自然の内奥にひそむ力の源泉にそれが触れているという、神話論的な主張であった。つまり、天皇という存在は、「宿神＝翁」的な構造を自分の内部に組み込むことによって、武家の権力にはない正統性を主張できることに、将軍たちは気づいていた。

そこで彼らはこの問題をユニークなやり方で解決しようと試みている。「宿神＝翁」を守護神とし、宿神の住まいする空間そのものをさまざまなメチエによって現実の世界に出現させようとする芸能者たちを、将軍の王権の中核部分に組み込むことによって、天皇と同じ構造を手に入れようとしたのである。その結果、さまざまな賤民的職人・芸能者たちが、将軍家の身近に奉仕するという、武家政権としては異例の事態が発生した。あきらかに金春禅竹の『明宿集』も、そのような時代的探求の大きな流れのなかで、思考されたものと考えられる。

『明宿集』が書かれた背後には、「主権」のありかをめぐる深刻な動揺がひそんでいるように、私には思われる。応仁の乱を体験した禅竹である。自分たちの職能の根源である「翁」の本質を探るという目的で書かれたこの書物を、背後から突き動かしているのは、この国ではまだ誰も取り組んだものがいなかった「主権の哲学」の探求なのである。

アーサー王と聖杯の伝説の場合がそうであるように、禅竹が展開しているような「翁＝宿神」説に、ただ中世的な神秘主義の思考や象徴論理の面白さだけを見ているだけでは、宝の持ち腐れというものだ。宿神としての「翁」の賞揚をとおして、そこでは知らず知らずのうちに縄文的なシャグジの概念にまっすぐな回路が開かれ、社会と自然の関係に新しい視点を持ち込みながら、近代的な「主権」の概念の再検討へと、私たちを誘《いざな》っている。

＊　＊

このようにシャグジ＝宿神は、「主権」というものの、「力の源泉」というものの人類的な秘密を握っている。それだからこそこの精霊を「世界の王」とも呼ぶことができるのだが、「王のなかの王」たることによって、それは現実の時空間の内部にも中心部にも存在しないのである。

「世界の王」は見えない空間に王宮を構えている。その王宮はしかもたえず移動しているために定めがたく、またたえず運動し変化しているために同一性をあたえることができない。不確定にメタモルフォーシスしながら動いていくこの王の領土は、欲で濁った人の目から見えなくしてしまうために、不思議な防御膜で覆われている。「世界の王」はいついかなるところにも存在し、働きをみせているのに、まるで現実の時間のなかにはいないように感じられるのである（「在々所々ニ於キテ示現垂迹シ給フトイエドモ、迷イノ眼ニ見タテマツラズ、愚カナル心ニ覚知セズ」『明宿集』）。

ここから、「世界の王」はいたるところ、あらゆる時間に遍在しているのに、「現在」の時空のなかには見つけることができずに、ただ「過去」と「未来」の時空間にしか存在できないもののように思われるのだ。今という時間だけが、「世界の王」の出現を阻んでいる。しかし、その王はすでにあった時間、これからやってくる時間のなかにだけ、存在しているように、私たちの目には見えてしまう。

いや、もっと正しく言おう。人間が「力の源泉」を自分の能力の外に求めていた頃には、「世界の王」はまさしく世界の中心に、はっきりと認められていたのである。ところが、この世の王、世俗の王なるものが出現し、そこから国家という怪物が立ち上がって以来、真実の力（主権）の秘密を握る「世界の王」は、私たちのとらえる現実の表面から退いて、見えなくなってしまった。そうなってしまうと、「世界の王」はむしろこの世で虐げられた人々、賤しめられた人々、無視された人々のもとに、心安らかに滞在するようになり、現実の世界の中心部には、「主権」を握っていると称する偽の王たちが君臨するようになってしまったのだった。

正統なる「主権者」を、現実の権力者たちの間を廻って探し求めるのは無駄なことだ。そうした「主権者」たちは、国家が出現して以来、地上を支配し続けてきたが、彼らのすべてが偽物なのだ。世界をなりたたせている「力の源泉」の秘密を知っている者は、そこにはいない。歴史のゴミ捨て場、記憶の埋葬場にこそ、それはいまもいる。「世界の王」は人間がまだ偽の主権者に支配される以前の、地上に国家が出現する以前の記憶をはっきりと保持している。新石器文化をつくりあげていた人間たちの「野生の思考」が生み出した、粗末だけれど豊かな心の産物を、この精霊はなによりも美しいものとして大切に守っている。ミシャグチやもろもろのシャグジたちや宿神たちがそうしてきたように。

またこの王は、未来の人間の世界に出現しなければならない「主権」の形についての、明瞭なヴィジョンを抱いており、それをなにかの機会には、心ある人間たちに伝えようとしているように、私には見えるのである。古代の王たちから現代のグローバル資本主義にいたるまで、偽の「主権者」たちによってつくりあげられてきた歴史を終わらせ、国家と帝国の前方に出現するはずの、人間たちの新しい世界について、もっとも正しいヴィジョンを抱きうるものは、諸宗教の神ではなく、長いこと歴史の大地に埋葬され、隠されてきた、この「世界の王」をおいて、ほかにはない。しかし、すべては私たちの心しだいである。この王の語りかけるひそやかな声に耳を傾けて、未知の思考と知覚に向かって自分を開いていこうとするのか、それとも耳を閉ざして、このまま淀んだ欲望の世界にくりかえされる日常に閉塞していくのか。すべては私たちの心にかかっている、と宿神は告げている。

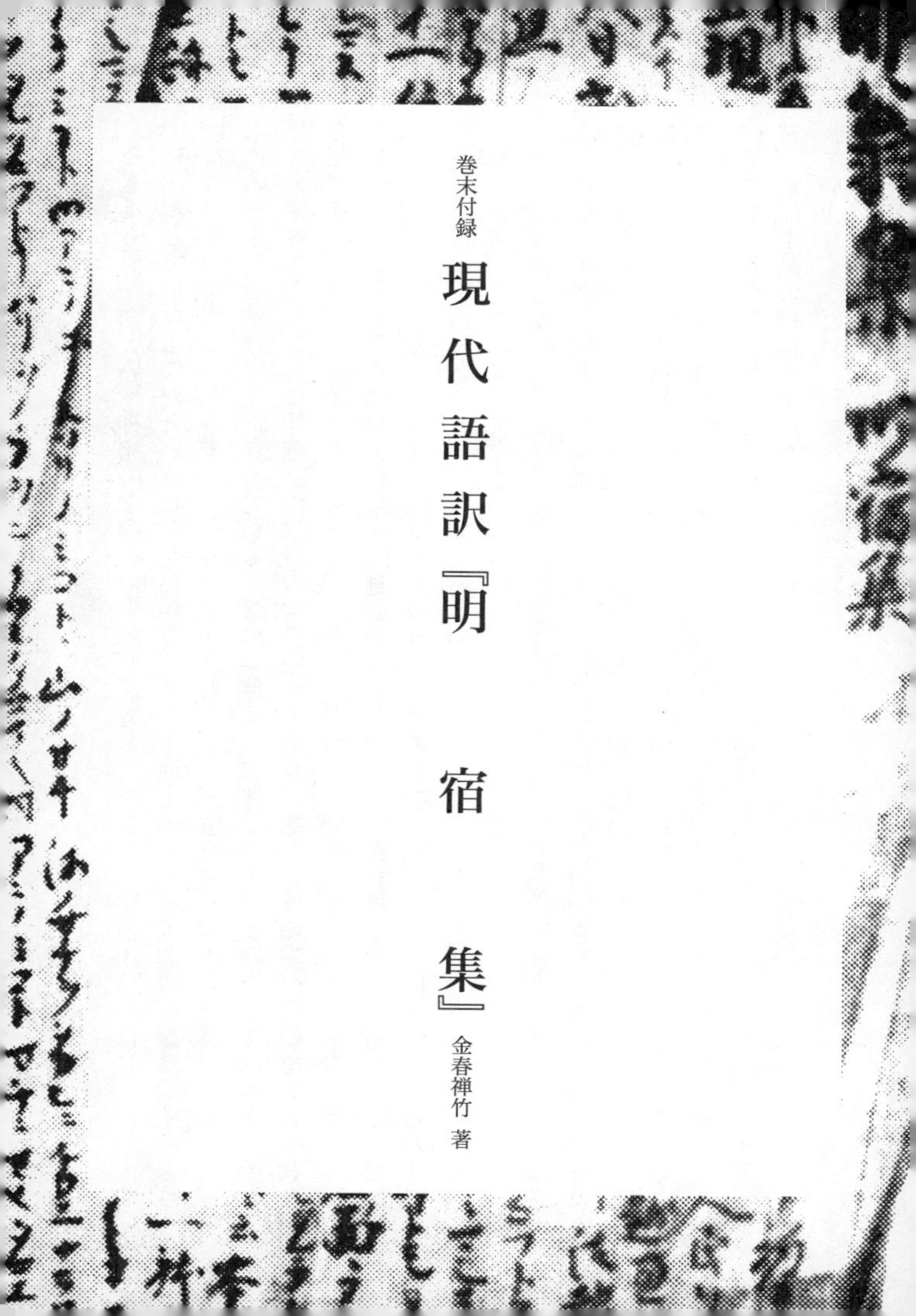

巻末付録

現代語訳『明宿集』

金春禅竹 著

そもそも「翁」という神秘的な存在の根源を探究してみると、宇宙創造のはじまりからすでに出現していたものだということがわかる。そして地上の秩序を人間の王が統治するようになった今の時代にいたるまで、一瞬の途切れもなく、王位を守り、国土に富をもたらし、人民の暮らしを助けてくださっている。この「翁」の本体（本地）を探究してみると、胎蔵界と金剛界をともどもに超越した法身の大日如来であり、あるいは無限の悲願をこめて我らを包摂する報身の阿弥陀如来でもあり、または人間の世界で教化をおこなう応身の釈迦牟尼であり、つまるところ法身・報身・応身という真理の三つの存在様態を、一身にみたしていらっしゃるのである。この完全充足した一身を三つの存在様態（三身）に分けてあらわすところは、猿楽で言うところの「翁式三番」の表現となってあらわれる。こういう神としての示現（垂迹）を知れば、ますますいろいろなことがわかってくる。

第一は住吉の大明神である。あるいは諏訪明神としても、塩竈の神としても示現をなさる。伊豆の走湯権現として示現したときには天皇の勅使と直接対面をおこない、筑波山では驚異的な岩石の形をもって出現して、参詣の人々に深い感銘をあたえて結縁しているのである。このように列島のところどころにおいて、神の形態としての示現垂迹をなさっているのではあるが、迷妄に曇った眼にはそのことの真実は見えず、愚昧な心にはまったく理解すらできない。神秘的な解釈ではこう言われる。本地垂迹はすべて本体は一つであって、不増不減、常住不滅の神秘の唯一神に集約される、と。その唯一神のお名前は、別紙口伝にしるされていよう。

その昔、天つ神七代の末、国つ神（地神）の四代目に当たられる火々出見尊《ホホデミノミコト》は山の幸の狩猟を得意としていたが、海の幸の捕獲に得意な兄の火進尊《ホノスソリノミコト》と、ある日猟場の交換をおこなって、慣れない釣り糸を海に垂れていらっしゃったとき、うっかりと釣り針を魚に食いちぎられてなくしてしまった。兄の尊はなくした釣り針を返せとはげしく弟の尊を責めたので、どうすることもできずに海辺で悲しんでおられた。そのとき塩土翁《イヲツツノオキナ》が出現して、粗い目で編んだ大きな籠をつくって、それに乗せて、弟の尊を竜宮にお送り申し上げた。そのときの塩土翁というのが、すなわちこの「翁」の神秘的な姿であった。かくして神話の時代には神々を導き、歴史の時代には天皇の末裔たちをお導きくださる。すなわち「翁」は、天と地の媒介者なのである。このほかにも『日本書紀』に散見する関連の記述はあるが、いずれも安易な解釈を許さない。人間の世界のことに目を移せば、「翁」は歌道の家に生まれて、『伊勢物語』の作者である在五中将業平として出現した。この方は「カタイ（乞食）翁」といわれて、感情に身を任せる愚かな女性たちを導いて、深遠な性愛の道を教えた。『古今集』の歌仙として出現したときには、「三人翁《みたりのおきな》」と言う呼び名をもって、一つの本体を三つに分裂させてあらわれ、生老病死の歌をお詠みになった。これらはみな根源の力の示現であって、「呼び方に呼応して表出はおこる」という道理は、とうぜん「翁」の神秘な出現にもあてはまるのである。

一、「翁」の面のいわれについては、秘密中の秘密であるから、別の口伝を必要とする。ここではそんなわけで、簡単な解説を加えるにとどめよう。そもそも真理そのものの神秘的な出現などを、喩によらずいったいどんなふうにして写し取ることなどができようか。喩ということに関して、「花を弄べば香ばしい香りは衣に満ち、水をすくい取れば月は手の内にある」とも、「月が山の陰に隠れたならば、扇を挙げて見えない月に喩える」と言われる。仏教におけるいわゆる「三宝の掟」にも、土を捏ね木を彫って造った仏像をほんものの仏と思い、教えを記した経巻や赤軸を仏法そのものと思いなし、剃髪して墨染の衣をまとった凡夫を僧と見なすとある。悟りを開いた釈迦の生身の身体は、涅槃の雲のうちにお隠れになってしまい、五濁に満ちた悪世となり果てた今日にあってみれば、もはや木を刻んだり土を捏ねたり絵に描いたりした仏の像を、仏と見なすしかない。仏法についても僧伽についても、事情はまったく同じである。そうならば、信仰がありさえすれば、生きた身体もそれを模して表現したものも、差別などはないではないか。そういう象徴物が人々に利益をもたらし、真理の道に導く方便の働きをおこなうことに関しては、さながら釈迦が実際に生きて活動していた当時と、変わらないのである。このことを念頭において、面の働きを思考するのだ。ただ信仰と不信仰の間の差別は、厳然として存在する。このように、生身も木身と同等に見なければならない。

まず、面には六つの感覚器官（六根）が備わっている。すなわち眼・耳・鼻・舌・身・意の六根において、眼・耳・鼻・舌の各根については、誰の目にもあきらかである。残りの二つの根についても難しいところはない。なぜならば、身根とは肉体に備わった触感のことを指しているが、木でつくられた面でも変わるところがないからである。さて問題なのは意根であるが、これについても深く思念をめぐらし芸に工夫を凝らすことによって、面にも意根の備わっていることを理解しなければならない。もしこのことがはっきりと理解されたならば、その人はもう即身成仏を実現できた人といわなければならない。

さらに深い秘密の解釈にはつぎのように言われている。面に眼・耳・鼻・舌の七つの穴がある。これらの穴は北斗七星をあらわしている。これを山王上七社と申し上げ、また山王権現と崇敬すべきなのである。またそこには医王善逝薬師如来としての意味もこめられている。したがって山王はまた三輪明神でもあらせられるのだから、三輪の御室山こそ「翁式三番」の形であるよ、と崇めなければならない。玄賓僧都の活躍していた昔、三輪明神御自らが仏教に帰依して受法・受衣をなさったが、そのときの御神詠に「三輪川の清くも浄き唐衣、くるると思ふな取ると思はじ」と、おうたいになった。この歌はまことに無所得の心状態をあらわしており、三輪明神の清浄にして無限の慈悲をたたえた御心を、曇りなくしめすものである。施しをする者も施しを受ける者も、すべてのものにはほんらい自他の相違はなく、施しものの移動があってもそこには減るものも増えるものもなく、すべてが無所得なのであるから、なんの過ちもおこってはいない。三輪の神は「翁」と御一体であらせられるのであるから、猿楽をおこなおうとしている芸人は、この御神詠に読み込まれた神の御心をじゅうぶんに酌んで、神事において臨時の芸能をおこなうとき、いざ報酬を受けるという段になっても、「くるると思ふな取ると思はじ」という無所得の涼しい心境を保てるようにならなければならない。ただ演ずる者も見る者も、この芸能によってともに悟りへの機縁をつかむことになってほしいものだとのみ、思うべきである。（ここに法華経法師品「如来室ニ入ル」の文章挿入）したがって、自分がいま身にまとっている衣装は、畏れ多くも「翁」の着る忍辱慈悲の衣を着せられたものであると観念し、いま食べている食事は「翁」の口中にあった護摩にくべられる五穀をいただいているのであると、思考しなければならない。心をつねに引き締めて、どんなささいな行為をもゆるがせにしない心構えが必要である。

一、「翁」の姿を図像に描きあらわすことは、まったく杜撰な行為のように思われるかも知れないが、序文の中でも語っておいたように、私にはひそかに思い願う筋があって、住吉大神に祈誓をおこなったとき、大神がおしめしくださったお告げのままに描き出してみたのである。このことは、さきに記したとおりである。「翁」像のわきに書き加えられた讃には「百福荘厳常法身、云々」とあるが、この意味はかくかくしかじかである。これは住吉大神のお告げに「日・月・星宿、影を宿すぞ」とお示しになったことと、符合している。さて「翁」はこの図像で立烏帽子を着けているが、これはあざやかな光を放つ太陽と月をあらわしている。手に持つ御数珠は、星座を連ねたお姿を示し、御檜扇は十二の月をあらわして、昼も夜も途切れることなく衆生と結縁を結び続けていらっしゃる形を示している。水干は母の胎内にあっては胞衣と言われた胎児を覆う衣の袖にほかならず、九重の紫の御袈裟は忍辱慈悲の衣であり、紫の色は赤色でもなくまた黒色でもない「中道」の色彩であって、そのまま極端に偏らない現実の真実相を体現した御姿を表現することになっている。また御靴は大地を表現している。こうして「翁」の舞は舞われるが、そのとき鼓を打ち颯爽として鈴を振る所作がなされる。これは阿弥陀如来来迎の作法である。キリーク・サ・サクとなる鈴の声は、阿弥陀三尊（弥陀・観音・勢至）の真言をそれぞれあらわしている。このような重要な所作である、けっしてなおざりにこれをおこなってはいけない。面を顔に当てて「アゲマキ」と上げるときに、即座に神妙なる働きのあらわれでるための心の用い方があるが、これについても別紙口伝に詳しいことが書かれている。こういう訳であるから、どういうところにあっても衆生が「翁」の結縁にあずかれないということはないのである。神事であれ、それ以外の臨時におこなわれる猿楽であれ、貴賤が群れ集っているそうした衆生を、阿弥陀如来来迎の様子を示すことによって、結縁をおこなうという形態を取るわけである。これについての春日大神の御託宣もあるはずである。およそ「翁」の作法次第は、本式にやれば以上に述べたごとくであるが、現在では簡略化した形でおこなわれている。

その昔、聖徳太子の御代のことであるが、太子は橘の内裏において猿楽舞いを舞うことによって、国には平和がもたらされ、天下太平が実現されるであろうとお考えになられて、秦河勝に申しつけて、紫宸殿で「翁」の舞いをおこなった。そのときの「翁」の姿はこのたび描かれた図像のとおりである。そののちだいぶんに時代が下って村上天皇の時代、天皇はその昔に聖徳太子のお書きになった直筆の文章を御覧になり、そこに猿楽舞いを奏すれば国は穏やかにして天下太平がもたらされるという文を見出し、そのことばを深く信ぜられて、秦河勝の子孫に申しつけて、紫宸殿で「翁」を舞わせたのである。しかしそののちは、時代の退廃とともに猿楽もすっかり軽薄なものとなってしまい、まるで遊芸人のもてあそびごとのように落ちぶれてしまった。まったくこれ以上の嘆きはないといったありさまである。しかしながら宿神のお恵みによって、「翁」の威徳にはまったく変わるところがなかったのである。まこと真っ暗闇に燈火を得たごとくである。これは仏や菩薩が凡俗の間に混じって衆生の救済を図る「和光同塵」を方便となさるやり方であって、諸国に猿楽の神事はおこなわれ、諸処方々で休む暇もないといった盛況である。またあるときは、神事のほかに臨時の芸能としてもおこなわれ、貴賤こきまぜてあらゆる階層の人々がこれをよろこんで見物している。たしかに猿楽は長いこと衰退した状態にあって、天皇の叡覧の栄誉には浴さなくなってしまったけれども、大衆がこれを見捨てることがなかったというお恵みは、まったく「翁」の巧みな利生方便の働きによるというほかはない。

その昔天の岩戸においては神楽を奏することによって、かたじけなくも天照大神は閉ざされていた岩戸をお開きになった。そのときの神楽が何かと言えば、猿楽なのである。昔は「神楽」と呼んでいたのを、聖徳太子が「神」という漢字の旁《つくり》をいじって、「中楽」と名づけることになった。天才のなさることである、さだめし深い理由があるにちがいない。

仏陀がまだ生きていらっしゃった頃のこと、祇園精舎において供養がおこなわれたさい、天魔による妨害を鎮圧するため、後戸の場所で、大弟子たるアーナンダやシャーリプトラたちが、この神楽を舞った。そのときの舞いがまた、今日言うところの猿楽なのである。これらの伝説はみな、聖徳太子直筆の目録の中に書かれているそうである。

一、「翁」を宿神と申し上げることは、かの住吉大神の御示現なさったときの姿と符合している。太陽と月と諸天体の光が地上に降下して、昼と夜の区別ができ、物質が生まれ、またその光は人に宿ったのである。太陽・月・星の三つの光は猿楽に言う式三番に対応するものであるので、太陽・月・星宿（星宿神＝北極星）の意味をこめて、宿神とお呼び申し上げているのだ。「宿」という文字には、星が地上に降下して、人間にたいしてあらゆる業をおこなうという意味がこめられている。星の光はあらゆる家に降り注ぐ。そのようにどのような家にも招かれ歓待されるというのが星宿神たる北極星のお恵みではあるが、とりわけ宿神とお呼び申しあげている「翁」の威徳は、どんなに畏敬をこめて仰ぎ見てもあまりあるものがある。

一、「翁」という文字については、秘密灌頂と口伝がある。多くの場合には、「公」の「羽」と書いてある。王を鳥に譬えているわけである。領国のあらゆる領域に恩恵をほどこそうという慈悲の御心がなくては、とうてい賢王とは言われない。そこで王たる者の眼は四方の世界にキッとばかりに注がれて、なにひとつ見逃すことがなく、その耳は四方の世界の物音をなにひとつ聞き漏らさないように、注意を張りつめている。このように、王たる「翁」はあらゆる領域の上を飛翔する能力を備えているという意味をこめて、「公」の「羽」と書くのである。王位とはすなわち「翁」である。また「翁」を「公」の「羽」と書くことについては、比叡山王社の伝承もある。これについての秘伝は別にある。したがって王は山王であり、山王は「翁」であり、元来一体のもののそれぞれが分身となっていると言える。大づかみに「翁」の本質を思い浮かべて深く思念してみると、存在の以前である神秘的な無にほかならないのであるから、時間の原初であるとてつもない過去を「翁」という概念でとらえていることがわかる。父も母も未だ生まれていない未発の状態にある、存在の真如（本来の面目）のことを「翁」と呼んでいるわけである。生死を超越しているから「翁」である。無限であるから「翁」である。常に生起しているから「翁」である。慈悲の心を「翁」と言うのである。このように観念しながら、存在とも非存在とも思える自分の心のうちに、この「翁」を発見するようにつとめなさい。自分の心のうちにこの「翁」と出会うことができたならば、その人は自分のもともと所有していた田地を取り戻すことができた人（本来の自己の心の本性を知った人）と言うことができる。

一、「翁」の舞は、まことに重大事である。これは猿楽の本舞であるので、とくに思念と工夫を凝らして舞わなければならない。一声をあげてそこから舞に移る際に、合掌の仕草を絶対にしてはいけない。合掌の仕草は、神社・仏閣、地位の高い人々や貴い方々などを拝するときの手の格好なので、「翁」が自分に向かって合掌するというのは道理にあわないので、この仕草はしてはいけない。当意即妙の舞姿のみがふさわしい。さてまたこの「舞」は、左右左という順序で舞い始めてはいけない。これは吉野山に出現した天女の舞の場合である。「翁」においては、右左右の順序で舞わなければならない。右の手から舞い始めるのは、至高の神態を表現する舞曲にふさわしい、とは世阿弥（至翁居士）が私どもに言い置いた教えでもあるので、そこにはさぞかし深い意味がひそんでいるのであろう。舞の心構えとは、物に拘泥せず、人の目を気にせず、心のうちにいっさいの思いが浮かんでこない無心無相の状態にあって、謡と舞、身体と心とがひとつに集中されたまま、楽の音に乗せて舞うのである。応無所在、宇宙を舞う日月のような気品をもって、鋭い利剣のような性質をもって、障りになるものは塵一つないという状態で、舞曲をおこなうべきである。この鋭い利剣の性質は、そのまま遊芸としておこなわれる猿楽の舞楽にも適用される。この利剣の性質を心中深くひそめて、末端の芸にいたるまで、いささかの曇りもない態度で舞うことができれば、その人の能はまことに強力なものとなって、どんな物にも負けない格調を生み出すであろう。この剣は不動明王の手にする利剣であり、文殊菩薩の持つ智剣でなければならない。じっさいそれは、一念不生（どのような思念も生まれない）の剣なのである。このような事情であるから、「翁」の舞の出来不出来で、その日の芸能全体の吉凶を知ることができると言われる所以である。

一、秦河勝の事績は、聖徳太子の著した御目録の中に記されている。それによると、そもそもこの河勝のことは、その昔の推古天皇の時代に、泊瀬川に洪水がおこり、上流からひとつの壺が流れ下ってきたことが発端となった。人々はこの壺を不審に思い、磯城島のあたりで拾い上げてみると、壺の中にはたったいま生まれたばかりの子供が発見されたのである。急いでその子供を抱き取ってみると、そばにいた大人の口を借りて、こう語り出した。「ぼくは秦の始皇帝の生まれ変わりだよ。日本に生まれ出る機縁があって、こうして出現しました。急いで朝廷にぼくのことを報告してください」。しばらくしてこの報告は、天皇のお耳にも入った。天皇もこの子供の出現をいたく奇特なことと思し召して、自分のおそば近くにお召し寄せになり、親しくお育てくださることになった。その子供は成長するにつれて、抜群の才能と知恵をしめすようになり、賢臣よ忠臣よとたいへんな栄誉を受けるようになった。そののちは聖徳太子のおそばから離れることなく、忠実にお仕え申した。太子が反乱をおこした物部守屋を攻め滅ぼされたときのことである、神通力のこめられた太子の放った矢に当たった守屋は、櫓から転げ落ちた。そのとき守屋は「如我昔諸願、今者已満足（私がその昔に立てた願いが満たされ、今は満足である）」と唱えた。これに唱和して河勝は即座に「化一切衆生、皆令入仏道（一切の衆生をうながして、皆が仏道に入るようにいたしましょう）」と唱えたという。これはいずれも法華経の言葉であるが、その頃はまだこのお経は我が国にはもたらされていなかった。守屋も河勝もどちらも尋常でない人であって、そうした人たちの用いる方便は、意外なやり方で人々に福祉をもたらすものである。聖徳太子はこの河勝に命じて、猿楽の技をおこなわせた。橘寺の御殿の紫宸殿において、「翁」は河勝によってはじめて舞われたのである。太子の御目録に記されているとおりである。したがって、こういう因縁や結縁のことを考えてみるに、この秦河勝は「翁」が人間に仮現なさった存在であることは、まったく疑いの余地がない。その理由をあげてみよう。秦の始皇帝は中国の皇帝である。つまり王であり、王とはすでに述べたごとく「翁」にほかならない。河勝はまた始皇帝の生まれ変わりと名乗っているので、ますます「翁」であることは疑いがない。そういうお方であったからこそ、猿楽の道を創始されることになったのであろう。そののち、猿楽の技を子孫に伝えたあと、現世に背を向けて、空舟に乗り込んで、西方の海上に漂流をなさったが、播磨の国の那波にある尺師の浦に打ち寄せられた。漁師たちが舟を陸にあげてみると、たちまち化して神となった。あたり一帯遠くの村々にまで憑いて祟りをおこなったので、大変に荒れる神と呼ばれた。すなわち大荒神となられたのである。この大荒神については、すでに書いたように、母の胎内の胎児を包む胞衣の象徴である、「翁」のまとう襷の袖と呼ばれるものに符合している。胞衣はすなわち荒神であるので、この対応は正しい。そののち、坂越の浦に神社をつくってお祀りすることになった。そののちは播磨国赤穂郡上郡（山の里）の諸処に勧請され、おびただしい数の神社が建てられて、西海道の守りの神とはなったのである。そのあたりの人たちはこの神社を、猿楽の宮とも宿神ともお呼び申し上げている。このことをもってしても、いよいよ秦河勝は「翁」であったことを知らなければならない。したがって、「翁」のことは大荒神とも、本有の如来とも崇敬すべきなのである。ある秘文に言う。「その心が荒れ立つときは三宝荒神、その心が寂静のときは本有如来」。この文の含意を深く理解すべきである。のち播磨の山の里から、大和国桜井の神社に示現なさったという伝承もある。

秦河勝には三人の子があったが、一人は武士となり、一人は楽人となり、もう一人は猿楽者となって、それぞれの伝統を伝えた。武芸を伝承した子孫は、いまの大和長谷川党の人々である。楽人の技芸を伝えた子孫は、我が国における仏法最初の寺である四天王寺に依って、百二十調の舞を舞いはじめた人々である。そして、猿楽を伝えた直系子孫が、我々円満井座の金春太夫である。秦氏安から数えて、いまにいたるまで四十数代に及ぶ。なお行く末は千秋万歳、家業繁盛して、限りがあってはなるまい。ただ深い信心をもって、この家の伝統にますますの利益をもたらすように努力すべきである。当家の子孫たちよ、謹んで敬い奉れ。

昔は「翁」からはじめて六十六番の猿楽の演目があったが、昼夜の神事が立て込みすぎるという理由からであろうか、またはもっと深い意味を御思慮なさったためであるか、聖徳太子の教えにしたがって、六十六番を式三番に短縮したのである。式三番のうちには、たくさんの意味が込められているわけである。

氏安の妹婿である、元興寺《がんごうじ》の紀権守という人は、もともとは猿楽には素人であったが、氏安にしたがってこの技芸を習得した。そののち、さまざまな機縁にしたがって江州（滋賀県）に下って、そこに居着いて日吉猿楽をはじめた。いまの日吉・山階にある猿楽座は、その子孫だと言う。山王と三輪は一体であることから、猿楽もまた大和にはじまって江州に移し分けて、神事をおこなうこととなった。結縁がもたらした出来事である。それ以来、日本中にたくさんの分流ができて、六十六ヵ国の処々方々で神事猿楽をおこなうようになった。もし自分の国の中に猿楽座がないときには、他国から招いてでも神事をなすのである。もともとは円満井座が猿楽芸根本の惣領であったから、昔は諸国にある座から年貢などを徴収していたこともある。それもつい最近までそうであったと、老人たちは語っている。しかし、今は末世で人々の心も頑なであるために、年貢などはなから納める気もなく、あげくは惣領などという考えそのものを軽蔑して、拒否の姿勢を示して、関係を義絶するにいたっている。しかし、こんなことを口外することも憚られるようになってしまったので、ただ心の中で思っているだけである。こんなことを書くこと自体憚りがあるとも言えるが、この二冊の秘伝書は身内の回覧にとどめるものであるので、大変な暴言を吐いてみたまでである。

昔、長谷寺の地主神である初瀬与喜神社の神主である愛増太夫という方は、霊的な直感力の大変にすぐれた方であったが、その方がこういう歌を詠んだ。

初瀬山谷の埋もれ木朽ちずして金春にこそ花は咲き継げ

深い真実を見ていらっしゃった方だからこそ、このような歌をお詠みになったのだろうと感心する。したがって歴史的な因縁を考えれば、むしろ「初瀬猿楽」という名称こそ、根本の意義をつかんでいると言えるだろう。初瀬観音に代表される観音菩薩は衆生を救うために、三十三の異なる姿に自身を分けて、長者・居士、童男・童女、夜叉・鬼神などのさまざまな面貌をあらわされたが、これをもって見ても、「翁」の絶妙なおこないと観音菩薩の威力とは、まったく一体であることが知られる。この因縁によって、秦河勝もこの初瀬川を取り巻く山河から出現なさったのであると、深い感動を禁じ得ない。すなわちここは観音菩薩の浄土ポタラ山であり、その外輪山から湧出した瑪瑙に、生身の十一面観自在尊があらわれたのである。末社には皇室の先祖神も土地神も来臨されている。与喜神社には天満天神の現人神もいて、観音菩薩を守っている。まったくこの菩薩のはかりしれない恵みのおかげである。三十三身と三十三身をあわせれば、不思議なことに六十六番の猿楽に符合する。それを肝要な部分を拾い集めて三つに要約すれば、式三番ができあがる。上があればかならず中と下とがある。法身があれば、報身と応身がある。真理に空・仮・中の三種がある。時間には正・像・末の三時がある。書に真書・草書・行書の三つの様式がある。これらはみな、観音菩薩の働きとも「翁」の働きとも呼んでよく、そこには差別がない。現象は互いに自在につながりあっており（事事無碍）、現象と理法もまた互いに自由に結びあっている（事理無碍）。潜在的なものと現実化されたものにも差別はなく、善と悪もまた違うものではない。こうしたことから、観音菩薩を自在尊というわけである。与喜神社の神主の深いお志を受けて、私も一首。観音・「翁」の結縁にあずかりたく思う信仰心に、この歌をお供えしたい。

仮に出でし水の流れや初瀬川そのまま深き江（縁）に籠もるらん

一、面についての必要な知識を述べよう。「翁」に対して、当座では鬼面を安置申しあげているが、この鬼面は聖徳太子の御作品である。秦河勝に猿楽の技を仰せつけられたとき、河勝にくださったものである。これは「翁」の示すひとつの側面を表現している。諸天・善神や仏・菩薩からはじまって人間にいたるまで、柔和と憤怒のふたつの形がある。これは善悪というふたつの相もひとつである（一如）ことを表現する形である。そのため、愚かな衆生を調伏するために怒りの表情を示すときには、夜叉・鬼神の形となってあらわれるが、柔和・忍辱・慈悲の姿をあらわすときには、その表情は荘厳にして、本有如来の神秘的なお姿を示される。したがって憤怒と柔和は一体であり、それぞれのあらわれに対して与えられた異名にほかならない。また河勝が物部守屋の首を打ったことに対する報賞としていただいた仏舎利も当座にはある。これらの貴重な宝物を相伝してきたことにおいて、ほかの猿楽座に一線を画している。問題はただ、それを信じるか否かである。神秘説に言う。如来の身密は舎利であり、如来の口密は経巻であり、如来の意密は神明である、と。当円満井座には仏舎利があり、経巻があり、神明についても「翁」と鬼の二面であらわされたそれを尊崇しているのであるから、三宝がお守りくださっている猿楽座、三密の結縁の果たされている座なのである。まったくいくら賛仰してもしたりないほどに尊いことである。このような事情であるから、発願して毎月ごとに三宝を御供養申しあげなさい。その日取りを定め置こう。毎月一日は「翁」の面を礼拝し、そのときには「翁」を描いた掛け軸をかけて、敬礼して、御供養申しあげるのである。慈悲広大なる「翁」のことであるので、方便のために殺生をおこなうことさえ嫌われるということがないので、肉を供え物として供える必要がある。御神酒はもともと諸神の供養に用いられている。そのほか、温槽粥《うんぞうがゆ》の供物を捧げるとき、それがたとえわずかな量であっても、その行為にこめられたこころざしを見届けてくだされば、「翁」はそれをよろこんでお受け下さること、まったく疑いがない。十五日には仏舎利の供養をおこなう。まず舎利に向かって礼をおこなってから、ありがたいお経を上げるのである。二十八日は鬼面を供養申しあげる。これは荒神の御縁日であって、事相についても理相についても、それぞれの作法がある。これら三日の御供養にあたっては、よくよく心を整えて、精進潔斎の心構えを実践しなければならない。みずからは権力をふるわず、世の中の動きや人々の考えにしたがうという猿楽の徒にとって必要な心構えに背くと、すぐに反応がやってきて、「翁」の神慮からはずれることになってしまう。善くない友人たちと交わって、魚や鳥の肉をたくさん食べるようなふるまいをしているときでも、「翁」への信心だけはなくしてはならない。ただただ正直で、「翁」を敬い申し上げていれば、きっと幸福が与えられるだろう。用事が入ってしまっているようなときでも、人に頼んで供養の儀式は続けてやってもらい、けっして中断するようなことがあってはならない。

一、河勝について知っておかなければならないこと。秦河勝のお墓がどこにあるのかについては、諸説は紛々であろう。一説には京都の太秦寺にあるという。本堂の西南の方角にある卒塔婆の前に石塔があって、これがそうだというのである。私も実際に見ておこうと拝見したことがある。ぜひとも訪ねてお参りするがよい。また御堂の東には池がある。その池の中島の頂上に秦始皇帝の髑髏を納めてある。まったく希代の不思議、神秘の極みというべきであろう。まことにこの髑髏は河勝の前世のものであるのだと思うだけで、感激して涙を抑えることもできない。これは中国からわざわざ運んできたものなのか、あるいは骸骨みずから飛来してきたものなのか、詳しいことをもっとよく調べる必要がある。こういう理由で、このような「太秦」に「秦」の文字を用いているのである。太秦寺が河勝の菩提寺なので、

仕儀となったわけである。この寺から西の方に少しいくと、桂宮院という霊場がある。古今集に「桂の宮」と詠われているのが、ここのことだという。ここに河勝の御霊の垂迹として、大避大明神が鎮座ましましていらっしゃる。これが桂宮の本体である。この社の前に小さなお堂があるが、これは聖徳太子みずからが槌をふりあげ、材木を組み合わせておつくりになった御堂なのである。このお堂に入ってみると、あたりには空恐ろしいような気配がみなぎり、裸足の足で板敷きを踏むと、足裏の置き所がないほどに感動してしまう。本尊は太子御作の二臂の如意輪観音、そのお顔を拝してみると、衆生の苦しみをごらんになって深い嘆きを抱いている御様子で、ありがたさに感涙を禁じえない。始皇帝の髑髏といいこの観音像といい、並々ならぬ深い由緒を持っており、他のものとは一風異なる霊場であることがわかる。聖徳太子は猿楽の道を創始した神のようなお方であり、「翁」の化身と呼んでよいお方だ。もともと皇太子であられた方であるのに、天皇位にはおつきにならなかった。百済僧日羅上人は、法詩の中で太子のことをあらためて粟散王とお呼びになっている。すでに述べたように、王とは「翁」のことである。河勝もまた「翁」である。秦始皇帝も「翁」である。前世・化身の神髄がこの寺には残され、末世の衆生を救済し、慈しみが暁の中に開け放たれるときを、お待ちになっていらっしゃるのだろう。心ある猿楽の徒は、ぜひともここまで足を運んで、帰依の心を奮い立たせるべきである。

一、春日明神と「翁」が一体であること。そもそも春日と申し上げるのは、天皇家のご先祖やもろもろの土地神の大先祖として、天照大神のおそば近くにいて、天下のことを補佐する神様でいらっしゃる。この神が「翁」と御一体であることは、秘密中の秘密に属する重大事であり、特別に口伝と灌頂がある。したがって天地と同じようにして、「翁」と春日はたがいに師となり模範となって、影と形のような関係にある。また「春日」という文字は「二つの大日」という意味であることを知っている必要がある。横の棒三本のうち二本を上へ揚げて、引き離してみると、「二・大・日」に分解するであろう。これは春日が神と仏の世界をあわせた両部曼陀羅《りょうぶまんだら》であることをしめしている。つまり、この神の本地は大日覚王如来なのである。かたじけなくも天照大神の要請を受けて、鹿島・香取のある芦原の中津国に降りて、荒ぶる神々を従わせ、ついにはそこを平和な世界に作り替えたのであるから、この神の御威徳に勝る神などはいないのではなかろうか。それだけではなく、衆生のなした行為について その善悪を分け、まちがいのない賞罰を与えるのであるが、そういう衆生に対しては深い憐れみをたれて慈悲をほどこし、罪のある者であってさえ、お見捨てになるということがない。「翁」もまた慈悲は広大にして、人間の仕事や行為のうちに働いて、人々を悟りに導く方便としての福祉は、国土にあまねく浸透している。そのため本質を同じくしているところから、大和猿楽を四つの座に分けて、そのそれぞれを春日神社の四社に宛てて、毎月二月五日に大神の御前で「翁」を舞わせるのである。これは十二大寺でおこなわれる法会の最初をなすものとして、神々のお気持ちをお鎮めするためにおこなう神事なのである。多武峰《とうのみね》においても、毎年十月の維摩《ゆいま》八講がおこなわれるさいの八講猿楽の神事も、大和猿楽四座があいつとめている。春日の御子孫といえば大職冠藤原鎌足公であるので、この一事をもってしても、「翁」と春日明神の御一体のことはあきらかである。総じて多武峰では古風なやり方を踏襲しているので、年始には六十六番の猿楽をおこなっていた。また「翁」のきわめて厳かで神秘的な面も保存されている。長きにわたって猿楽の芸を務め上げて、この面を着けて舞ったのちに、一座の最長老として認められると伝えられている。

そもそも「春日」の文字を見ても、円満井座と結縁があって「春」の文字が用いられている。深い因縁があることを考えて、この神を尊崇すべきである。昔は座名がたびたび変わったという。「円満井」というのは一族が長らく暮らしていた土地に由来する名前であるので、この名を称するようになってから、すでに久しいと思われる。ところが我が祖父に及んで「金春」と号するようになり、猿楽の達人の誉れを得て、その名を子孫に伝えたわけである。このような名前を自ら思いつくところから見ても、祖父はただ者ではなかった。これもまた「翁」の絶妙な働きと解するべきである。他の座においても、至翁居士や日翁禅士などが、天下にその名を轟かせた。彼らの道名を見ても、「翁」の働きを感じるではないか。一般的に言って、大きな座小さな座を問わず、そこの長たる者はみな「翁」の使いであると理解しなければならない。法華経に「如来使者」という言葉が出てくる。これを見ても、真理の働きに世俗も神聖も差別がないとわかる。古人の解釈には「すべての行に一つの門がある。真如の理解をもって行ずれば、すべてが道にかなう」と。「三界はただ心のみである。心のほかに別のダルマなどない」とも述べられている。ただただ心を正直に保ち、私を滅して、「翁」の恵みを尊んで、猿楽に励めば、まっすぐな極楽往生を得る最上の道、これにまさるものはない。したがって座親といえば「翁」の使いなのであるから、万事につけて不足のところのある座親であっても、座子はこれを敬わなければならない。座親もまた座子を尊重して、お互いが師となり模範となって、助け合うことによって、魚と水のような関係が築かれれば、そこから発生する思慮はとてつもなく深いであろう。こういうことが正しい座のあり方であるということを知りつつも、人はしばしば迷うものである。そのような時、自分自身を反省して、恥らいの気持ちを持つことができれば、利他のおこないに変わっていくことができる。しかしこれは筆のついでに書いたまでで、心ある人たちはこのようなことはとっくに悟り知っていることであろう。

ここにまた注意すべきことがある。如来使者について説かれている経文に、濁世にはみだりに仏法を説いたり、人の心を惑わすような連中が「稲麻《とうま》竹葦《ちくい》」のように現れる、という意味のことが書いてある。この文章に照らしてみると、いまはまさに末世のただなか、猿楽の座も本流からつぎつぎに末流の分かれがおこり、その末流からさらにそのまた末流が発生してくるといったありさまで、まことに「稲麻竹葦」のごとしである。正直にして正しい道を歩み、すぐれた技をもってみずからの道を興すというのなら、真実の「翁」の使者と言えるだろう。これに反して、ただ世を貪り、ただ生活のために芸を弄んで、人の心を惑わすならば、我は神職なりといったところで、じっさいは無惨なもので、これは道に立ちふさがる魔障というべきであろう。このことはいくら言っても言い足りない。一座を興すほどの実力があって、猿楽興行をおこなおうと企てるならば、たとえ多少は芸風が未熟なところがあったとしても、神事をおこなって「翁」の御心に叶うことができますように、という強い願いをこめて取りかかってほしい。これは返す返すも肝心な重要事である。また、座元のしっかりとした猿楽座の場合であっても、道に立ちふさがる魔障があることは、よく知っておかなければならない。近年、神事にかこつけて数を頼んで勧進元にたいして無理を要求して、過分な進物や俸禄をむさぼる輩がいる。昔の人がこう言っている。「薄くすることもなく、厚くすることもしない。芸の意味とともに隠すのである」と。つまり、厚遇を受けたのに断って薄い待遇を求めるのは、相手方の深い志に背くことになるだろうし、軽い待遇を受けたのを不服として厚遇を求めるのは、猿楽の精神に反するだろう。ところが、処々方々において、神事に用いる物ばかりではなく、楽頭の権利を言い張って、山の木を勝手に伐採して、よそに運び出して世俗の用に使おうとする連中がいる。里を荒らす放埒を働く輩がいるのだ。神事の時に必要な山木を伐るのは、そこに滞在している期間だけに許されることである。その限度を越えて伐採することなどは、許されない。かならずや天がご照覧あろう。地神の眼が見逃さないであろう。自分一人の秘密であるなどと思い込もうとしても、天頂には北斗七星がおるぞ。なにもかもがお見通しなのである。ところが、近年の神事に猿楽の徒があらわれると、まるで軍隊が乱入して人々の暮らしを荒らすような体たらくがみられる。こんなことをしていると、世の中の流れが大きく変わったときには、自然と猿楽家業などは廃れてしまうだろう。道にとって、これほどなさけない芸事以外の妨げはない。心を引き締めて、謙虚な気持ちをもって、ゆめゆめ無道なふるまいをしてはならない。

一、法華経と「翁」が一体であること。「昔法華と呼ばれる霊山があり、現在は阿弥陀と名づけられる西方浄土があり、未来において娑婆に示現するときは観世音と呼ばれる、三世に利益をもたらすものは御一体である」との南岳慧思禅師の言葉がある。ここには、阿弥陀・観音・「翁」が御一体であることを、詳しく解明してある。ここからも、法華と「翁」が御一体であることに、なんの不審もなかろう。下品・中品・上品など人々の品に応じて来臨なさるところの、仏・菩薩・諸天善神・十羅刹など、また阿難・舎利弗などをはじめとして、経文の一々の文字にいたるまで、みな「翁」の神力の表現であると信じなければならない。ことに『法華経』の薬王菩薩品《やくおうぼさつほん》・妙荘厳王《みょうしょうごんのう》・観音品など、その題名を見ただけでもあきらかである。そこから優れた文章を引用してくるとよい。およそ法華経は過去・現在・未来にわたる三世の諸仏すべての本願を述べたお経であり、一乗主義を表明したすばらしいお経であるので、どんな短い一節を口にするだけでも、最高の道に到達できるようになることは、まったく疑いがない。また阿弥陀如来は無限の悲願を抱いて、無知の者たちや無道の生き方をしている者たちでさえ、称名念仏をするならば、たちまちにして浄土に迎え取ろうとの誓願を立てて下さったのである。いずれにせよ、信心があれば、なに疑いをさしはさむことなどがあろう。

ただし、この「翁」の家業に生まれついたものは、ただひたすらにこの道だけに心をかけ、ふた心なく芸の道に精進して、心を正直に保って「翁」を深く信じておれば、べつに特別な修行というものは必要としない。この「翁」の芸道こそ法華経に説かれている教えなのであるよ、これこそまさしく阿弥陀如来来迎へのまっすぐな道であるよ、と思念しなさい。それでこそ、「翁」・法華経の不二一体の所以が立とうというものである。ただ願わくば「翁」の心を知っていただきたい。もしそれを知るならば、すぐに如来の悟りに到達するであろう。しかしながら「翁」の御心を直観することもできず、また「翁」への信心もわき出てこないという方々は、ただただ法華経を読み、念仏を称えることによって、来世での救済は約束されよう。この世はまったく仮の世である。さきに述べたように、如来の意密は春日明神にほかならないのであるから、その意密について観想するのである。これこそ仏心宗のおおもととも本来の面目とも言うべき肝要のところである。

私の望みは、猿楽に「神真宗」とでも名づけるべき形而上学があらわれてくれることである。またたとえそこまで高度な直観的認識に到達することがなかったとしても、ひたすらに「翁」の神秘的な力をお頼み申しあげるならば、浄土に往生するよい縁となるであろうことは、まったく疑う余地のないところである。皆の者、くれぐれも猿楽の技を、世間に言うところの異端的な世渡りと思い込んで、悪道に入り込まないように。たとえ法華念仏以外のほかのお経に説くところを信仰しているとしても、「翁」の道への信仰を持っていなければ、真理（法）そのものを誹ることになってしまうだろう。もしもそんなふうだと、来世の果を得ることのできない人となってしまうのではないか。なによりも「翁」を畏れ、敬うことである。この信仰の源泉である無限の深さをそなえた「翁」の御心を知り抜いておれば、猿楽以外のどんな行為をおこなう場合でも、妨げとなるものは一切なくなるであろう。「翁」との結縁をもって、すべての衆生に徳を分け与えるように。来世に出現する地獄の主である閻魔大王もまた、「翁」の分身であるから、罪業の深さをおそれる人は、今生で「翁」を信じ申しあげることこそ必要である。

一、住吉明神に祈誓すること。そもそも「翁」のお姿を描くについて、伊勢や春日の神々にお祈りするのではなく、まず住吉の神に祈誓を申しあげたことについては、特別な理由がある。この神はもともと「翁」と御一体である上に、和歌の守護神でもあらせられる。そもそも猿楽の芸態（風姿）は、「翁」をはじめとして、歌舞をもって本体としている。ところがおそらく最近の猿楽芸人は、おおかた「歌舞」という言葉をしょっちゅう耳にしていながら、その言葉の真実の意味を理解していないと思ったほうがよい。印度のヴェーダ聖歌、中国の漢詩、我が国の和歌、これらは皆同じ本質を持っている。毛詩の序文にはこうある。「詩と言うものは志である。心のうちに宿っている状態では志であるが、その志が言葉に表現されたとき詩となる。この間の事情を正確に言うことは不可能であって、それを思うと嘆きの心に襲われる。いや嘆くなどということでおさまらない。そこで手には舞を出し、足を大地に踏み出すのだ」と。古今集の漢文序文にはまた「和歌はその根を心中に下ろし、その花を詩歌として咲き出せるのである」とある。かな序文には「やまと歌は人の心を種として、多様な言葉の葉を芽吹かせるのである」と書かれている。これらの中国や我が国の文章にこめられた意味を考えてみると、和歌に十の様式があるのがわかる。その中からさまざまな種類の心の働きが分化してきたのではあるが、それらのうちの最初に来るのが「幽玄」である。幽玄を手掛かりとして、とてつもなく深遠な心の働きにいたることができる。吟詠は流れる水に似て、けっして留まることのないのがよく、また意味や音韻の間につながりのある親句とつながりのない疎句についての慣例を正確に守り、五七五七七の句が五音に通じていて、神妙な心の動きをたくみにつないで作歌された、昔の名人たちの古歌を書き連ねて、詠唱するのである。微妙な感覚のふるえが含蓄された曲をつくり、表現されている心の動きについての正確な理解をもって、詠吟の声にあわせて身体の動きを生み出すようにすれば、自然と和歌の連なりは芸術的な美を備えるようになって、音・曲・舞の三業はそのまま身・口・意の三業として、一心に統合されるようになる。そのとき、極上の幽玄が実現され、無のうちに神妙に舞うような、舞の姿が出現する。これこそが真実の舞なのである。そのときには、狂言綺語の戯れであっても、仏を讃え、仏法を世に広める因縁となることができる。そうなれば、住吉明神もこれをよろこんでお受けくださるであろう。このような心構えを、「身動足踏の生曲」すなわち破動風の鬼・天女の舞や、その基本となる武士の身ごなしである軍体にまで、及ぼしていくことが出来れば、その人は一生世俗を脱した幽玄風を実現した芸人となることができるであろう。したがって、和歌は猿楽の生命であるとして敬わなくてはならない。この問題についてのこまかい注意配慮については、別に口伝がある。まさにこのような理由によって、住吉神社に祈誓申しあげるのである。

　このような私の気持ちが神の御思慮に通じたのであろうか、私に霊夢が訪れ、「翁」のお姿をはっきりと見届けて、これを絵姿に描き出すことができた。これはまったく疑う余地のない事実である。住吉明神社におこなわれる御神事の中でもとりわけて九月十三日におこなわれる、名月の相撲会がある。この時節に参詣申しあげることができたことも、名月の時節といい、十三日が虚空蔵菩薩の御縁日であることといい、天体（星宿）からのお告げによることであって、まったく有り難いことであった。虚空蔵菩薩はまた「翁」の秘密の姿をあらわしている。虚空は遍在して、完全な充実を保ったまま、増えることもなくまた減ることもない。「蔵」にはまた「隠す」という意味が含まれ、「隠す」ことがあればまた「現れ」がともなう。有と無との際限のない転換がおこっているのである。このような「翁」のお恵みに、あずかっていない者などは一人としていないはずである。

一、「翁」と「人丸（柿本人麻呂）」の御一体のこと。人丸がこの世に出現したのは、ただ和歌のためである。「翁」もまた、和歌をもって猿楽の技の基本としている。「翁」と人丸の考えには、まったく違いがないのである。本地を考えてみても、胎蔵界の大日如来は「阿字」を観想して、そののち上方を仰いで歌を詠みいだしたと言われている。人丸はその姿も「翁」と同じである。古今伝授の中に、「三人の翁」ということが説かれているのは、まったく第一にこの事を語っているのだという。一説には、この「三人の翁」とは、山部赤人・在原業平・あるいは橘諸兄のことであるとも言い、とかく諸説が多い。いずれの説も捨ててはならない。

一、天満天神は本地が十一面観音であられるのだから、これもまた翁であられる。そのお力は上に記しておいた。

一、式三番の事。三番猿楽に、父の助（ちちのじょう）が登場なさる。これは、おおかた以上に説いてきたように、法身・報身・応身という仏の三身と理解することができる。ところが、三番猿楽といって中間に登場してくるのは、過去・未来の時間を現在時間で代表しているために、三番猿楽と言っているのである。そこに含まれている意味は、信じがたいほどに深い。過去・現在・未来すべてにわたる智慧をもって、過去・未来を含み込むことによって、現在を生きる衆生を救済なさるという、まことに有り難い御威徳である。

一、「翁」が戦争の神でもあらせられることは、まったく明らかである。なんといっても和歌の神であらせられながら、住吉明神は神功《じんぐう》皇后の時代に異国を攻めていらっしゃるところは、この神の威力が他の神々のものとは異質であることを物語っている。そのとき以来、異国を降伏するために、西の方角に向かって立っていらっしゃる。君徳の恵みの深いことを思うと、末世の今、まったく頼もしい神であることよ、と崇め申しあげることを勧める。したがって、「翁」を軍神と申しあげるわけである。東国の武士はこのあたりの事情を知っているのだろうか。武士たちは、その鎧唐櫃に「翁」の面を一つずつ納めると聞いたことがあるが、この習慣の意味は、詳しく調べてみる必要がある。

ここで考えるに、この「翁」の妙体について、これまで列挙してきた諸神・諸仏は、みなものごとの現象面（事相）にあらわれた意義内容に関連したものばかりであった。ところが「翁」の真実に一層深く関わる存在の本性面（理相）に目を移せば、天体にあっては百億の銀河、百億の日月、地上にあっては山河大地、森羅万象、草木や鉱物などにいたるまで、みなこの「翁」の分身のおこなう霊妙なる働きにあずかっていないものなどは、ひとつとしてないことがわかる。法華経の文句に「芥子ほどの身体生命でさえ無視してかえりみないものなどはない」と説かれている。どんな微細なものであっても、存在の真如（菩提）でないものなどはない、ということを信じなければならない。
一、禅・教・律・真言などの祖師はすべて「翁」と御一体であること。達磨大師が東方に渡ってこられようとしたときのこと、聖徳太子の前世である中国人の衡山思禅士に向かって、自分はきっと日本に渡りましょうと誓って、まず印度から中国までやってこられたのではあったが、禅の教えはまだ時機が熟さなかったので、いらっしゃることができなかった。その後、太子は厩戸にお生まれになったが、これも達磨大師が馬に生まれて太子のご誕生を待ち受けていたためであった。そのとき馬になった達磨大師は大いにお喜びになったと言う。そのためにお誕生とまったく同時に二人のご対面があったわけで、ここから厩戸皇子と申しあげることになったのである。太子三十八歳のとき、勝鬘経をお説きになられたときのことであるが、池の蛙がいっせいに歓喜の声で鳴き出した。池の蛙こそ、達磨大師の化身であったのだった。太子はまた、片岡山の道ばたに伏す一人の乞食にお会いになったことがある。このときは達磨大師は真実のお姿を現されていた。太子はその乞食にこう歌いかけた。「しなてるや片岡山の飯に飢ゑて、臥せる旅人あはれ親なし」。すると達磨大師である乞食はこう返した。「いかるがや富の小川の絶えばこそ、わが大君の御名は忘れめ」。このように内面を相照らしあった二人は、たがいに師となり弟子となって、教えあったお姿などを見ても、衆生を救済するための方便に違いなく、「わが大君の」の歌からは、太子と大師はともに「翁」の霊妙なる働きを体現したお方たちだったことが、知られるのである。このように「禅」と「翁」は御一体である。

「教」とは円融三諦を説く天台教学のことであるが、これを興されたのは伝教大師最澄である。法華経が根本教典であるが、そこに説かれた薬王菩薩が伝教大師となってやってこられたのである。根本中堂に安置されたご本尊医《い》王善逝《おうぜんぜい》も同じようにして、「翁」と御一体であったことは、隠れようもないことである。「律」は興正菩薩の興された律の教えであるが、この方が亡くなられたのかそうでないのかは、謎に包まれている。ある秘伝には、春日神社一ノ御殿に入って、そのままお隠れになったという。それならば「翁」の作用身ということになろう。

「真言」は、弘法大師空海の広めた神秘の教えである。真言はまことに不思議な仏の教えである。本地は胎蔵界・金剛界両部の曼陀羅であり、覚王はかの大日如来である。つまり「翁」の肉体身でいらっしゃる。ほかの祖師は肉身そのまま三昧の禅定に入られることはなかった。弘法大師はまことに、即身成仏というものの機密をあらわにして見せられたのだ。神秘に包まれた実習について、口外は禁じられている。ほかの祖師や先徳についても、以上の例にのっとって理解なさい。それらの内面の悟りを深く理解し、外面にあらわれるふるまいをよくわきまえ、言葉に表現されたもの（事相）を通じて、その奥に潜んでいる存在の真理（理相）を理解してほしいものである。

一、諸天・諸明王はみな「翁」と御一体であるとは言いながら、ことに摩利支天の顕現の姿は日輪でいらっしゃる。すなわち「宿神」にほかならない。歓喜天の尊容は、まさに荒神と同一であって、すなわち「翁」である。ことに歓喜天は性愛の道を守り、天地に遍在している。これについては、秘伝が別にある。弁財天もまた御一体である。愛染明王・不動明王については、大日如来の二つの変化身であるが、この秘密についてはあきらかにしないでおこう。五大尊（五大明王）、四天王、これまた御一体である。

一、地蔵菩薩は春日明神の本地の中でも、とりわけ方便のために処々方々に示現して、巷にあふれている。国土草木はみなこの尊のお姿にほかならない。「地」は顕在化する金剛界をあらわし、「蔵」は陰伏する胎蔵界をしめし、いずれを考えてみても大日如来の変化である。ここにいたって世界を見渡してみれば、有情のものも無情のものも、ありとあらゆるものが「翁」なのだと会得される。

一、法華経二十八品の文章は、すべて引用申しあげるべき重要なものである。序文に列挙されている諸仏・諸王の名前を見てみると、「王」の文字がたくさんあらわれている。また提《だい》婆《ば》品《ぼん》には天王如来についての記述もある。そこに登場する龍女成仏のくだりにいたっては、「妙・法」を分解訓読して「少・女・氵・去＝少女の水を去る」蓮華経つまり妙法蓮華経と題しているところを見ても、この龍女がとても深遠な意味を含んでいるのがわかる。衆生は三毒の妄想の力によって、本来の悟った心を眩まされてしまうのであるが、その三毒の手本として、御年八歳の龍女がとりあげられているのである。まず三毒のうちの「貪欲」は女性の形としてしめされ、「怒り」は蛇体としてしめされる。「愚かさ」は幼い姿として表現されている。この三毒をしめす姿のままで、鱗を重ね、頭上には角を生やしながら、即身成仏の機会を得て、霊山の説法所に至り、宇宙全体の価値を持つといわれる如意宝珠を如来に奉ったのであった。すると如来は即座にそれをお受け取りになった。その様子を見ても、龍女の成仏は疑いがないものと見える。その場にいた智積菩薩はこのことを知らなかった。龍女はそのまま男に変容して（変成男子）、南方無垢世界に到達したのである。釈尊と龍女は、このように金剛界と胎蔵界の両尊である。つまり「翁」と等しいということである。提婆と龍女の心の本性は、生命活動を方便として用いて悟りにいたる「翁」の本意をあらわしているものと、理解することができる。その理由は、提婆は男子でしかも悪逆の心をもっていたが、一念発起して菩提心の道に精進することによって、教典に特別な記載を得たからである。これは、男子の姿を変えないで、そのまま成仏にいたったという手本をしめしている。龍女もまた三毒の主であるけれども、女性としての姿を変えないで、そのまま即座に即身成仏を実現した。聖俗の姿を変えないままに、ともに悟りの縁を得たこと、これも唯一心のなせるわざである。

　ところで、神祇は正直をもっぱらの宗旨となさっているので、出家僧は自然とお参りしなくなっている。出家によらず、ただ世俗のすがたのままで、直接に天地がまだ未分化であった開闢の時をお示しになるのが、神である。ところが時代が下って、人の心も汚染されてしまってからは、釈迦如来（西天の真人）に教えをお譲り申しあげて、御神託をすっかりやめてしまわれたのである。人の心がすっかり衰弱して下劣になっていくにしたがい、髪を剃り衣を染めて、仏教を敬って、末世の人々を導かれようと神々はなさったのであった。神祇もこれにならって、仏法を崇め、衆生の救済をおこなってきた。おおもとの神の自然体に到達していれば、末法の世界におそれを抱く必要はない。しかし、それを会得できないのであれば、末法の世界を嘆いて、仏法を尊み申しあげるのがいいだろう。このあたりのことをよく理解して、天地の内密の真理に基づいて、「翁」の化身である俗体は演じられなければならない。

一、以上説き来ったように、「翁」は日月星宿が人の心に宿ったものなのである。つまり、あらゆる人がそれを心に宿していながら、そのことを知っていると知らないとの違いがあるのである。返す返すも、人々の心とはそのようなものである。それを知らなければ、真理から遠ざかっていくことをおそれるべきである。これについて、さまざまに工夫し、思考を深めていきなさい。

（以下は、坂十仏著『伊勢太神宮参詣記』からの引用につき省略）

あとがき

　アドレッセンスの時期に読んだ本の中で、レーニンの『国家と革命』と柳田国男の『石神問答』の二冊は、とりわけ深い印象を私の中に残している。この二冊の本にはとても重要なことが語られている、しかしどちらも未完成である、この二冊の本を発展させ完成に近づけていくことこそ、自分にあたえられた重大な人生の課題ではないか、とものごとを大げさに考える癖のあった私は、そのときそんなだいそれたことを考えたのだった。

　この本で私は、『石神問答』にひとつの発展形態をもたらすという課題に取り組んだのである。この領域の研究でのパイオニアであった柳田国男に比べて、私はいくつかの有利な立場に立っている。ひとつは諏訪信仰圏において、ミシャグチの研究がその後大いに進んだからである。藤森栄一にはじまったその研究は今井野菊らに受け継がれて、深められていった。それによってしだいに、ミシャグチが縄文文化にまで根を下ろした土着的神＝精霊のかたちであり、神社信仰の形態が支配的になってからも、諏訪神社の信仰圏においては、根源的な力の源泉としてつねに一目置かれる存在でありつづけたことが、はっきりとわかるようになった。こうして『石神問答』で部分的にしか解決されていなかったシャグジと呼ばれる神の原初的なあり方が、具体的に理解できるようになってきた。

また昭和三十九年に偶然おこった金春禅竹の著したテキスト『明宿集』の発見も、きわめて重大な意味をもっている。この発見によって柳田国男の『石神問答』『毛坊主考』の研究は、そのまま芸能史の研究に直結されることになった。ここから服部幸雄の画期的な論文「宿神論」(『文学』一九七四年十号、一九七五年一・二号)が書かれることになった。服部はこの論文ではっきりと、『石神問答』以来民俗学で探究されてきたシャグジという神と芸能者の守護神「宿神」とを明確に結合して、その意味を探った。この論文には関連の領域に関するほとんどすべての資料が取り上げられている。このすばらしい論文をもとにして資料調べの苦労はずいぶんと軽減されたため、私はそれらの資料に新しい解釈をほどこす作業に没頭すればよかったのである。

また、網野善彦の研究によって開かれた、日本中世史における「職人」の世界についての膨大な新しい知識も、宿神の理解を飛躍的に深めることになった。そこでは東日本と西日本の文化的差異が、王権の働きの違いとして説明されている。この考えを発展させていくと、たとえば諏訪信仰圏でのミシャグチ神のあり方と、西日本の被差別部落の氏神である宿神のあり方との違いが、どうして発生することになったのかといった問題に、理解の糸口を見出すことができる。柳田国男がすでに鋭敏に気づいていたように、ささやかな祠に祀られたこの精霊がたどることになった運命は、まさに天皇制という日本の王権の問題に、まっすぐにつながっていたのである。

こういった今日私たちが手にすることのできる新しい知識を利用することによって、私は宿願の『石神問答』に新しい発展形態をもたらすという課題に、ようやく取り組むことができたわけである。私がここで試みたような発展の方向は、柳田国男にはあまりに予想外でお気に召さないかも知れないが、あの研究の伸びていくべき方向はここに違いないと、私は説得するつもりである。

この研究を進めていく最中に、私はじつにたくさんの方たちのお力添えを得た。その方たちにお礼を述べたいのである。文中に「信州の友人たち」と記されているのは、田中基さん、茅野百男さん、原直正さんのことである。田中さんらの著した『日本原初考―古代諏訪とミシャグジ祭政体の研究』という本とともに、私の前に諏訪ミシャグチの世界の門戸を大きく開け放ってくれたのは、この方たちである。また高知県の和田浩伸さんから突然送られてきた一通の手紙が、私の前に一気に四国の宿神の世界を開いてくれたことも、ここに印象深く記しておきたい。その手紙には詳細な地図まで添えられて、芭蕉の道祖神のように私を四国に手招きしてくれた。能楽研究者である松岡心平さんから親切にもご紹介いただいた、播州赤穂は坂越の大避神社宮司井浪島《いなみじま》堯さんからは、その地に伝わる秦河勝の伝承を詳しくお教えいただいた。千種川の周辺に点在するたくさんの大避神社の森を包み込む美しい秋の景色とともに、あざやかな記憶を残している。資料の探査に抜群の能力を発揮してくれた馬淵千夏さん、調査旅行を手助けしてくれたり地図の作製に協力してくれた川崎清嗣さん、明神孝二さん、天野移山さんと石倉敏明さん、どうもありがとう。この研究ははじめ雑誌「群像」に「哲学の後戸」というタイトルで連載された。そのときの担当者が寺西直裕さんである。その後本になる過程では、講談社の籠島雅雄さん、柴崎淑郎さん、園部雅一さんのお世話になっている。祖父江慎さんが今回もすばらしい装丁で、くせのある内容の本をやさしく包んでくださった。皆さんどうもありがとうございました。

最後に一言。中沢厚という人に身近に接することがなかったとしたら、私は宿神やミシャグチの広大な世界に近づくことすらしなかったかも知れないと思うだけで、私の中に深い感謝の気持ちがわいてくる。いまはもういない人なので、私はこの本を父であったその人の思い出に捧げたいと思う。(二〇〇三年九月九日)

図版出典

二九ページ 「年中行事絵巻」住吉家模本（田中家所蔵）
九三ページ ニコル・ベルモン『誕生の記号』
九九ページ 今井野菊『神々の里』
一二八ページ 山本ひろ子『異神』
一二九ページ 山本ひろ子『異神』 撮影・荒川健一
一三五ページ David Rockwell, Giving Voices to Bear (Niwot, Colorado; Roberts Rinehart, 1991)
一三七ページ Mary Shepherd Slusser, NEPAL MANDALA (MANDALA, 1998)
一五六ページ 芸能学会編『折口信夫の世界』岩崎美術社、一九九二
一八九ページ 網野善彦ほか編『宮座と村（大系日本歴史と芸能７）』 平凡社、一九九〇
二八三ページ 『富士見町史』
三〇五ページ 表章・伊藤正義校注『金春古伝書集成』 わんや書店、一九六九

主要参考文献

網野善彦『異形の王権』平凡社、一九八六
網野善彦『日本中世の非農業民と天皇』岩波書店、一九八四
伊藤正義『金春禅竹の研究』赤尾照文堂、一九七〇
伊藤正義校注『謡曲集　下』新潮社、一九八八
今井野菊『神々の里――古代諏訪物語』国書刊行会、一九七六
大和岩雄『秦氏の研究――日本の文化と信仰に深く関与した渡来集団の研究』大和書房、一九九三
折口信夫『翁の発生』『古代生活の研究』(『古代研究　民俗学篇1(折口信夫全集2)』中央公論社、一九九五)
折口信夫『沖縄採訪記』(『女の香炉・大倭宮廷の剏業期　民俗学2(折口信夫全集18)』中央公論社、一九九七)
折口信夫『国文学の発生』第二・三稿(『古代研究　国文学篇(折口信夫全集1)』中央公論社、一九九五)
折口信夫『口訳万葉集(上・下)(折口信夫全集9・10)』中央公論社、一九九五
金富軾撰『三国史記』平凡社東洋文庫、一九八〇
光宗『渓嵐拾葉集』(高楠順次郎編『大正新脩大蔵経76巻』大正新脩大蔵経刊行会、一九六八)
後藤淑『能楽の起源』木耳社、一九七五
古部族研究会編『日本原初考――古代諏訪とミシャグジ祭政体の研究』永井出版企画、一九七五
金春禅竹『明宿集』『六輪一露之記』『六輪一露之記注』『五音三曲集』(『世阿弥・禅竹(日本思想大系24)』岩波書店、一九七四、表章・伊藤正義校注『金春古伝書集成』わんや書店、一九六九)

宿毛の部落史編纂委員会編『宿毛の部落史』宿毛市教育委員会、一九八六
『諏訪大明神深秘御本事大事』（『諏訪史料叢書　巻30』信濃教育会諏訪部会、一九三九〜四〇）
世阿弥『風姿花伝』岩波文庫、一九七八
高市光男『続愛媛部落史資料』近代史文庫大阪研究会、一九八三
高取正男「後戸の護法神」（『民間信仰史の研究』法藏館、一九八二）
田邊元「西田先生の教を仰ぐ」（『初期・中期論文集（田邊元全集　第4巻）』筑摩書房、一九六三）
『天台本覚論（日本思想大系9）』岩波書店、一九七三（伝最澄作『天台法華宗牛頭法門要纂』、伝源信作『三十四箇事書』、『立花故実』を収録）
豊受宮禰宜等編『豊受皇太神宮年中行事今式』（佐伯有義『神祇全書　第一輯〜第三輯』思文閣、一九七二）
『長門国一ノ宮住吉神社史料　上巻』長門国一ノ宮住吉神社社務所、一九七五
中原中也「サーカス」（『山羊の歌』角川文庫、一九九七）
中村保雄校注『八帖花伝書』（『古代中世芸術論（日本思想大系23）』岩波書店、一九七三）
中山太郎「御左口神考」（『日本民俗学　神事篇』大岡山書店、一九三〇）
『平城津彦神祠由来』（神道大系編纂会編『神道大系　神社編5』神道大系編纂会、一九八七）
西田幾多郎『場所』（『場所・私と汝』岩波文庫、一九八七）
西村亨「折口信夫の沖縄採訪」（芸能学会編『折口信夫の世界――回想と写真紀行』岩崎美術社、一九九二）
能勢朝次『能楽源流考』岩波書店、一九三八
野間宏・沖浦和光『日本の聖と賤――中世篇』人文書院、一九八五
硲慈弘『日本仏教の開展とその基調（上・下）』三省堂、一九四八

服部幸雄「宿神論」(『文学』一九七四年十号(上)、一九七五年一号(中)、一九七五年二号(下))
塙保己一編『群書類従』(『享徳二年晴之御鞠記』『成通卿口伝日記』『走湯山縁起』)
林屋辰三郎『中世芸能史の研究』岩波書店、一九六〇
『毘沙門堂本　古今集註』(吉沢義則編『未刊国文古註釈大系』帝国教育会出版部、一九三五)
富士見町編『富士見町史』富士見町教育委員会、一九九一
藤森栄一『諏訪大社』中央公論美術出版、一九六五
藤森栄一『銅鐸』学生社、一九六四
松村武雄『日本神話の研究3』培風館、一九五五
三品彰英『日鮮神話伝説の研究』平凡社、一九七二
水本正人『宿神思想と被差別部落』明石書店、一九九六
柳田国男『毛坊主考』(『柳田国男全集11』ちくま文庫、一九九〇)
柳田国男『石神問答』(『柳田国男全集15』ちくま文庫、一九九〇)
柳田国男『遠野物語』(『柳田国男全集4』ちくま文庫、一九八九)
山本ひろ子『異神――中世日本の秘教的世界』平凡社、一九九八
吉本隆明『アフリカ的段階について――史観の拡張』春秋社、一九九八
渡辺融他『蹴鞠の研究――公家鞠の成立』東京大学出版会、一九九四
カントーロヴィチ、エルンスト『王の二つの身体――中世政治神学研究』小林公訳、平凡社、一九九二

クレチアン・ド・トロワ「ペルスヴァルまたは聖杯の物語」天沢退二郎訳(『フランス中世文学集2　愛と剣と』白水社、一九九一)
ゲノン、ルネ『世界の王』田中義広訳、平河出版社、一九八七

ディケンズ、チャールズ『デイヴィッド・コパフィールド』中野好夫訳、新潮文庫、一九七九
ネグリ、アントニオ『構成的権力』杉村昌昭・斉藤悦則訳、松籟社、一九九九
プラトン『ティマイオス』種山恭子訳（『プラトン全集（12）』岩波書店、一九七五）
Belmont, Nicole. *Les signes de la naissance*. Plon, 1971.（ニコル・ベルモン『誕生の記号』）
Lévi-Strauss, Claude. *Mythologiques*, vols. 1-4. Plon, 1964-71.（レヴィ＝ストロース『神話論理』）
Walter, Philippe. *Arthur. L'ours et le roi*. Imago, 2002.（フィリップ・ヴァルテル『アーサーまたは熊と王』）

解説

日本中世を代表する芸能といえば、琵琶法師の語る平曲（『平家物語』）や、猿楽が演じた能があげられよう。そして、興味深いことに、琵琶法師と猿楽はともに熱烈な「守宮神《しゆくじん》・宿神《しゆくじん》」信者であった。

ところが、十三世紀頃に、両者の信仰態度に決定的な亀裂が走った。琵琶法師が他の芸道の人たちと同じく「守宮神」を自らの祭祀のうちにとどめたのに対し、猿楽は、「宿神」を「翁《おきな》」という芸につくり直して表面化させ、自らの看板芸にしたのであった。

ただし、「守宮神・宿神」信仰は、あくまで裏の信仰であって、その実情が知られるのは後代にすぎない。琵琶法師の「守宮神」祭祀が詳しく書かれる『当道要集』は江戸時代の編纂物であり、猿楽に至っては、一九六四年に金春流家元の金春信高氏の家から、金春禅竹の『明宿集』が発見されるまで、実情はほとんど不明であった。

その『明宿集』に、中沢新一氏は早く学生時代に触れていた。

「僕がこの『明宿集』を初めて知ったのは、小松和彦さんのアパートなんですよ。（中略）彼が『神々の精神史』（講談社学術文庫、一九九七年）のもとになる原稿を書いている頃で、僕はまだ学部の学生でしたけれども、とても仲がよかったんですね。ある日、こんな本があると見せられたのが『明宿集』でした。非常に不思議な本だけれども重要な本だということを二人で話し合いました。その内容が気になって仕方がなかったですね。」
（松岡との対談「金春禅竹と中世文化の深層」『ZEAMI』3号、二〇〇五年）

若い二人がアパートで見ていた『明宿集』のテキストは、おそらく一九六九年刊の『金春古伝書集成』のものだったろうが、これがこんど『世阿弥　禅竹』（日本思想大系、一九七四年）に入ると、能楽研究者表章《おもてあきら》氏によって次のような決定的な宣告を受けてしまう。

禅竹の究理性が、合理性・論理性を伴なったものであれば、その能楽論にも別の展開が可能であったろうが、彼の思考法には、『明宿集』で一切の神仏を翁―宿神―に結び付ける牽強付会の論法に見られる非合理性が伴なっていた。彼自身は付会とは考えず、大まじめに論を展開していると思われるだけに、一そう始末が悪い。

このような断案によって『明宿集』は凍りついてしまったし、また一方で禅竹の能作品も、「世阿弥の能のように主題が強く通っていない。ヴェールを通して物を見るような描き方がその特色である」（日本古典文学大系『謡曲集　下』、横道萬里雄氏による能「玉葛」解説、一九六三年）のように批評されて、不当におとしめられ、何十年か経った。

そうした中、二〇〇三年に、金春禅竹を近代合理主義の不毛な読みから解放して、むしろそこに未来の思考へ向かう可能性の中心を見るという、『精霊の王』があらわれた。アパートでの語らいから三十年を経た中沢氏による、私たちへの驚くべきプレゼントであった。

この本を読んでいると、妙なところから中沢氏の肉声が聞こえてくる。たとえば『明宿集』で禅竹が、自分たちの先祖秦河勝を語るところの現代語訳。大洪水の泊瀬川《はっせ》を下ってきた壺から河勝が生まれ出るシーンを、中沢氏はこう訳す。

人々はこの壺を不審に思い、磯城島《しきしま》のあたりで拾い上げてみると、壺の中にはたったいま生まれたばかりの子供が発見されたのである。急いでその子供を抱き取ってみると、そばにいた大人の口を借りて、こう語り出した。「ぼくは秦の始皇帝の生まれ変わりだよ。……」。

このアニメの声優風の甲高い（と思われる）早口は、ほかほかの赤ん坊がしゃべる言葉があるとして、じつにほほえましく、いつまでも耳に残る。

同じような声の響きは、縄文土器からも聞こえてくる。中沢氏が、諏訪のミシャグチ信仰の原形となった縄文人の思考の具象化としてあげる深鉢には、その中央部に、女性器からちょこんと顔を出す赤ん坊が、いままさにこの世に甲高い一声をとどけているさまが、かわいらしくも見事に造形されている。

そうした声は、ユーラシア大陸の西のはてのケルトの世界の表象、胞衣《えな》（胎盤）をかぶって生まれた子供と見られる「ずきんをつけた精霊」からも聞こえるだろうし、蹴鞠の名手藤原成通の前におりてきた「守宮神」、三、四歳の鞠精の童子の声とも重なるだろう。生まれ出ずるういういしさこそが翁である、という意表を突く直観が、この本の初発の一声であり、また根本を貫く律動《リズム》である。

中沢氏の言葉に就いて、見てみよう。冒頭「謎の宿神」の章では、鞠精の「守宮神」世界が述べられたあと、話題は『八帖花伝書』の猿楽の「守久神」に転じられ、同書の別の一節「一　楽屋入りをして、物の色めも見えざる所は、人の胎内に宿る形也。一　幕を打上げ出づる風情、是、人間の生るゝ形なり。一　翁といつぱ、釈尊出世の仏法を、弘め給ふ心也。……」が、こう読み解かれる。

楽屋は暗黒の（物の色めも見えざる）空間であり、出番を待ってこの中にじっと身を潜めている芸人は、自分はいま母親の胎内にいるのだと観想しなければならない、とこの口伝は語っている。すべてが未発の状態にあって、力を湛えたまま静止と沈黙のうちにある。そして、幕を打って出る。これは出産の瞬間にほかならない。まさに新生児として出現するのが猿楽の芸であるのだが、なかでも「翁」は新生児のイメージのさらに根源にある宇宙的胎児のイメージそのままに、幕の外に出現を果たすものだ、とここには書かれている。

ここで「翁」が、新生児のイメージを超えて「さらに根源にある宇宙的胎児のイメージ」と書かれるのは、すでに中沢氏の中で、第九章「宿神のトポロジー」で分析される、禅竹の「六輪一露」の世界までがありありと見えているからだろう。

「六輪一露」はまた『明宿集』と同じくらい謎の多い図像テキストであった。通常は、能芸の生成を示すとされる六つの輪の展開プロセスを翁の生成図として読み直し、そこに宇宙卵からの生命の出現・展開を重ね合わせた中沢氏の独創的理解は、大きなブレークスルーであった。

赤ん坊の翁の出現ポイントは、寿輪・竪輪《しゅ》・住輪・像輪・破輪・空輪と展開する六つの輪のうち三つ目の住輪である。住輪として描かれるのは、円相の底部から突き上がる短い杭のような線であり、「そこは潜在空間から現実世界に突き出した岬であり、特異点であり、この短い突端の部分で転換がおこっている」、そのような場所である。

猿楽芸能の本質を一身に集めた「翁」は、まさにこの転換点に出現を果たすのだ。「翁」は寿輪の内部に最初のうごめきを開始し、竪輪において現実に向かっての力強い立ち上がりを見せ、住輪に出現した突起状の部分から現実の世界へしずしずと出現を果たす。そして、しばし幽玄の身体運動の後、なんの苦もなく、再び潜在空間に戻っていく。「翁」は現実として現象する世界の直前にできた絶妙な中間領域にたたずんで、隠顕自在のふるまいをみせて、「翁」に続く能の諸芸のための舞台を準備する。見事な翁芸の解明である。

このような「『翁』に続く能の諸芸」には、翁の息吹を体現する超越世界の神や鬼や亡霊などが多く出現するのだが、禅竹の場合、そこに芭蕉という植物そのものを艶っぽい中年女性として登場させるところがユニークだ。中沢氏は、「金春禅竹によるこの『芭蕉』くらい、植物と人間のあいだに開かれた存在の通底路に、濃密な現実感をあたえることに成功した作品も少ない」として、「緑したたる金春禅竹」（第五章）というとても的確なタイトルのもとに語っていく。それは、「ヴェールを通して物を見るような描き方」という合理主義者の総括の対極にある語りである。

禅竹の能「定家」を草月ホールで見たときの衝撃を今でもよく思い出す。「定家」は、式子内親王への藤原定家の死後の執念が定家葛《ていかかずら》となったという設定だが、勅使河原宏氏の舞台装置によって定家葛がふんだんに用いられてほぼ草月ホールをうめ尽くす中で演じられたとき、定家葛の裏返る葉の白さと表の緑とが混じりあって灰白色の冷気のようなものを放射して人間の登場を待ち受けており、それが、この曲の中、降りこめる時雨の冷たさや、また「あはれ知れ、霜より霜に朽ち果てて、世々に古《ふ》りにし山藍《やまあい》の」という式子の告白に底流する「冷え」の感覚までも触感として支えたのであった。禅竹ほど物につき、物の触感を大事にする能作者はいない。

そのような即物主義・唯物論こそが、翁や宿神を本気で信仰するもののまっとうな態度なのだよ、と中沢氏はこの本でささやいている。

もとより「宿神」は、『明宿集』発見以前の近代の言説空間の中で前景化していた概念である。最初の実質的発見者は、『石神問答』や「毛坊主考」を書いた柳田国男である、と言っていいだろう。柳田は、『精霊の王』で中沢氏が全面的に展開した、宿神的思考の古層性、縄文いや新石器時代にまでさかのぼるかもしれない古い古い神の思考という視点にすでに気づいてもいた。しかし、柳田の限界は、言語学的操作によって、「石神」「宿神」を「境界の神」「地境鎮護の神」であるとしたすばらしい着想のまっただ中にあった。あまりに空間性の中に、これらの神々を閉じこめすぎたのである。

これに対して一九七三年、服部幸雄氏は「後戸の神」（『文学』同年七月号）で、後戸（仏堂中央の本尊の背後空間）の神として摩多羅神を世に送り出して文化研究に衝撃を与え、さらに「宿神論」（『文学』一九七四年十月号、一九七五年一・二・六月号）を書いて、芸能神としての「宿神」という概念そのものを正面化させた。「宿神」は、それ自身に「後戸性」が加わることにより、ダイナミックな概念に変容はしたが、摩多羅神が前面に出すぎたことや、柳田的空間性の理解にとどまっていたこともあり、本質把握には至らなかった。

そこにさっそうと現れたのが中沢氏の『精霊の王』であって、「翁は宿神である」という理解から、むしろ翁解釈を深めることによって宿神の本質的解明がなされていったのである。

その翁解釈は、金春禅竹の『明宿集』や「六輪一露」の斬新な読みに支えられたものだが、禅竹のテキストが引き寄せてきたのは、「まれびと」という概念を打ち出して翁の構造論的把握をすでになしとげていた折口信夫の「翁の発生」の思考と言っていいだろう。柳田・服部による後戸性が加わった宿神概念に、折口の身体性・運動性にとむ翁把握が合体して、宿神は、生まれ変わり、ようやくその全貌を見せはじめたのである。

もちろん、そこにはいくつかの現代思想や数学的思考の接着剤が必要だったわけだが、柳田の思考と折口の思考が『精霊の王』で奇跡的合体を遂げていることを喜ばないわけにはいかない。

もともと『精霊の王』は、『群像』に連載された「哲学の後戸」シリーズをまとめたものであり、「後戸」という概念がキイワードであることは一目瞭然だが、この概念もまた服部氏の段階からは、中沢氏のタマフリによって大きく変貌している。

たとえば「胞衣」は、胎児の後ろにあって強力にこれを守る、という意味で一種の後戸の神（胞衣荒神とも言われる）にあたるものであり、そのようなところに「後戸」の概念が拡張されることにより、胎生学的理解によって翁と宿神がつながれるという操作も可能となるのである。

その「宿神」は、めぐりめぐってプラトンが『ティマイオス』で、「存在の母なる受容器」と呼んだ「コーラ」に等しいことが明かされることとなる。「善なるイデア」という正面を向いて立つ本尊の後ろ、あるいは底部には、母なる「コーラ」が全体性を失うことなく、そしてほとんど見えることなく控えるのである。

「翁（宿神）」もまた、『明宿集』によれば、「天地開闢の初めより出現しましま」す根源神ではあるが、中心に立つことのない「虚無の妙身」であって、それは「あるかなきか、心、王に向かつてこの翁をば見たてまつれ」のような仕方でしか認識できない、後ろや底部にふだんは隠れるかすかなものなのである。

宿神はコーラであり、ひるがえって西田幾多郎の「無の場所」でもあることまで明らかにした『精霊の王』は、まさに人類の精神史理解にとって不可欠の書であり、未来の思考へのプレゼントでもあるだろう。

二〇一八年二月二十二日

松岡心平

タ

ナ

ハ

サ

索引

本書の原本は、二〇〇三年、小社より刊行されました。

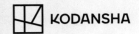

中沢新一（なかざわ　しんいち）

1950年生まれ。東京大学大学院人文科学研究科修士課程修了。思想家。

著書に，『レンマ学』，『野生の科学』，『大阪アースダイバー』，『アースダイバー』（桑原武夫学芸賞），『カイエ・ソバージュ』（小林秀雄賞），『チベットのモーツァルト』（サントリー学芸賞），『森のバロック』（読売文学賞），『哲学の東北』（斎藤緑雨賞）など多数ある。

講談社学術文庫

定価はカバーに表示してあります。

精霊《せいれい》の王《おう》

中沢新一《なかざわしんいち》

2018年3月9日　第1刷発行
2024年5月17日　第3刷発行

発行者　森田浩章
発行所　株式会社講談社
東京都文京区音羽2-12-21 〒112-8001
電話　編集（03）5395-3512
販売（03）5395-5817
業務（03）5395-3615

装　幀　蟹江征治
印　刷　TOPPAN株式会社
製　本　株式会社国宝社

ISBN978-4-06-292478-8

「講談社学術文庫」の刊行に当たって

これは、学術をポケットに入れることをモットーとして生まれた文庫である。学術は少年の心を養い、成年の心を満たす。その学術がポケットにはいる形で、万人のものになることは、生涯教育をうたう現代の理想である。

こうした考え方は、学術を巨大な城のように見る世間の常識に反するかもしれない。また、一部の人たちからは、学術の権威をおとすものと非難されるかもしれない。しかし、それはいずれも学術の新しい在り方を解しないものといわざるをえない。

学術は、まず魔術への挑戦から始まった。やがて、いわゆる常識をつぎつぎに改めていった。学術の権威は、幾百年、幾千年にわたる、苦しい戦いの成果である。こうしてきずきあげられた城が、一見して近づきがたいものにうつるのは、そのためである。しかし、学術の権威を、その形の上だけで判断してはならない。その生成のあとをかえりみれば、その根は常に人々の生活の中にあった。学術が大きな力たりうるのはそのためであって、生活をはなれた学術は、どこにもない。

開かれた社会といわれる現代にとって、これはまったく自明である。生活と学術との間に、もし距離があるとすれば、何をおいてもこれを埋めねばならない。もしこの距離が形の上の迷信からきているとすれば、その迷信をうち破らねばならぬ。

学術文庫は、内外の迷信を打破し、学術のために新しい天地をひらく意図をもって生まれた。文庫という小さい形と、学術という壮大な城とが、完全に両立するためには、なおいくらかの時を必要とするであろう。しかし、学術をポケットにした社会が、人間の生活にとってより豊かな社会であることは、たしかである。そうした社会の実現のために、文庫の世界に新しいジャンルを加えることができれば幸いである。

一九七六年六月

野間省一

哲学・思想・心理

中沢新一著
純粋な自然の贈与

古式捕鯨の深層構造を探る「すばらしい日本捕鯨」、モースの思想的可能性を再発見する「新贈与論序説」などを収録。贈与の原理を経済や表現行為の土台に据え直し、近代の思考法と別の世界を切り開く未来の贈与価値論。

1970

廣川洋一訳・解説
アリストテレス「哲学のすすめ」 大文字版

哲学とはなにか、なぜ哲学をするのか。西洋最大の哲学者の「公開著作」十九篇のうち唯一ほぼ復元された、哲学的に重要な著作を訳出、解説を付す。古代社会で広く読まれた、万学の祖による哲学入門が蘇る！

2039

福永光司著
荘子 内篇

中国が生んだ鬼才・荘子が遺した、無為自然を基とし人為を拒絶する思想とはなにか？　荘子自身の手によるとされる「内篇」を、老荘思想研究の泰斗が実存主義的に解釈。荘子の思想の精髄に迫った古典的名著。

2058

中沢新一著（解説・鷲田清一）
フィロソフィア・ヤポニカ

一九二〇年代以降、西田幾多郎と日本的・独創的哲学＝「京都学派」を創造した田邊元。二〇世紀後半から展開する現代思想、ポスト構造主義、「野生の思考」、認知科学を先取りしていた田邊の豊潤な哲学に迫る！

2074

渡邊二郎編・岡本宏正・寺邑昭信・三冨　明・細川亮一著
ハイデガー「存在と時間」入門

二十世紀の思想界に衝撃と多大な影響を与え、現代哲学の源流として今なおその輝きを増しつづける〝現代の古典〟。その思索の核心と論点をわかりやすく整理し、解説しなおしたハイデガー哲学の決定版入門書。

2080

鷲田清一著
だれのための仕事 労働vs余暇を超えて

たのしい仕事もあればつらい遊びもある。仕事／遊び、労働／余暇という従来の二分法が意味を消失した現代社会にあって「働く」ことと「遊ぶ」ことのかかわりを探究し、人間活動の未来像を探る清新な労働論。

2087

日本人論・日本文化論

百代の過客〈続〉 日記に見る日本人
ドナルド・キーン著／金関寿夫訳

西洋との鮮烈な邂逅で幕を開けた日本の近代。論吉、鷗外、漱石、子規、啄木、蘆花、荷風――。幕末・明治に有名無名の人々が遺した三十二篇の日記に描かれる近代日本の光と陰。日記にみる日本人論・近代篇。

2106

京都の平熱 哲学者の都市案内
鷲田清一著（解説・佐々木幹郎）

〈聖〉〈性〉〈学〉〈遊〉が入れ子となって都市の記憶を溜めこんだ路線、京都市バス二〇六番に乗った哲学者の視線は、生まれ育った街の陰と襞を追う――。「あっち」の世界への孔がいっぱいの「きょうと」のからくり。

2167

しぐさの日本文化
多田道太郎著

しぐさは個人の心理の内奥をのぞかせるものであると同時に、社会に共有され、伝承される文化でもある。あいづち・しゃがむといった日本人の日常のしぐさの文化的な意味をさぐる。加藤典洋との解説対談も収録。

2219

新装版日本風景論
志賀重昂著

本書は日本地理学の嚆矢の書にして、明治の大ベストセラーである。科学的・実証的な論述、古典の豊富な引用、名手による挿絵を豊富に収録。日本人の景観意識に大変革を与えた記念碑的作品はいまなお新しい。

2222

英文収録 日本の覚醒
岡倉天心著／夏野 広訳（解説・色川大吉）

日露戦争中の一九〇四年に本名Okakura-Kakuzo著として英語で著され、NYで出版された日本論。西欧近代文明を疑い、近代を超える原理の提示を試みる。天心の偉才を伝える香り高い翻訳と英文本文を併せて収録。

2253

手仕事の日本
柳 宗悦著

とくと考えたことがあるだろうか、今も日本が素晴らしい手仕事の国であるということを。民衆の素朴な美を求めて全国各地の日用品を調査・収集した柳の目が選び取った美しさとは。自然と歴史、伝統の再発見。

2301